Lena Blaudez

Spiegelreflex

metro

Liebe Kolleginnen, liebe Kollegen,

zum ersten Mal in der nunmehr fünfjährigen Geschichte von metro freue ich mich sehr, Ihnen einen Debut-Roman von einer deutschsprachigen Autorin vorstellen zu dürfen: »Spiegelreflex. Ada Simon in Cotonou« von Lena Blaudez!

Mit Lena Blaudez' Hauptfigur Ada Simon zieht ein neuer Ton in die deutschsprachige Kriminalliteratur ein: Lakonisch knapp, messerscharf beobachtend, cool und ironisch kommentierend, muss sich die Fotoreporterin Ada Simon durchs westafrikanische Benin schlagen, dessen Regierungssitz Cotonou ist. Sie ist keine Amateurdetektivin, keine urlaubende Kommissarin, sondern eine professionelle Nomadin, die unfreiwillig in eine gefährliche Lage gerät und mit heiler Haut davonkommen will. Sie ist, wie so manche Figur von Eric Ambler, zur reinen Notwehr gezwungen, weil sie sich aus einem tödlichen Gestrüpp von moralisch gleichgültiger Realpolitik, Finanzschiebung, Mord auf Bestellung und Vodou befreien muss. Vodou ist nämlich in Benin Staatsreligion und bestimmt das Leben dort in fast jeder Hisnsicht. Oder doch nicht?

Lena Blaudez hat lange Jahre in Westafrika und der Sahara gelebt. Sie weiß, wovon sie schreibt, und wir Leserinnen und Leser spüren es bei jedem Satz, mit dem sie Afrika lebendig werden lässt.

Freuen Sie sich also mit uns auf eine neue Autorin, eine neue Serienfigur und neue, aufregende Schauplätze!

Herzliche Grüße aus Berlin
Thomas Wörtche

Lena Blaudez

Spiegelreflex

Ada Simon in Cotonou

Ihr Leseexemplar
Bitte erst nach dem 21. Februar 2005
besprechen

Unionsverlag

metro – Spannungsliteratur im Unionsverlag,
herausgegeben von Thomas Wörtche

Deutsche Originalausgabe

Im Internet
Aktuelle Informationen,
Dokumente, Materialien
www.unionsverlag.com

Rieterstrasse 18, CH-8027 Zürich
Telefon 0041-44-281 14 00, Fax 0041-44-281 14 40
mail@unionsverlag.ch

Umschlaggestaltung: Vanina Steiner / Doris Grüniger, Zürich
Umschlagbild: Will Curtis / Stone
Druck und Bindung: GGP Media GmbH, Pößneck
ISBN 3-293-00344-3

1

Die feuchte Hitze traf sie wie ein Hammerschlag.

»Madame, Madame, moi, moi!«, flehten ein paar Jungen, die alle ihre Koffer schleppen wollten und sich gegenseitig schubsten und stießen. Sie wimmelte sie ab und ergab sich ohne langes Feilschen dem erstbesten Taxifahrer.

Der junge Typ hatte die Baseballkappe tief ins Gesicht gezogen und raste davon, als gelte es immer noch, sich seine Beute zu sichern. Sie war müde von dem langen Flug, dem unvorhergesehenen Aufenthalt in Moskau mit den gewohnten Fehlinformationen und ließ sich seufzend ins Rückpolster sinken. Der klapprige Peugeot schlingerte haarscharf an den gewaltigen Schlaglöchern vorbei. Roter Staub wehte durchs Fenster herein und durch die Rostlöcher im Bodenblech. Die Abgase aus dem röhrenden Auspuff wurden dem Fahrgast direkt zugeleitet. Sie hielt das Gesicht ans Fenster. Marktfrauen in bunten Kleidern mit Körben und Schüsseln voller Tomaten, die kurz in der Abendsonne aufflammten, winkten erfolglos nach dem verschwenderisch leeren Taxi. Palmwedelgedeckte Stände voll echt antiker Vodoumasken, an denen die Farbe noch nicht ganz trocken war. Die Bilder flogen vorbei. Ein grauhaariger Alter, am Straßenrand auf seinen Stock gestützt. Sein weißes Gewand flatterte wie ein Segel. Ada verspürte eine Welle des Glücks. Endlich wieder hier!

Das Taxi bog jetzt in eine schmale Seitengasse ein, die von Hibiskus gesäumt war. Ein junges Pärchen umarmte sich, in die Hecke gedrückt, unzüchtig. Der lange schwarze Hals des Mädchens war zurückgebogen, und das lautlose Lachen entblößte beneidenswert weiße Zähne, bevor die beiden von der Staubwolke des Taxis verschluckt wurden.

Auf einmal wurde sie unruhig.

»Das ist doch nicht die Strecke zum Hotel de la Plage!« Sie packte die Rücklehne des Fahrersitzes vor ihr.

Der Chauffeur nahm konzentriert und unbeeindruckt die scharfe Linkskurve, ohne vom Gas zu gehen.

»He!« Sie schrie ihm ins Ohr.

»Kleiner Umweg … die Flughafenstraße ist dicht …«, nuschelte er an seinem Zigarettenstummel vorbei.

Dicht? Das übliche Mopedchaos, dürre Ziegen, magere Rinder, gelegentlich Kamele, die Unmassen der Fußgänger, aber Verkehrsstau? Hier ging es jedenfalls in Richtung Lagune und nicht zum Hafen, wo das Hotel lag.

Die kurze blaugraue Dämmerung hing in der Luft wie eine Erwartung. Der Moment des Übergangs, den sie so sehr mochte. Beruhigend, normalerweise. Jetzt jedoch verdichtete sich die Erwartung zur unguten Gewissheit. Bei bald tiefschwarzer Nacht wurde sie in einem lädierten Taxi von einem offensichtlich Verrückten mit überhöhter Geschwindigkeit durch enge unbeleuchtete Gassen gejagt. Und auch noch in die falsche Richtung.

Als wolle er sie nicht länger ihren Spekulationen überlassen, bremste er unvermittelt. Kurzes Hupen. Ein großes Eisentor wurde von innen geöffnet. Nur raus! Sie suchte hektisch nach dem Türgriff. Es gab keinen. Da standen sie schon inmitten eines düsteren Hofes, den nur ein kleines flackerndes Feuer in der Ecke erhellte. Der Fahrer sprang heraus, schloss die Autotür sorgfältig ab. Es gelang ihr nicht, durch das halb geöffnete Fenster den Außengriff zu erreichen. Sie quetschte sich auf den Vordersitz durch. Ratsch, zerriss ihr T-Shirt. Es lohnt sich nicht, billige Klamotten zu kaufen. Eine Weile mäanderten ihre Gedanken wirr um das Garderobenteil.

Ein dicker, stiernackiger Mann schimpfte auf ihren hageren Fahrer ein, der zusehends zusammenschrumpfte. Hin und wieder glaubte sie das Wort »yovo« zu verstehen, »Weiße«. Die beiden

Männer gingen zu einer kleinen Wellblechhütte, ohne sich weiter um sie zu kümmern.

Überrascht stellte sie fest, dass die Fensterkurbel an der Beifahrertür intakt war. Sie griff nach draußen, die Tür öffnete sich mit einem leisen Knack. Das Gelände schien verlassen zu sein, das Tor war inzwischen abgeschlossen. Sie drückte sich an der Mauer entlang, gelangte in die Nähe der Hütte. Von der offenen Ladeklappe eines Lieferwagens strömte ihr ein süßlicher Geruch entgegen. Jetzt hörte sie die Stimmen der beiden, die vermutlich unmittelbar vor der Hütte standen.

»Bist du denn bei Trost! Eine Weiße!« Missbilligung troff aus jeder Silbe. »Du jagst uns sonst wen auf den Hals, Mann!«

Beschwichtigendes Gemurmel ihres Fahrers. Er hatte es doch nur gut gemeint.

»Die Straßenkids rennen dir wohl zu schnell, was! Ich muss liefern, ich brauch die Kohle«, zischte der andere.

Ihr Blick fiel auf die Ladefläche. Sie erstarrte. Zwischen Fleischteilen lag eine menschliche Hand.

Körperteile, schwarze Magie, Vodou? Sollte sie als Ersatzteillager herhalten? Ihr wurde übel.

Die beiden Männer kamen heraus, auf sie zu. Mit jagendem Puls beeilte sie sich wegzukommen, duckte sich ins Dunkel der Hofmauer. Aber der Dicke öffnete nur das Tor, schwang sich in den Lieferwagen und hinterließ nichts als eine stinkende Dieselwolke. Ihr enttäuschter Kidnapper warf ihr Gepäck aus dem Auto, sich selbst in sein Taxi und verschwand.

Auf ihre Teile wurde verzichtet.

Sie griff sich ihre Sachen und rannte los.

Die Straßenbeleuchtung war noch nicht bis in diesen Teil der Stadt vorgedrungen. An der Ecke tauchte eine anheimelnde Insel aus der Dunkelheit auf. Das Gesicht der Barfrau im Licht der Petroleumfunzel schien ihr das sanftmütigste zu sein, das ihr je begegnet war.

»Gin Tonic.«

»Gibts hier nicht, wollen Sie Sodabi?«

Ada nickte. »Ein großes Glas, bitte.«

Als sie sich dank des Palmschnapses wieder beruhigt hatte, winkte sie ein Mopedtaxi heran und ließ sich ins Hotel de la Plage bringen. Zur Polizei? Lächerlich. Und den Hof würde sie nie mehr wieder finden.

Die im Kolonialstil erbaute sandfarbene Villa direkt am Hafen hatte schon bessere Zeiten gesehen. Hier wohnte sie immer, wenn sie in Cotonou war. Und das war in letzter Zeit gar nicht so selten. Der Empfangschef begrüßte sie wie gewohnt. Euphorisch.

»Madame Simon! Sie sind wieder da! Hatten Sie eine gute Reise?«

»Danke, ja«, antwortete sie. Und schauderte.

»Und die Familie? Alle gesund? Und die Arbeit, ça va?«

Alles war so außerordentlich erfreulich, dass beide laut lachten und die Hände gegeneinander klatschten. Jetzt durfte man zur Tagesordnung übergehen.

»Das gleiche Zimmer wie immer?«

»Geht der Ventilator wieder?«

Monsieur Alphonse legte das Gesicht in bedeutungsschwere Falten. Sein Bauch wölbte sich wie ein eigenständiges Wesen unter einem knallroten T-Shirt, das die Botschaft verkündete: Guinness is good for you. »Madame Simon, Sie sind hier im ältesten Hotel Cotonous. Genießen Sie das historische Ambiente. Diese Ventilatoren sind An-ti-qui-tä-ten!« Er hob die Hände himmelwärts. Gott war sein Zeuge. Er zumindest tat alles, was in seiner Macht stand. Wenn sie das nicht zu schätzen wusste – bitte sehr.

Schnell versicherte sie, dass sie sich, Ventilator hin oder her, freue, wieder hier zu sein. Er nickte gnädig. Die würdevolle Kopfbewegung geriet aber sogleich außer Kontrolle, weil aus dem alten Radio schräg, blechern und laut Alpha Blondy von einer *Interplanetary Revolution* losschepperte. Alphonse' Kopf nickte im Takt weiter, der ganze Körper ging mit. Unter rhythmischen Zuckungen überreichte er ihr den Zimmerschlüssel.

Mit einem Kaffee und der Erinnerung an gestern, wie an einen bösen Traum, saß sie am nächsten Morgen auf der Hotelterrasse. Gedankenverloren sah sie den Jungs an der Hafenmole zu, die Steine ins Meer kickten und darauf warteten, dass endlich etwas geschah. Hinter dem Strand, der tadellos weiß bis zur Terrasse reichte, leuchtete das Meer, Gischt lag auf den Brechern, die sich weiter draußen auf einer Sandbank überschlugen. Ada sog den vertrauten Geruch nach Fisch, Tang und Dieselöl ein. Angekommen! Sie überlegte, wie es weitergehen sollte.

Zuerst Patrick anrufen.

Als sie dann seine Nummer wählte, ahnte sie nicht im Geringsten, dass sie damit einen Zeitzünder aktiviert hatte, der von nun an unermüdlich ticken sollte. Bis nichts in ihrem Leben mehr war wie zuvor.

Die Bougainvillea leuchtete purpurn, zwei Straßenhändlerinnen riefen sich etwas zu und lachten.

Afrika zeigte sich von seiner besten Seite.

Der Laden von Papa Paul, Treffpunkt für Intellektuelle, Geschäftsleute und westliche Entwicklungsexperten, die hier ihre Ideen ausprobierten, wurde von allen Champagner-Bar genannt. Der Name stand in allerbestem Kontrast zu dem Kramladen, der er eigentlich war. Er lag direkt an der Avenue Steinmetz, in der Mopeds, zerbeulte Autos und hin und wieder eine Nobelkarosse eine endlose, stinkende, hupende Schlange bildeten. Die gelben Jacken der Mopedtaxi-Fahrer flatterten, wenn sie sich mit Todesverachtung zwischen den Autos hindurchzwängten, als wollten sie signalisieren, dass ihnen die prompte Erfüllung der Kundenwünsche wirklich über alles ging.

Vor der Champagner-Bar auf dem Bürgersteig lümmelten sich auf zerschlissenen Sesseln angesäuselte Staatsdiener aus dem nahen Ministerium für Bildung und Erziehung. Aus Lautsprechern dröhnte der letzte Hit aus Zaire. Davor schliefen zwei Kinder auf Strohmatten. Eine *bonne femme* köchelte auf ihrem Holzkohlefeuer Poulet Yassa, dessen Duft in harte Konkurrenz zu den Abgasen trat. Ihr Jüngstes pendelte, im Tragetuch schlafend, auf dem Rücken hin und her, während sie mit schriller Stimme, die mühelos durch den Verkehrslärm stach, die Passanten aufforderte, ihre einmaligen Fufu-Bällchen zu kosten, die auf einem Emailteller neben ihr lagen. Ab und zu rückte die Köchin mit der bloßen Hand ein glühendes Holzkohlestückchen wieder an seinen Platz. Nebenher flirtete sie mit dem Fahrer des Mercedes, der vor ihrem Stehrestaurant parkte. Die beiden alberten und lachten. Die kehligen Laute des Fon mischten sich mit den Rhythmen der Musik und dem hemmungslosen Gehupe. Straßenstaub und Ruß der Abgase wirbelten durch die Luft und setzten sich überall fest, während die Sonne den Asphalt aufweichte.

Alles war wie immer.

Ada brauchte einen Moment, um sich an das Dämmerlicht in Papa Pauls Laden zu gewöhnen. Dann erkannte sie Patrick, breitschultrig, in einem weißen Hemd und schwarzen Jeans. Seine vertraute kräftige Gestalt, nicht groß, aber eine geballte Ladung Energie, die ironisch blitzenden Augen. Sie freute sich, ihn zu sehen. Die obligatorische Zigarette hing ihm im Mundwinkel. Er saß auf einem Hocker vorne an der Bar, und ein Fuß wippte im Takt seiner Rede. Mit einem Arm lehnte er auf einem der Glasschaukästen des Tresens, in denen Würfelzucker, karierte Filzpantoffeln, Batterien, Brühwürfel und Badelatschen seit Jahren auf Käufer warteten. Hinter dem Tresen bedeckten Tonröhren die Wand bis zur Decke. Hier fanden sich wahre Schätze: alte Weine und Champagner der Spitzenklasse, den Papa Paul in alten Wassergläsern zu einem lächerlich geringen Preis offerieren konnte. Schließlich bezog er ihn zollfrei. Über die grüne Grenze. Seit Ada Patrick vor drei Jahren kennen gelernt hatte, führte ihr erster Weg unausweichlich in die Champagner-Bar, um mit ihm auf ihr Wiedersehen anzustoßen.

Papa Paul stand kerzengerade hinter der Theke, zapfte ein Bier und hörte gelassen Patrick zu. Wie stets erweckte der alte Mann den Eindruck, schlichtweg für alles Verständnis zu haben. »Ça fait trois jours! – Schon wieder drei Tage her, seit du hier warst!«, rief er, als er Ada entdeckte. Drei Tage war es immer her, auch nach Monaten. Er lachte und drohte ihr aus den Weiten seines Gewandes heraus mit dem Zeigefinger.

Patrick begrüßte sie mit einem Schwall von Fragen, den sie bis auf einige gut platzierte »Ça va« unbesorgt unbeantwortet lassen konnte. Die Begrüßungszeremonie endete mit einem knallenden Schnalzlaut, wenn sich die ineinander verhakelten Finger lösten. Das hatte sie ziemlich lange üben müssen, es wies sie aber nun als Kennerin der Szene aus, wie sie nach dem gelungenen Abschlussknall befriedigt feststellte.

Neben Patrick stand eine große junge Frau, die sie anlächelte. Bei ihrem Anblick musste Ada an eine Skulptur denken, die sie als Kind in einem Museum gesehen hatte. Damals war sie genauso beeindruckt gewesen. Ein lang gestrecktes Gesicht mit hohen Wangenknochen und fein geschnittener Nase. Sie trug ein buntes Kostüm, ihre Haare waren zu einer kunstvollen Flechtfrisur aufgetürmt.

»Ich bin Elise de Souza, die Cousine von Patrick. Er hat mir schon viel von dir erzählt.«

»Elise ist einfach fantastisch. Sie beherrscht nicht nur viele unserer Landessprachen, sondern kennt auch alle Leute, die zu kennen sich lohnt. Manche gut. Manche sogar noch besser. Selbst die Elite unseres korrupten Systems.« Patrick verbeugte sich schwankend zu Elise hin. Ganz gegen den üblichen Stil der aristokratischen De-Souza-Familie musste er Papa Pauls Beständen heute schon mächtig zugesprochen haben. Er zündete sich eine neue Zigarette an der alten an und klopfte sich gereizt die Aschestäubchen vom Hemd.

Papa Paul warf Patrick einen besorgten Blick zu, zapfte ein weiteres Bier und tat, was er immer tat: zuhören und schweigen.

Nebenan am Tresen unterhielten sich zwei Geschäftsleute aus dem Norden in himmelblauen Boubous, deren weite Ärmel eine nicht unbeträchtliche Gefahr für die Gläser und Flaschen in ihrer Reichweite darstellten. »Wenn das so weitergeht mit den Straßenzöllen«, sagte der eine, »wie soll ich dann meine Frauen und die Kinder ernähren?«

»Dieses verdammte Polizeipack!«, fluchte der andere leise auf Haussa, vermutlich in der Hoffnung, hier nicht verstanden zu werden.

Ada diskutierte mit Elise, als würden sie sich schon lange kennen. Über den letzten Korruptionsskandal, die diversen Oppositionsparteien, Zeitungen und Kneipen in der Stadt. Elise erzählte von der Uni, an der sie unterrichtete. Die Studenten seien in Lethargie verfallen, meinte sie. Jeder habe nur noch seine eigenen Interessen im Kopf. Was war aus dem großen Aufbruch geworden, an den so viele geglaubt hatten, nach dem Ende der Diktatur?

Von draußen drangen die Rhythmen der Zaire-Musik und das Gelächter der Leute herein. Ada fühlte sich losgelöst. Das unsichtbare Geländer alltäglicher Gewohnheiten war weggebrochen. Alles war neu, die Sinne wurden scharf, alle Antennen standen auf Empfang für das, was da kommen mochte. Sie liebte diese Intensität, die sich immer einstellte, wenn sie auf Reisen war.

Sie holte ihre Leica M6 aus der Tasche und entschied sich für den leichten Weitwinkel. Bei dem hoch empfindlichen Film, den sie eingelegt hatte, konnte sie auf den Blitz verzichten. Fotografie war nicht nur ihr Beruf, es war eine Sucht, der sie nachgab, wann immer es die Umstände und die Leute erlaubten. Die Kontaktbogen sortierte sie chronologisch. Ihr Tagebuch sozusagen, und später konnte sie das eine oder andere Foto verwenden, in thematische Serien einfügen oder an eine Zeitung verkaufen.

Das diffuse Licht ließ die Bar wie durch einen Weichzeichner gesehen erscheinen. Staubkörnchen tänzelten in Spiralen durch den Rauch der Zigaretten. Sie drückte auf den Auslöser: ein Schatten an der Wand, wie einer der immer anwesenden Ahnen, der seinen Gin wollte. Dann: Patrick, auf die Theke gestützt, in der Hand die Zigarette, den Blick in weiter Ferne. Papa Paul vor seiner Röhrenwand, wie er in sich hineinlächelte. Elise, eine exotische Prinzessin. Ein Schattenriss im Gegenlicht von einem Mann mit wuchtigem Kinn, wie eine Bulldogge, der an einem der Plastiktische im Innenraum hockte.

Am Fenster saß ein dünner Mann mit Sonnenbrille und buntem Hemd. Als sie ihn fotografieren wollte, drehte er sich so schnell weg, dass sie an ein Krokodil denken musste, das unbeweglich dasitzt, um sich dann blitzartig sein Opfer zu schnappen. Er fuhr sich mit den Fingern seiner Linken an die Brust, als beteuere er einem unsichtbaren Gegenüber seine guten Absichten.

Ein Tuareg mit indigoblauem Schleier stand an der Wand, ohne sich anzulehnen. Sie bewunderte den verzierten Silberknauf seines Schwertes, der aus dem Gewand herausragte. Er wirkte so entrückt, als höre er noch das Trappen seiner Kamelherde und den heulenden Sandsturm und als sei diese Realität, in die es ihn gerade durch alle möglichen Zufälle verschlagen hatte, Allah sei Dank, völlig unerheblich.

Noch ein Foto durch die Tür nach draußen, wo die Sonne auf das chaotische Leben auf der Straße knallte.

Patrick bedeutete Papa Paul, seinen Whisky Soda wieder nachzufüllen. So hatte sie ihn noch nie erlebt. An Papa Pauls Tresen hatte er sie schon oft mit Freunden bekannt gemacht, ihr Tipps gegeben, wo sie wen treffen konnte, wann sie wohin fahren sollte, um dieses oder jenes Ereignis zu fotografieren, oder wie sie mit der Bürokratie fertig werden konnte. Und er hatte Geschichten erzählt. Aber heute war mit Patrick nicht zu reden. Er winkte ihr nur zu, als sie sich verabschiedete, und setzte sein Gespräch mit Papa Paul fort.

»Morgen Mittag am Fischmarkt!«, rief ihr Elise noch durch den Raum nach.

An dem alten Kühlschrank neben dem Eingang lehnte ein Bettler mit achselhohen, offensichtlich selbst geschnitzten Krücken. Sie drückte ihm ein Hundert-CFA-Stück in die Hand, drehte sich zur Tür und stolperte über die Füße des Bulldoggen-Mannes. Der fing sie auf und sagte heiser: »Doucement, Madame! Achten Sie auf Ihre Kamera!«

Das tat sie. Instinktiv hatte sie den Apparat an sich gedrückt. »Danke.« Sie nickte dem Mann zu. Der machte sich jedoch nicht die Mühe zu lächeln. Seine Ausstrahlung hatte etwas Arktisches.

Sie fotografierte noch einmal in den Raum hinein, in dem jetzt eine seltsame Stimmung herrschte. Ein aus der Form geratener Weißer, die verbliebenen Haarsträhnen über die Glatze geklatscht, die Hängebacken schwermütig, stand neben der Tür und machte ihr so schnell Platz, als wollte er sich dafür entschuldigen, dass er sich wie immer zur falschen Zeit am falschen Ort befand. Schweißflecke malten Trauerränder auf sein Hemd. Sie ging an ihm vorbei nach draußen. In dem Moment wurde sie von zwei hereinstürzenden Männern angerempelt. Ausgesprochen unbeninisch, dachte sie und streckte die Hand nach der Sonnenbrille aus, die sie sich in der Bar auf den Kopf geschoben hatte. Da knallte es dumpf. Dreimal schnell hintereinander.

2

Die Stille nach den Schüssen war beängstigend. Dann brach der Lärm los. Geschrei, zu Boden krachende Stühle, splitterndes Glas. Ein Tumult sich hinein- und herausschiebender Menschen. »Eeooh! Eeooh – Nein! Nein!«, schrie jemand immerzu. Als Ada nach dem ersten Schock wieder zu sich kam, versuchte sie hineinzugelangen. Sie drängte sich durch die Menschen. Patrick lag auf dem Boden. Elise kniete neben ihm. Sie starrte ins Leere, und ihr Körper war verkrampft, als hätte ein Schuss sie selbst getroffen.

Eine Blutlache breitete sich unter Patricks Kopf aus. Sie floss in Richtung Tresen. Wahrscheinlich war der Boden uneben. Im Laufe der Zeit von den vielen Füßen an der Bar schräg getreten. Oder von unachtsamen, vielleicht betrunkenen Arbeitern schief betoniert? Weshalb sonst sollte das Blut ausgerechnet zum Tresen hin fließen? Jemand packte sie am Arm und hielt ihr ein Glas Wasser an die Lippen. Papa Paul.

Ein Schuss war direkt neben Papa Paul in die Flaschenwand

gedrungen. Rotwein rieselte und tauchte die Bar in Alkoholdunst. Mehrere Leute standen im Kreis um die Leiche herum, die eben noch Patrick gewesen war. Elise wurde von der *bonne femme* hinausgeführt. Ada setzte sich auf einen der Plastikstühle und versuchte, einen klaren Gedanken zu fassen. Es gelang ihr nicht. Sie fühlte nichts als Leere.

Der junge Capitaine hinter dem Resopalschreibtisch schien unbeeindruckt von der Schwüle im Vernehmungszimmer. Sein Gesicht war klar und strahlte Kühle aus. Die Körperhaltung bezeugte natürliche Autorität. Disziplin strömte aus jedem Knopfloch seines gut geschnittenen Jacketts.

Durch die angrenzenden Räume drangen gedämpft die Stimmen von Inhaftierten herüber. Ab und zu hoben sich gurgelnde Laute ab. Waren das normale Handtaschendiebe oder Schwerverbrecher, die auf ihre Hinrichtung warteten? Beim Hereinkommen hatte sie die in einer winzigen Zelle zusammengepferchten Männer gesehen, deren schweißüberströmte Gesichter sich an dem einzigen, vergitterten Fenster drängten.

Jean-Claude Boya heftete seine Augen auf Ada, hatte seine Unterarme locker auf der Tischplatte liegen und fragte beharrlich: »Woher kannten Sie Patrick de Souza? Seit wann? Wer waren die anderen Anwesenden? Was wollten Sie in der Bar?« Er holte seine Informationen ein wie ein Fischer sein Netz. Kaum wahrnehmbar nickend murmelte er bei ihren Aussagen immer ein beruhigendes »D'accord«, mit einem scheppernden R, als rollte eine vom Wind getriebene Cola-Dose über eine Wellblechpiste.

Boya lehnte sich zurück und betrachtete ihr schmales Gesicht, das ausgeprägte Kinn, die ungewöhnlich hellen Augen. Es strahlte Intensität aus, etwas Starkes, zum Teil nach innen Gerichtetes, das sich schwer deuten ließ. Eine Ahnung, die er selbst nicht begründen konnte, sagte ihm, dass er mit dieser *yovo*-Frau noch zu tun haben würde. Seine Intuitionen akzeptierte er genauso fraglos, wie er einen Schirm mitnahm, wenn Regen drohte. Er erhöhte seine Aufmerksamkeit und wappnete sich mit Geduld.

Endlich ließ er Ada das Protokoll, das ein schwitzender Mann in Uniform aufgenommen hatte, unterschreiben und entließ sie mit einem letzten »D'accorrrrd« in den brütend heißen Nachmittag.

Sie ging den schmalen Sandweg entlang, der vor dem Gebäude der Police Judiciaire zwischen eingeschossigen, mit Wellblech gedeckten Häusern verlief. Rote Lehmmauern versperrten Neugierigen den Blick in die Innenhöfe. Kokospalmen und Papayas spendeten vereinzelt etwas Schatten. Gegenüber der Polizeistation versandete das Wrack eines weißen Citroën DS, ohne Reifen und mit fehlendem Kotflügel. Endstation. Was für ein Symbol, dachte sie. Ich sollte mich dazulegen.

Nach rund hundert Metern stieß sie auf die Hauptstraße, die von Norden in Richtung Zentrum führte. Sie winkte einem Sammeltaxi, das so aussah, als sei es schon bis auf den letzten Platz belegt, und quetschte sich neben eine lebhaft gestikulierende Frau, deren klirrende Armreifen ihre Rede untermalten. Am Hafen ließ Ada sich absetzen.

Obwohl nur wenige Stunden vergangen waren, kam ihr das Hotel de la Plage wie eine Zuflucht nach langer Abwesenheit vor. Von der Terrasse aus beobachtete sie einen Frachter, der in den Hafen gelotst wurde. Tödliche Gewalt. So ist das, wenn man ihr begegnet. Ihr war übel. Sie rannte zur Toilette und übergab sich. Ein Kloß steckte ihr im Hals. In ihrer Umhängetasche wühlte sie nach der Tüte mit Bonbons, die sie vor dem Flug gekauft hatte, und würgte eines ganz herunter. Der Kloß blieb, aber der Schmerz in der Speiseröhre half. Wenigstens fühlte sie wieder etwas. Langsam kehrte sie auf die Terrasse zurück. Erst als es dämmrig wurde und sich die Moskitos auf sie stürzten, ging sie hinein.

Monsieur Alphonse hatte sich selbst übertroffen. Als sie den Hebel umlegte, krachte es, und der Ventilator sprang an. Langsam rührten die Blechflügel die feuchtwarme Luft um, die sich durch die Holzjalousien vom nahen Meer hereindrückte. Sie genoss die ersten Windstreifen. Nach einer kalten Dusche und einem großzügig bemessenen Gin kroch sie schließlich unter das Moskitonetz. Über ihr an der Decke hing ein Gecko und starrte sie an. Der Ventilator schleifte und ratterte. Sie fühlte sich kaputt wie nach harter körperlicher Arbeit. Irgendwann sank sie in einen unruhigen Schlaf.

Scharren und Kratzen, ein monotones Schaben. Sie fuhr hoch. Schlagartig stand ihr der gestrige Nachmittag vor Augen. Doch es war nur der Wächter, der, wie jeden Morgen, vor dem Fenster den Boden mit einem Reisigbesen fegte. Sie holte tief Luft. Rings um das Haus wurde der Sand peinlich genau geharkt, kein Grashälmchen überlebte. Giftige Schlangen, Skorpione und sonstiges Getier hatten keine Chance. Ein eintöniges, ihr jedoch lieb gewordenes Geräusch. Es hieß: Afrika am frühen Morgen. Und das war die Verheißung schlechthin.

Die Luft war noch kühl. Durch den Dunstschleier stahl sich eine Sonne, die matt und harmlos tat. Der Geruch frischen Weißbrots mischte sich mit dem Duft der Bougainvillea vor dem Fenster.

Sie war gern in Afrika. Seit einigen Jahren war es ihr zur zweiten Heimat geworden. Sogar ihr Geld konnte sie durch ihre Fotoreportagen hier verdienen. Viel brauchte sie nicht, sie hatte keine Verpflichtungen. Zeit spielte keine Rolle. Was wir tun, bestimmt den Tag, dachte sie. Wenn wir es tun. Um die Zukunft machte sie sich keine Sorgen. Immer hatte sie geglaubt, dass ihr Glücksstern schon über die weiteren Entwicklungen ihres chaotischen Lebens wachen würde. Mehr als dreißig Jahre hatte er sich wacker für sie geschlagen. Doch seit gestern mochte sie sich nicht mehr auf ihn verlassen.

Sie ließ sich wieder auf das Laken fallen und schloss die Augen.

Heute hatte sie einen Termin beim Projektleiter einer der großen internationalen Organisationen, die sich hier seit dem unblutigen Regierungswechsel gegenseitig auf die Füße traten. Die hier hatte sich der Rettung der Umwelt verschrieben. Ada hatte von einer Zeitschrift einen Reportageauftrag über Tropenholz und brauchte Informationen. Normalerweise wäre sie in gespannter Erwartung losgeeilt, doch heute fühlte sie sich wie der Gecko, der unbeweglich über ihr an der Wand hing. Starr. Soll sich doch jemand anders um all das kümmern. Alles giftige Getier wegfegen. Killer, die im hellen Sonnenschein töteten.

Auf der Terrasse bestellte sie ein französisches Frühstück: Weißbrot, Butter, Marmelade und eine Schale Milchkaffee. Eine der Schönen der Nacht in sparsamem Neongelb frühstückte am Nachbartisch mit einem älteren französischen Geschäftsmann. Ein Junge aus Togo wollte partout seine Batik bei ihnen loswerden. Er schwatzte und schwatzte. Vom nahen Fischmarkt drangen die gellenden Rufe der Verkäuferinnen herüber. Der Kellner lächelte charmant. Das Leben war nicht aufzuhalten.

Sie stellte sich an die Straße und stoppte ein Mopedtaxi. Der Wind wehte ihr eine Mischung aus Meeresbrise, Holzkohlefeuer und Abgasen zu. Das war er: der Geruch von Cotonou.

Die Organisation pour la Coopération Mutuelle, kurz OCM, die Europäische Organisation für Partnerschaftliche Zusammenarbeit mit Hauptsitz in Brüssel, lag hinter der Lagune, in Akpakpa. Ada betrachtete den weißen Betonbau, der hoch umzäunt war. Hinter den getönten Fensterscheiben, die nur ein vages Bild der

Realität hier draußen hineinließen, kämpften gut gekleidete Leute in klimatisierten Büros gegen die Armut. Der Pförtner, der wichtig nach ihren Papieren fragte, passte, fand sie.

Die Vorzimmerdame im bunten Kostüm ließ die Bürde ihrer Verantwortung erahnen, die ihr jede Freundlichkeit unmöglich zu machen schien. Nach einer ihr angemessen erscheinenden Frist, in der Ada zu warten hatte, ging sie erhobenen Hauptes, um sie bei ihrem hohen Chef anzumelden.

In einem Büro voller Aktenregale an den Wänden sah Ada sich einem etwa vierzigjährigen Mann gegenüber, der sie mit hellblauen Augen hinter einer Goldrandbrille aufmerksam begutachtete. Braune Locken zogen sich an den Stirnecken diskret zurück und wellten sich bis auf die fein betuchten Schultern. Künstlerische Neigungen, in jedem Fall aber Unkonventionalität, hält sich vermutlich für einzigartig, vermutete Ada. Alles an seinem Gesicht war ausgeprägt, faunische Lippen, energisches Kinn. Offensichtlich saß hier ein Mann, der es gewohnt war, den Überblick zu behalten. Und der darauf achtete, dass dies auch jeder bemerkte.

Mit einem leichten Lächeln erhob er sich hinter seinem Schreibtisch, wobei sich zeigte, dass er kleiner war als erwartet, und reichte ihr eine kühle Hand.

»Maurice de Boulanger. Ich bin Franzose und berate die Regierung Benins bei verschiedenen Entwicklungsvorhaben, besonders im Umweltbereich.« Er machte eine Pause. »Sie sind also Fotografin und wollen allein durch das Land reisen?«

Er ließ den Blick an ihr von oben nach unten gleiten und machte keinen Hehl daraus, dass er ihr Vorhaben mehr als zweifelhaft fand. Diese weißen Frauen, die hier Exotik und Abenteuer suchen, meistens fallen sie auf den ersten schwarzglänzend-muskulösen Body herein, der ihnen über den Weg läuft. Unbewusst zog er ein wenig den Bauch ein, der nach den vielen Jahren an den immer wichtigeren Schreibtischen etwas von seiner straffen Form zu verlieren begann. Er wies auf einen der Besuchersessel ihm gegenüber. Sie setzte sich. Eine Antwort erwartete er natürlich nicht, stattdessen fuhr er mit zart angedeuteter Langeweile fort, sie zu examinieren.

»Für wen haben Sie bisher gearbeitet?«

Sie nannte ihm die Namen einiger bekannter deutscher und französischer Zeitschriften. Er nickte anerkennend. Immerhin.

»In der aktuellen Reportage«, erklärte Ada, »geht es um Tropenholz und den illegalen Handel damit. Urwälder und was davon noch übrig ist. Auch um Aufforstung, Teakholz im Plantagenanbau. Sie finanzieren doch solche Projekte im Norden? Haben Sie Unterlagen darüber, die Sie mir geben könnten? Oder beschäftigen Sie sich mit Abholzung?« Mit einem spöttischen Lächeln ließ sie ihrerseits den Blick von seinen Augen langsam bis zu seiner Krawatte abwärts gleiten. Arroganz gegen Arroganz. Schauspielkunst ist eine wichtige Waffe im Überlebenskampf.

»Sie scherzen!«, antwortete er mit einem gönnerhaften Lächeln. »Zum Abholzen ist schon lange nichts mehr da. Wir finanzieren den Anbau und die Vermarktung von Teakholz. Letztendlich geht es dabei um die Umwelt, um Bodenqualität und die Lebensbedingungen der Dorfbevölkerung. Können Sie mir folgen?« Die Frage war mokant, aber seine Haltung ihr gegenüber hatte sich dennoch verändert. Wer so viel Selbstsicherheit ausstrahlte, war dann doch seiner Aufmerksamkeit würdig.

»Vielleicht kaufe ich Ihnen auch ein paar Fotos ab. Falls sie was taugen.« Er grinste.

»Versteht sich.«

»Ich brauche ein paar aussagekräftige Reportagen für die Tage der Frankofonie. Da erscheint hier alles, was Rang und Namen hat, und wir stellen unsere Arbeit vor. Sie könnten ja unsere Projekte im Norden dokumentieren. Unser Mann, der sonst dafür zuständig ist, ist gerade mit Malaria nach Belgien ausgeflogen worden. Was halten Sie davon?«

Gute Frage. Was hält man davon, wenn man einen Auftrag bekommt?

»Gerne, kein Problem!«

»Abgemacht. Genaueres über die Projekte finden Sie in den Unterlagen, die Ihnen meine Sekretärin zusammenstellen wird. Machen Sie mir ein Angebot, und dann besprechen wir alles Weitere.«

»Okay.«

»Kennen Sie Benin überhaupt?«

»Ich bin schon öfter auf Fotoreisen hier gewesen.«

»Aber unsere Projekte kennen Sie sicher noch nicht. Ich könnte Ihnen da einiges erzählen.« Lässig lehnte er sich in seinem Drehstuhl zurück und schlug die Beine übereinander. Er zündete sich eine Zigarette an, nicht ohne ihr eine anzubieten: »Wollen Sie? Chesterfield, muss ich mir extra schicken lassen, hier gibt es die ja nicht.« Er blies eine Wolke Rauch in die eisige Luft der Klimaanlage und schob den wuchtigen Malachit-Aschenbecher in Form eines Elefanten in die Mitte des Tisches.

»Was haben Sie heute Abend vor?«

Manchmal, dachte sie, ist es ausgesprochen unklug, etwas vorzuhaben. Also hatte sie nichts vor. De Boulanger blätterte in seinem ledergebundenen Kalender, als müsse er prüfen, ob er sich nicht bereits mit irgendeinem Minister oder sonst einer wichtigen Persönlichkeit für den Abend verabredet habe.

»Dann treffe ich Sie um zwanzig Uhr im Les Aristocrates im Sheraton. Kennen Sie das?«

»Ja, das Sheraton kenne ich. Gegessen habe ich dort noch nie.«

»Und bitte planen Sie so, dass die Fotos spätestens in sechs Wochen fertig sind. Bei den Tagen der Frankofonie können sie dann unsere Projektarbeit in allerbestem Licht zeigen. Aber Sie sind ja die

Fotografin und kennen sich sicher gut aus – mit der Belichtung. Also dann.« Er erhob sich und reichte ihr zum Abschied die Hand, wobei ein Hauch seines teuren Aftershave herüberwehte. Gucci? Noch ein leicht ironisches Lächeln, und sie war entlassen.

Weihnachtssterne standen vor dem Gebäudekasten in Reih und Glied. Ordentlich und langweilig.

Ein größerer Auftrag wie dieser hatte für sie Seltenheitswert. Der Weg zur Fotoreporterin, um die sich die Zeitschriftenredakteure reißen, war lang und voller Hindernisse. Sie war anerkannt als gute und vor allem engagierte Fotografin. Ein paar Ausstellungen hatten ihr Lob und eine aufmerksame Presse eingebracht. Doch der Sprung nach oben ließ auf sich warten. Sie hatte Mühe, sich zu vermarkten. Akquisition, erst recht Finanzen, Steuern, Versicherungen – allein der Gedanke daran erfüllte sie mit bleischwerer Müdigkeit. Immer wieder nahm sie sich vor, daran zu arbeiten, um wirklich professionell zu werden. Sich in Szene zu setzen, Beziehungen aufzubauen. Wenn es, wie jetzt, unvermutet von ganz allein gelang, auch nicht übel. Dann konnte man schon mal im Sheraton essen gehen und sehen, was geschah. Auch wenn der Hinweis auf die »Lichtverhältnisse« den Wunsch nach Jubelfotos nahe legte. Sie lief in Richtung Zentrum, durstig, auf der Suche nach einem Café. Wie so oft hatte sie in dem Straßengewirr Mühe, den Weg zu finden.

Das Thermometer war jetzt in rekordverdächtige Höhen gestiegen. Wegen der nahenden Regenzeit war die Luft so feucht, dass selbst die dünnsten Stoffe in wenigen Minuten am Leibe klebten. Ada blieb mit dem Absatz ihrer Sandalette im weich gewordenen Asphalt stecken und zerrte ihn teerverklebt wieder heraus. Ein Junge beobachtete sie hinter seinem Stand mit Gummilatschen aus alten Autoreifen.

»Wäre Ihnen damit nicht passiert. Kommen Sie, nehmen Sie ein Paar!«

Auf dem Fischmarkt drängten sich die Leute dicht an dicht, sodass sie sich fragte, wie sie hier je Elise finden sollte, doch kurz darauf hörte sie ihre Stimme: »Ada!«

Eine Marktfrau hielt ihr gerade ein glitschiges Ungetüm vor die Brust. »Ganz billig, nur für Sie!«

»Vielen Dank. Nein!« Mühsam zwängte sie sich an der Frau vorbei.

Sie sah Elise aus einer schwarzen Limousine herauswinken, die auf der anderen Straßenseite hielt. Fast rannte sie in eins der vorbeirasenden Mopedtaxis, dessen Fahrer einen Schlenker hinlegte und ihr einen Vogel zeigte.

Elise war ausgestiegen und fasste sie am Arm. Ihr Gesicht war eingefallen. »Wir fahren zu Patricks Eltern!«

Ada kletterte in den Wagen, und Elise stellte sie ihrem Begleiter vor. Monsieur Diallo, ein großer, schlanker Mann Mitte dreißig mit auffallend heller Haut, trug dem Anlass entsprechend einen schwarzen Anzug. Er war ein hohes Tier aus dem Ministerium für Entwicklung, Zusammenarbeit und Kultur, Ministère pour la Coopération, le Développement et la Culture. Wer sich auskannte, sagte nur »Codécu«.

Diallo war offensichtlich davon überzeugt, dass seine Wichtigkeit im Ministerium nicht hoch genug einzuschätzen war, und stellte sich mit all seinen Titeln und Funktionen vor. Ein ausrasierter Backenbart verlieh ihm ein hochmütiges Aussehen. Er gab dem Fahrer ein lässiges Handzeichen, loszufahren.

Das Leder der Bezüge duftete, und die Konversation war von vollendeter Höflichkeit. Durch die bräunlich getönten Scheiben des klimatisierten Wagens wirkte das Leben auf der Straße wie ein ferner Film. Händlerinnen mit schweißglänzenden Gesichtern schwebten vorüber, Emailtabletts mit Bananenpyramiden auf dem Kopf. Jungen balancierten Gebäck in Glaskästen, ihre Rufe waren unhörbar. Die Bettler mit ihren von der Lepra verstümmelten Gliedmaßen hofften an der Ampel vergeblich, dass der automatische Scheibenheber betätigt würde.

Sie fuhren aus der Stadt heraus durch die Vorstädte. Lehmhäuser lehnten sich aneinander, mit Dächern aus verrostetem Wellblech. Hütten aus Holz und Stroh warteten darauf, vom nächsten Windhauch zum Einsturz gebracht zu werden. Einige Häuserwände, an denen sie vorbeikamen, bestanden aus Plastikstücken, aus denen offensichtlich Schuhsohlen herausgestanzt worden waren. Sie kämpften sich durch ein Gewühl von Kühen und Ziegen, die die Straße entlanggetrieben wurden, umkurvten Friseurstände, die mit selbst gemalten Bildern zu abenteuerlichen Kopfverzierungen ermunterten, mobile Fahrrad- und Mopedreparaturwerkstätten, Frauen, die Lasten schleppten, Kinder und kraterähnliche Schlaglöcher. Für den Chauffeur schien das Getümmel eine reizvolle Herausforderung zu sein. Bei den ruckartigen Stopps flogen die Insassen nach vorne, wurden gegeneinander geworfen, um beim unvermuteten Anfahren sofort wieder in die Rücklehnen gepresst zu werden. Währenddessen hielt Monsieur Diallo einen Monolog zur Lage der Nation, als befinde er sich auf einer Cocktailparty. Vielleicht wollte er auch Minister werden und übte die nächste Rede vor dem Parlament. Er ignorierte die chaotischen Zustände auf der Straße ebenso wie die im Lande. Mit ein bisschen mehr gutem Willen und ein bisschen weniger Schulden war seiner Ansicht nach alles in den Griff zu kriegen.

Im Garten der Stadtrandvilla hatte sich die gesamte Großfamilie de Souza versammelt. Sie saßen auf Bänken entlang der Grundstücksmauer und auf Stuhlreihen im Innenhof. Viele Frauen weinten und wiegten sich im Schmerz hin und her. Ada musste zur Begrüßung unendlich viele Hände schütteln. Sie sprach jedem Einzelnen ihr Beileid aus. Es war schwül, und sie fühlte sich benommen. Immer wieder wurde der Gin in den Gläsern nachgefüllt. Trauer hing schwer über allem. Und Angst. Wenn so ein Mord geschehen konnte, konnte da nicht alles geschehen?

Ein großer, rothaariger Mann mit sorgfältig gestutztem Schnäuzer tauchte auf. Außer Ada war er der einzige Weiße. In seiner lässigen Kleidung – helle Sommerhose und Leinenhemd – hob er sich von den anderen Trauergästen ab, zwischen denen er sich trotz seiner kräftigen Gestalt geschmeidig bewegte. Er schüttelte Hände und fand offenbar überall passende Worte des Beileids. Die Angesprochenen sahen entweder dankbar zu ihm auf oder brachen gerührt in Tränen aus.

Er langte bei Ada an. »Johannes Berger, deutscher Entwicklungsexperte bei der OCM und Regierungsberater im Ministerium für Entwicklung, Zusammenarbeit und Kultur, Codécu, bei Monsieur Diallo.«

Codécu – er kennt sich aus. »Ada Simon.«

»Kennen Sie Monsieur Diallo?« Seine buschigen Augenbrauen tänzelten auf und ab.

»Ich habe ihn gerade kennen gelernt«, erwiderte sie. »Kannten Sie Patrick gut?«

»Nein. Ich bin noch nicht lange in Benin. Bisher war ich in Zaire. Aber wegen der Unruhen wurde das Projekt dichtgemacht, und wir mussten bei Nacht und Nebel raus. Hier kenne ich kaum jemanden.« Er beugte sich näher zu ihrem Gesicht, so nah, dass sie seine Fältchen hätte zählen können, und raunte: »Vor allem noch keine interessanten Menschen!«

Ah ja!

»Was haben Sie denn heute Abend vor?«, gurrte er.

Das schien hier eine Standardfrage zu sein.

»Ich bin schon verabredet.«

»Und morgen auch?«

»Ça dépend« – kommt darauf an. Eine praktische Redewendung. Passte fast auf alles und wurde dementsprechend oft benutzt.

Johannes Berger schob sich mit vorgerecktem Kopf weiter durch die Menge der Gäste und starrte einer Schönheit im festlichen Trauergewand nach. Ein Jäger, immer auf der Pirsch. Daran änderte auch ein Todesfall nichts. Er schien sich hier schon ganz heimisch zu fühlen.

Ada verabschiedete sich von den Gastgebern und fuhr mit einem Mopedtaxi ins Hotel. Dort warf sie sich in den löchrigen Korbstuhl, der in einer Ecke des Hotelzimmers auf seinen endgültigen Verfall wartete, und las noch zwei Seiten aus *Der Meister und Margarita.*

Wie andere einen Flachmann trug sie immer einen Roman bei sich. Zurzeit hatten es ihr die Russen angetan. Vielleicht unpassend zum Klima am Äquator, aber was solls!

In jeder Lebenslage konnte sie sich mit einem Buch verkriechen und in eine andere Welt abtauchen. Diese Fähigkeit hatte sie in langen Internatsjahren zur Perfektion gebracht. Ihre Eltern waren bei einem Autounfall ums Leben gekommen, als sie vier Jahre alt war, und seit sie lesen konnte, hatte sie gelernt, dem tristen Alltag auf diese Weise zu entfliehen. Doch es schien fast so, als hätte der afrikanische Alltag nicht vor, sie entfliehen zu lassen.

3

Im Sheraton empfing sie exakt die gedämpfte Atmosphäre, wie sie in einem Hotel dieser Preisklasse zu herrschen hat. Ob draußen feuchte achtunddreißig Grad das Atmen schwer werden ließen und Straßenhändler brüllten, einst stolze Tuaregfrauen mit ihren Kindern bettelten oder Krüppel ohne Beine auf Pappkartonstücken an parkenden Limousinen vorbeirutschten – drinnen war es kühl, leise, vornehm. Unwirklich. Das Les Aristocrates war schwach besucht. Kellner wieselten eilfertig umher, um trotzdem den Eindruck zu erwecken, sich für das Wohlbefinden ihrer Gäste die Hacken abzulaufen.

Monsieur de Boulanger saß an einem Tisch auf der Terrasse und las die *Financial Times.* Als er sie sah, erhob er sich von seinem Stuhl und winkte. Sein Anzug und seine wohl geordneten Gesichtszüge hätten unmöglich besser sitzen können.

»Schön, Sie zu sehen!«, begrüßte er sie und schob ihr etwas zu schwungvoll den Stuhl zurecht. Er klopfte sich eine Zigarette aus der Schachtel Chesterfield, klackte mit seinem goldenen Feuerzeug herum, aber der Abendwind blies es immer wieder aus.

»Das wird wohl nichts«, lästerte sie.

Er beugte sich etwas vor, öffnete sein Jackett, und in dessen Windschutz flackerte die Flamme endlich auf. Gucci-Duft stieg ihr in die Nase, und ihr fiel auf, dass er schöne Hände hatte.

»Ein Mann, der sich zu helfen weiß!«

Er schmunzelte. »Was wollen Sie trinken?«, fragte er.

Sie entschied sich für einen Entre-deux-Mers.

De Boulanger reichte ihr die Karte. »Ich würde Ihnen das Lammragout in Minze empfehlen!«

An seiner Rechten blitzte ein Ehering. Er registrierte ihren Blick. Seine Frau sei in Frankreich geblieben. Aus gesundheitlichen Gründen.

Sehr vernünftig.

Er beobachtete, wie sie beim Kellner eine Flasche Wasser bestellte, und ließ seine Augen über sie gleiten, wenn er meinte, sie bemerke es nicht. Sie verkniff sich ein Grinsen. Das eng anliegende Kleid wirkte offenbar. Seine Farbe, ein dunkles Grün, betonte ihr rötlichbraunes Haar, das sie an diesem Abend hochgesteckt trug.

De Boulanger setzte sich aufrecht hin – im Sitzen wirkte er immerhin größer als sie – und fragte liebenswürdig: »Hoffentlich interessieren Sie unsere Projekte, die Sie für uns dokumentieren sollen? Sonst fotografieren Sie doch sicher spannendere Sachen?« Er stieß den Zigarettenrauch seitlich durch den Mundwinkel aus. Verwegen.

»Worum dreht es sich denn genau bei den Projekten?«, fragte sie und blinzelte sich den Rauch aus den Augen. Trottel.

»Landwirtschaft und Kreditvergabe. Kennen Sie sich damit aus?« Sein Tonfall war konziliant.

»Bisher bin ich glücklicherweise ohne Kredite ausgekommen. Nein, im Ernst, das ist nicht mein Fachgebiet. Aber ich mache Fotoreportagen über die traditionelle Arbeit auf dem Lande, über alles, was mit der Hand und ohne aufwändige technische Hilfsmittel hergestellt wird. Feldarbeit und die Verarbeitung der Produkte gehören dazu. Zum Beispiel, was mit Karité, Maniok und Erdnuss gemacht wird. Insofern passen Ihre Projekte ganz gut zu meinem Thema.«

»Das ist aber schön.«

Sie nahm einen großen Schluck aus ihrem Glas. »Das Ganze soll einmal ein Buch werden. Die Kreativität und das Improvisationstalent der Frauen, die Strategien, unter diesen Umständen hier ihre Familien durchzubringen – diese Art Leben, das dokumentiere ich.«

»Sehr spannend«, sagte er, »das kaufe ich mir dann«, und goss ihr Weißwein nach. »Und, können Sie davon leben?«

»Eine Kulturstiftung Ihres Landes fördert das Buchprojekt. Und ansonsten spare ich an der Villa, den Dienstboten und dem Chauffeur.« Sie lachte und dachte daran, dass der Vorschuss ihres Verlags wirklich nicht üppig war. Doch sie war es von jeher gewohnt, mit wenig Geld auszukommen, ohne das Gefühl zu haben, sich etwas versagen zu müssen.

Er erzählte von seiner Arbeit. Probleme mit der Bürokratie, Korruption, desinteressierte Mitarbeiter, Schwierigkeiten, gute Ideen durchzusetzen. Das Aufforstungsprojekt wurde von einem Österreicher geleitet, der nicht ganz sauber war. Angeblich war er in dubiose Geschäfte verwickelt. Während de Boulanger redete, griff er wie unbewusst nach ihrer Hand und drückte sie kurz. Seine Haut fühlte sich kühl und trocken an. Er lächelte vor sich hin.

Es wurde spät. Sie tranken noch ein letztes Glas Wein, und sie spürte seinen Blick.

Schließlich geleitete er sie als Gentleman alter Schule nach draußen und bot ihr an, sie ins Hotel zu fahren. Ausnehmend gesittet. Sie schlug die Tür seines schwarz glänzenden Jeeps zu und blickte ihm nach. Die Bremslichter leuchteten auf, bevor er um die Ecke bog. Irgendwo in der Finsternis wimmerte etwas. Ein Kind? Ein Hund?

Der kleine Nachtwächter lachte sie an, als sie ihm eine ruhige Nacht wünschte, und klopfte stolz auf seinen Bambusköcher, aus dem Pfeile ragten. »Vergiftet!«, versicherte er. Dann zeigte er auf eine scharf geschliffene Machete, einen Knüppel und eine Taschenlampe. Alles lag griffbereit neben ihm auf dem Boden. Sein Gesichtsausdruck ließ keinen Zweifel: Wer sich hierher wagte, konnte einem nur noch Leid tun. Er breitete die Hände aus. »C'eeest ça!«

Sie senkte gebührend beeindruckt den Kopf.

Am nächsten Morgen ging sie früh ans Meer. Der gestrige Abend hatte sie etwas von Patricks Tod abgelenkt, doch jetzt kehrte die Beklemmung zurück. Sie schleppte sich am Strand entlang, als wären ihre Glieder aus Blei. Die Luft roch nach Tang, sie schmeckte Salz auf den Lippen. Ein frischer Wind trug Stimmen und Lachen heran. Nahe am Ufer zogen die schmalen Einbäume der Fischer vorbei. Kleine nackte Jungen kletterten die Palmen hinauf und warfen Kokosnüsse herunter. Die Szene hätte jedem Hochglanzurlaubskatalog zur Ehre gereicht. Heute konnte sie sie nicht aufheitern.

Sie machte an einer kleinen Bar am Rande der Uferstraße Halt, einer Wellblechhütte mit ein paar Plastikstühlen davor, und bestellte einen Nescafé. Anmutige und dabei augenscheinlich ziemlich kräftige Marktfrauen trugen ihre Waren in Emailschalen auf dem Kopf vorbei: Berge von Ananas und Avocados, Stoffe, bedrohlich schräg aufeinander getürmte Plastikschüsseln, Pyramiden von Marlboro-Schachteln und Omo-Kartons. Die Last auf dem Kopf hinderte die Frauen nicht daran, zu der aus der Bar schallenden Musik vorbeizutanzen. In ihren bunten Kleidern und Tüchern, die Schultern frei, schwangen sie aufreizend die Hüften und riefen dem Mann, der in der Bar bediente, etwas nicht ganz Jugendfreies zu. Der Barmann gab mit gleicher Münze zurück. Alle lachten. Ada sah den Frauen nach und bewunderte ihren Gang. Er sah so mühelos aus. Als würde die Kraft eines Schrittes ohne Verlust in den nächsten übertragen, sodass fließende Bewegungen des ganzen Körpers entstanden. Jeder Schritt schien auszudrücken, dass die Welt eigens dazu erschaffen worden war, sie voller Freude zu genießen.

Am Strand, nahe den klatschenden Wellen, hockten Männer, Frauen und Kinder in einer Reihe, als wären sie in den Anblick der über dem Meer aufgehenden Sonne vertieft. Erst bei genauerem

Hinsehen offenbarte sich der wahre Grund. Sie erledigten ihre menschlichen Bedürfnisse. Das Wasser reinigte mit aufsteigender Flut den Strand. Mehr oder weniger.

In den grün umwucherten Innenhöfen goss man sich Wasser aus Kalebassen über den Kopf. Frauen, nur mit Tüchern um die Hüften, stampften Hirse. Ein Rhythmus, der den Tag eintaktete. Überall liefen die Kinder umher. Ein lebhaftes Getöse, Lachen und Toben. Scharen rannten hinter ihr her: »Yovo, yovo, bonsoir, ça va bien? Merciii!«

Ein Leben immer in Gemeinschaft. Zusammen schlafen, essen, reden, lieben und kacken. Sie selbst fühlte sich außerhalb von allem. Nicht, dass sie nicht gerne allein war. Doch jetzt fühlte sie sich fremd und einsam.

Langsam lief sie in Richtung Zentrum.

Wie verabredet traf sie Elise auf einen Kaffee im Gerbe d'Or. Die verglaste Fensterfront des Cafés bot einen Panoramablick auf das Treiben der Avenue Clozel. Dort drängte sich der dichte Verkehr, durch den sich todesmutig die Straßenhändler mit ihren Waren schoben.

Elise schien ihr schon vertraut. Fast glaubte sie, die Freundschaft zu Patrick mit ihr weiterführen zu können.

»Wer hatte bloß ein Interesse an Patricks Tod?«, fragte sie Elise, was sie sich selbst auch pausenlos fragte.

»Patrick hat nie jemandem etwas getan. Aber er war in letzter Zeit oft nervös und gereizt. So etwas hat es früher nie bei ihm gegeben. Er war mein Cousin. Einer der wichtigsten Menschen für mich.« Elise konnte kaum sprechen, so schnürte es ihr die Kehle zu. »Wer das getan hat, wird es büßen!«, setzte sie so beschwörend hinzu, dass Ada es ihr sofort glaubte.

»Ist dir denn niemand aufgefallen?«

Elise schüttelte resigniert den Kopf. »Nichts! Gar nichts. Hätte ich es nur geahnt!« Sie beruhigte sich etwas und dachte nach. »Außer … Jemand hatte ihn mal eine Weile beschattet, verfolgt, was weiß ich. Keine Ahnung, wer das gewesen sein könnte.«

Patrick war tot. Nie wieder konnte sie mit ihm diskutieren, sich von seinen Gedanken überraschen lassen. Sie konnte es immer noch nicht glauben.

»Was gibt es Neues von der Polizei?«, fragte sie Elise.

»Nichts. Keine heiße Spur. Die sind zurzeit vollauf mit der Entführung eines hochrangigen Politikers beschäftigt. Er ist mitsamt seinem Auto und seinem Chauffeur heute Nacht auf der Strecke Abomey – Cotonou verschwunden. Natürlich hat die Polizei keine Chance! Sie haben ja kaum fahrtüchtige Autos.«

Elise war immer bestens informiert. Cousins und Cousinen, Onkel und Tanten hatten dieses und jenes wichtige Amt inne, waren mit dieser und jener bedeutenden Persönlichkeit befreundet. Der Name de Souza war hier ein Begriff.

»Übrigens brauche ich auch ein Auto. Ich will mir eins mieten. Wo kann man denn etwas halbwegs Bezahlbares bekommen? Bisher war ich bei Cotonou Cars, aber die haben dichtgemacht.«

Ablenkung. Etwas tun, egal was.

»Komm, ich bring dich hin.«

Elise winkte der Kellnerin, sie zahlten und brachen auf.

Auf Mopedtaxis fuhren sie hintereinander los. Die Palmen an der Uferstraße bogen sich im Wind. Das gelbe Kleid von Elise leuchtete. Bei der Autovermietung fanden sie einen brauchbar aussehenden Renault, den Ada für vorerst drei Wochen reservierte. Der Autovermieter in seinem klimatisierten Büro nahm Adas Kreditkarte mit manikürten Fingernägeln und einem verbindlichen Lächeln entgegen. Mit einer angedeuteten Verbeugung überreichte er ihr den silbernen Kugelschreiber, auf dass sie ihre Unterschrift unter den mehr als gepfefferten Preis setze. Sie unterdrückte einen Seufzer, beruhigte sich in Anbetracht des neuen Auftrags und unterschrieb.

Elise bot Ada an, ihr beim Planen der Fotoreise zu helfen. Sie wollte ihr Tipps geben, Kontakte vermitteln.

Sie stellten das Auto auf dem Parkplatz des Hotel de la Plage neben einem PTT-Lieferauto, Poste et Télécommunication, ab. »Die wollen doch nicht etwa das uralte Telefon reparieren!«, sagte Elise. Es hatte schon Seltenheitswert, wenn es mal ohne Pannen funktionierte.

Sie setzten sich auf die Hotelterrasse. Mit dem Geruch des Meeres wehte das Tuten eines Frachters herüber. Wie immer ging Elise systematisch vor. So hatte sie es gelernt. Ein Blatt, ein Stift, ein Plan. Projekte, Entfernungen, Bekannte.

Die Projekte von de Boulanger lagen Richtung Nordwesten, an der Grenze zu Togo, und in Malanville, am Sahararand. Für ihre Reportagen musste Ada quer durch das ganze Land reisen. Öl aus Karité und Erdnuss, Seife aus Neembaumfrüchten, Schnaps aus Palmbaumstämmen – alles lag weit auseinander. Gemeinsam stellten sie die günstigste Route zusammen, und Elise schrieb Adressen auf. Sie wollte Ada im Voraus bei einigen Frauen anmelden, die sie unterstützen würden.

Ada drehte sich suchend nach dem Kellner um. An der Eingangstür des Hotels lehnte ein langer, dünner Mann mit gekreuzten Armen, kaute auf einem Zahnholz und sah aufs Meer hinaus, als erwarte er von dort dringliche Nachrichten. Trotz der verspiegelten Sonnenbrille, die sein Gesicht zu einem Teil verbarg, kam er ihr bekannt vor. Sie wusste nicht, warum, aber irgendwie beunruhigte er sie.

Der Kellner kam, und sie wandte sich ab. Es war später Nachmittag, als Elise und sie sich bis zum Abend verabschiedeten.

Ada sah Elise nach. Patrick hatte ihr stets geholfen, sich hier zurechtzufinden, aber so bemüht wie Elise' war seine Unterstützung nicht gewesen.

Sie fuhr zum chinesischen Fotogeschäft, um ihre Filmbestände aufzufüllen und die ersten Filme entwickeln zu lassen.

Zurück im Hotel stellte sie erfreut fest, dass es heißes Wasser gab. Normalerweise tröpfelte es nur kalt aus der Dusche, sodass die fingerlangen Tausendfüßler es noch nicht einmal für nötig hielten, sich zu verziehen. Eine Gelegenheit, die genutzt werden musste. Sie ließ das heiße Wasser lange über ihre Haut perlen, massierte mit dem Wasserstrahl ihren Nacken. Entspannt begann sie sich zu schminken. Etwas Lidstrich, um ihre graublauen Katzenaugen zu betonen, dunkelroter Lippenstift, passend zum Kleid und zu den Haaren, die sie heute offen auf die Schultern herabfallen ließ. Okay, fand sie. Manchmal nahm sie sich vor, etwas abzunehmen, aber dann vergaß sie es wieder. Sie fühlte sich wohl in ihrer Haut, und ihre Wirkung auf Männer war für sie längst etwas Selbstverständliches geworden. Noch ein letzter Blick in den Spiegel, dann suchte sie ihre Tasche und verließ das Zimmer.

Das afrikanische Spezialitätenrestaurant Maquis Akwaba hinter der großen Kirche Saint-Michel füllte sich üblicherweise erst spät am Abend. Es war eines der drei, vier Lokale in Cotonou, wo sich sehen ließ, wer gesehen werden wollte. Außerdem konnte man hier ausgezeichnet essen.

Hinter einer Lehmmauer versteckten sich kleine Rundhütten mit hüfthohem Rohrgeflecht und strohgedeckten Spitzdächern. Als Ada und Elise kurz nacheinander eintrafen, lief gerade *Nou Pas Bouger* von Salif Keita, und sie hatten noch freie Auswahl bei den Tischen. Elise sah sich argwöhnisch um, als erwarte sie, irgendwelche mysteriösen Gestalten zu entdecken. Doch nur ein paar

Angestellte in lila Jacken zündeten Kerzen und Petroleumlampen an, hängten die zum bevorstehenden Jahreswechsel obligatorische Lichterkette auf und waren unablässig darum bemüht, einen nützlichen Eindruck zu erwecken. Kein Wunder. Die Chefin saß mit einer Miene hinter dem Tresen, als hätte sie eine entsicherte Pistole in ihrem umfangreichen Busen versteckt und würde, ohne zu zögern, einem ungeschickten Kerl den Putzlappen aus der Hand schießen.

Sie setzten sich an einen der Teakholztische und bestellten etwas zu trinken.

»Der Auftrag von de Boulanger passt wunderbar zu dem der Zeitschrift«, sagte Ada. »Und das Ganze wiederum zu meinen Reportagen für das Buch. Glückliche Fügung. Oder ein Puzzle aus Zufällen. Wie das Bild am Ende aussieht, erfährt man erst später, wenn alle Teile zueinander gepasst haben. Oder auch nicht. Und genau so gefällt es mir.« Sie lächelte. »Besonders, wenn ich hier in Benin arbeiten kann.«

»In einem völlig fremden Land wohnen, das ist wie ein zweites Leben. Weißt du, ich habe ein paar Jahre in Paris gelebt, bis zum letzten Jahr«, sagte Elise. »Eine schöne Stadt! Ich bin zur Uni gegangen, hatte Freunde, aber trotzdem …« Sie zündete sich eine Zigarette an, nachdem sie Ada auch eine angeboten hatte. »Immer hätte ich da nicht bleiben mögen. Der Rassismus dieser Typen dort! Das war kaum auszuhalten. Und außerdem … Weißt du, er hatte Recht«, sagte sie mit trauriger Stimme. Noch hatte sie sich wohl nicht daran gewöhnt, von Patrick in der Vergangenheit zu sprechen. »Wir müssen hier bleiben. Die Intellektuellen müssen im Land bleiben. Aktiv werden. Aus der Lethargie und Resignation herauskommen, die hier so viele lähmt. Meinst du nicht?«

Ada nickte und murmelte Zustimmung. Sie hatte sich daran gewöhnt, dass selbst der längste Monolog niemals eine einseitige

Angelegenheit war. Ständig wurde ein »Weißt du?« oder »Meinst du?« und »Wie?« eingestreut und eine Bestätigung des Zuhörers erwartet. Keine Reaktion zu zeigen, wäre ausgesprochen taktlos und hätte irritiertes Verstummen zur Folge. So aber glich der Redefluss einem Stück frei improvisiertem Jazz. Auf- und Abschwünge der Stimme, rasante Temposteigerungen, bedeutungsvolle Pausen. Dazu gliederten rhythmische »Hmm, hmm« des Zuhörers das Erzählte an den passenden Stellen wie unterlegte Basszupfer.

Elise redete sich in Fahrt: »Wenn wir immer so weitermachen, nur über die Sklaverei, den Kolonialismus und die Schuldenfalle jammern und meinen, dass andere für uns verantwortlich wären, tja ... dann dürfen wir uns auch nicht wundern, wenn die uns weiter so behandeln. Wie unmündige Kinder eben.«

»Wie geht es den Damen?«, unterbrach sie eine Stimme. Johannes Berger. Wie aus dem Nichts war er aufgetaucht.

Ada sah hoch. Seine Augenbrauen hüpften wieder, und sein Händedruck war so fest, dass sie unwillkürlich die Hand ausschüttelte.

»Ich bin Johannes – wir sollten uns duzen«, sagte er lächelnd und zog sich einen Stuhl heran. »Und das ist Robert.«

Sein Begleiter, in hellem leichtem Anzug, mit dunkelblonden Haaren und weichen Gesichtszügen, deutete smart lächelnd eine Verbeugung und einen Handkuss an. Ein sprichwörtlicher Sonnyboy, fand Ada. Wäre da nicht diese Nervosität gewesen, die ihn umgab wie ein etwas aufdringlicher Geruch.

»Was gibt es Neues von der Polizei?«, fragte Johannes.

»Da gibt es nichts Neues und wird es nie etwas geben. Patrick ist denen doch vollkommen gleichgültig«, meinte Elise bitter. »Ein Politiker ist entführt worden. Das ist wichtiger. Auch wenn die Opposition meint, dass ihn keiner vermissen wird. Schade nur um das

Auto. Ein nagelneuer Mercedes. Der ist sicher längst in Nigeria. Und jemand bei der Polizei kriegt ein paar Prozente.«

»Capitaine Boya hat neulich aber einen cleveren Eindruck gemacht. Sind wohl nicht alle nur korrupte Dummköpfe?«, meinte Ada und hörte förmlich sein kollerndes »D'accord«. Elise zuckte unwillig mit den Schultern.

Robert bestellte französischen Rotwein für alle und manövrierte seine selbst gedrehte Zigarette in ein Mundstück aus Bernstein.

Im Kreise von Zuhörern schien Johannes in seinem Element zu sein: »Robert baut hier für seine Firma Satellitenanlagen auf. Die werden dann in der Landwirtschaft für Agrarforschung, wie zum Beispiel Bodenanalysen, eingesetzt.«

»Bestimmt. Eines Tages.« Robert schien sich da nicht so ganz sicher. Vielleicht war es ihm auch nicht weiter wichtig. Er rauchte, lächelte unverbindlich und ließ seine Augen unruhig von Tisch zu Tisch wandern.

Satellitenanlagen für die Landwirtschaft. Hier, wo das einzige technische Hilfsmittel eine im Holzkohlefeuer selbst geschmiedete Hacke war. Das verstand man wohl unter angepasster Technologie, dachte Ada. Sie erinnerte sich an ihre Reportage über die Baumwollernte für eine französische Zeitschrift: Männer, Frauen und Kinder, gebückt bei der Knochenarbeit auf dem Feld. Die Sonne knallt auf die ausgedörrte Erde.

»Früher haben wir für uns angebaut. Hirse, Mais und Maniok. Heute müssen wir Baumwolle anpflanzen. Aber die kann man nicht essen«, erzählt ihr eine Bäuerin. Auf dem Dorfplatz sitzen drei Herren mit steinernen Gesichtern, Vertreter der Landwirtschaftsbehörde, hinter einer riesigen gusseisernen Waage, auf der die Baumwolle in Pyramiden aufgeschichtet ist. Auf dem dunkelroten, festgestampften Boden des Platzes türmen sich ringsum die weißen, weichen Berge. Es herrscht eine gedrückte Stimmung, niemand spricht. Selbst die Kinder sind ruhig, eingeschüchtert von den ernsten Mienen der Erwachsenen.

»Zwei!«, dröhnt schroff die Stimme des staatlichen Einkäufers.

Zweite Qualität. Eine willkürliche Einstufung der Baumwolle, die den Preis rapide sinken lässt. Die Bauern sind verschuldet. Denn die Düngemittel für den ausgelaugten Boden, auf dem seit dem Baumwollanbau nichts mehr wachsen will, bekommen sie von eben dieser Behörde – auf Kredit. Den können sie nun knapp zurückzahlen. Mehr bleibt nicht. Am Rande des Platzes sitzt eine alte Frau, eine langstielige Pfeife im zahnlosen Mund. Sie lächelt. Bestimmt denkt sie gerade an Satellitenanlagen …

Johannes riss sie aus ihren Grübeleien und streifte ihren Arm: »Wollen wir noch ein Glas Wein?«

Sie wollten. Dazu aßen sie Agouti-Braten mit Pilli-Pilli-Soße und Maniokklößen.

»Wer hätte je gedacht, dass Wasserratten so vorzüglich schmecken können«, meinte Johannes. Er aß mit den Fingern, von denen der rote Bratensaft troff. Den Hang zur Ausschweifung sah man seiner Figur an, aber das tat seiner Ausstrahlung keinen Abbruch. Er leckte sich die Finger genüsslich ab und lachte. »Übrigens ist die Agouti-Zucht auch ein Entwicklungshilfeprojekt.«

Liebend gerne würde er stundenlang über seine Arbeit reden, dachte Ada. Aber niemand fragte nach. Elise hörte ihm offenbar überhaupt nicht zu. Sie wirkte müde und bedrückt. Vermutlich war sie mit den Gedanken wieder bei Patrick.

Robert sah sich immer wieder um, als suche er jemanden. Er trank schnell und bestellte viel zu oft Wein nach. Im Laufe des Abends kam er dann noch in Stimmung und gab eine Anekdote nach der anderen zum Besten. Er war schon viel herumgekommen und konnte aus jeder noch so winzigen Begebenheit eine Pointe ziehen. Merkwürdigerweise schien er sich dabei aber selbst zu langweilen, so, als hätte er alles schon zu oft erzählt. Es endete immer damit, dass die anderen die Gelackmeierten waren und er gut dastand. Er verstummte dann schlagartig, als schämte er sich dessen, obwohl es bei der nächsten Episode wieder zum selben Ablauf kam. Dabei zog er die Blicke fast aller hier Kundschaft suchenden Damen auf sich. Eine von ihnen, deren lange, dunkle Beine oben in einem roten Lacklederstreifen endeten, legte ihm im Vorbeigehen ihre Hand an die Wange.

»Komm doch mit zu mir, chéri!«

Gelassen vertröstete er sie auf ein anderes Mal.

Ada konnte sich auf nichts konzentrieren, ihre Gedanken schweiften ab. Nur nicht an den Mord denken! Aber unweigerlich kamen sie immer wieder genau dort an.

Am Nebentisch saß einer dieser Weißen, die so aussahen, als wären sie hier hängen geblieben, nachdem der Autohandel nicht mehr florierte. Ein Geldwechsler vielleicht? Viele Autoschieber übten dieses Metier mittlerweile aus. Ada sah vor ihrem geistigen Auge, wie er Bündel klebriger Scheine, mit Gummiband zusammengehalten, aus der ausgebeulten Hosentasche zog, misstrauische Blicke nach rechts und links warf, bevor er den Daumen anleckte und das Bündel durchzählte. Sie wollte den Mann nicht anstarren, aber es fiel ihr schwer, den Blick abzuwenden. Unablässig wischte er sich den Schweiß von der Stirn, bemüht, das Arrangement einer schwarzen Haartolle auf seiner ansonsten spiegelglatten Glatze nicht zu zerstören. In Elvis-Manier wellte sie sich tollkühn in die Stirn, aber nur wenige Strähnen lagen angeklatscht auf dem kahlen Hinterkopf. Alle Augenblicke tastete er nach, ob alles noch seinen gewünschten Sitz hatte. Die Hängebacken zuckten schwermütig. »Noch ein Bier«, rief er schon wieder zur Theke hinüber. Blitzschnell wurde es von der Wirtin, die mit Scheinwerferaugen sämtliche Tische nach Bedürftigen abzuleuchten schien, vor ihn hingestellt. Vermutlich hatte er schon etliche Biere intus.

Einige Tische weiter waren zwei Geschäftsleute in ein Gespräch vertieft, das jetzt wohl zu einem befriedigenden Abschluss gekommen war, denn sie lachten laut auf, und einer machte ein Handzeichen, worauf eine weitere Flasche Wein vor ihnen erschien. Ihre Finger schnalzten, als sie die Hände ineinander schlugen. Es mussten Haussa-Händler aus dem nördlichen Westafrika sein. Sie trugen verzierte Käppis, und ihre weißen, spitzenbesetzten Seidengewänder spannten über den Bäuchen.

Im Hinausgehen drückte Ada einem Bettler ein Geldstück in die Hand.

»Danke, Madame«, antwortete er artig und musterte sie, auf seine Holzkrücken gestützt. Flüchtig ging ihr durch den Sinn, ihn schon irgendwo gesehen zu haben. Aber überall warteten sie ja und hofften auf ein paar Münzen. Johannes brachte sie in seinem Dienstwagen zum Hotel de la Plage und versprühte weiterhin Charme. Sie war zu müde, um seinen Geschichten noch folgen zu können. Ein diffuses Gefühl ließ durch den Nebel aus Müdigkeit und Wein blassrote Alarmsignale aufleuchten. Am Hotel zog er sie an sich und drückte seinen Mund auf ihre Lippen. Er roch nach Zigarettenrauch und erstaunlicherweise nach frisch gebügeltem Leinenhemd. Sie stemmte sich an seiner Brust ab und verschwand schnell.

4

Ada saß unter einem Sonnenschirm auf der Terrasse am Frühstückstisch und las in *Der Meister und Margarita,* als ein Kellner mit einem sanften »Das ist für Sie abgegeben worden, Madame« einen Brief neben ihren Teller legte. Sie öffnete den Umschlag. Auf feinem Papier stand in schwarzer Tinte:

> Ich muss Sie sprechen. Es geht um den Tod von Patrick de Souza. Kommen Sie heute Nachmittag um fünfzehn Uhr nach Porto Novo, ins Beaurivage. Allein.

Auf eine Unterschrift hatte der Brieffreund verzichtet. Schlagartig war sie hellwach. Sie klappte Bulgakow zu und verstaute ihn in ihrer Umhängetasche.

Diffuse Rachegedanken waberten vorüber. Sie riss sich zusammen. Wieder einmal stellte sie die Gäste aus Papa Pauls Bar wie in einem Theaterstück auf die Bühne, ließ sie hin und her gehen. Wer war der Mörder? Sinnloses Unterfangen. Sie war gar nicht mehr in der Bar gewesen, als die Schüsse fielen.

Irgendwen musste sie erreichen. Sie hatte keine Lust, allein nach Porto Novo zu fahren.

Elise war bereits an der Uni. Roberts Adresse kannte sie nicht. Von Johannes wusste sie nur, dass er in diesem Ministerium arbeitete.

Ihre Leica hatte sie zu Bulgakow in die Tasche gelegt. Wie eine etwas unhandliche Damenpistole, dachte sie. Die wäre vielleicht auch ganz nützlich.

Sie rumpelte mit dem Renault durch die Schlaglöcher der Stadt, eine Hand voll Münzen lag vorne auf der Ablage. An der ersten roten Ampel war ein Händler der Meinung, dass sie dringend Einmalrasierer benötige. An der zweiten sollte es ein Deckenventilator sein, der zu ihrem Glück noch fehlte, er drehte sich praktischerweise auf dem Kopf des unablässig redenden Verkäufers. Ein alter Mann nahm mit seiner fingerlosen Hand eine Münze mit einer solchen Würde entgegen, als wäre sie eine Medaille der Ehrenlegion.

Im Ministerium nahm der gegen den Schlaf ankämpfende Pförtner auf ihre Frage nach Monsieur Berger träge den Hörer auf und begann ausgiebige Verhandlungen zu führen. Fast hätte sie vergessen, was sie hergeführt hatte, als der Mann endlich umständlich erklärte, wohin sie sich und in welchem Stockwerk zu wenden hatte.

Das Gebäude wirkte verlassen. Ein deprimierender Plattenbau aus den Zeiten des afrikanischen Arbeiter- und Bauernstaates. Sie holte ihre Leica aus der Ledertasche und versuchte, diese Trostlosigkeit aufs Bild zu bannen. Ausdünstungen von Linoleum, Schweiß und Resignation erfüllten die Flure. Plötzlich fühlte sie sich zurückversetzt in ihr Leben im Osten Deutschlands, lange vor dem Fall der Mauer. Diesen Mief kannte sie nur zu gut aus den verschiedenen Internaten, in denen sie einen Teil der Kindheit verbracht hatte. Mit Anfang zwanzig war es ihr gelungen, das Land zu verlassen. Aber nicht, um sich jetzt unter der Sonne Afrikas auf so unangenehme Weise daran erinnern zu lassen, bestimmte sie und verstaute die Kamera wieder in ihrer Tasche.

In dem langen Flur, der – wohl um ja keine Lebensfreude aufkommen zu lassen – auch noch grau gestrichen war, herrschte Totenstille. Nur das Klackern ihrer Sandaletten war zu hören. Und der eigene Herzschlag in ihren Ohren. Sie blieb stehen. War denn hier niemand?

Da öffnete sich eine Tür zu ihrer Linken. Sie fuhr zusammen.

Ein missmutiger Weißer, dessen hellblaues Hemd mit gelben Ankern über dem Bauch spannte, fragte sie barsch: »Zu wem wollen Sie?«

»Johannes Berger.« Ihre Stimme klang heiser.

Während der Dicke seine Haartolle auf der Glatze glatt zu streichen versuchte, fiel ihr plötzlich auf, dass er es war, den sie erst gestern im Restaurant beobachtet hatte. Mehr und mehr beschlich sie ein Gefühl von Unwirklichkeit.

»Die Treppe hoch, Zimmer sechshundertvier«, informierte er sie knapp, wischte sich den Schweiß vom Gesicht und schloss die Tür.

Sie ging die Treppe hinauf. Fahles Licht drang durch die staubigen Fensterscheiben. Es war düster, als wäre es schon spät am Abend.

Vielleicht war es das ja auch, und sie lief schon ewig durch diese Gänge? Jegliches Zeitgefühl war ihr abhanden gekommen. Die von Generationen von Insekten verklebten Neonröhren flackerten und gaben dann unvermittelt gleichzeitig ihren Geist auf. Sie machte kehrt. Fast im Laufschritt bog sie um die Ecke.

Der Aufprall kam unerwartet.

»Ts, ts, ts, immer mit der Ruhe!«

Monsieur Diallo griff so beherzt zu, dass ihre Oberarme schmerzten, aber bewahrte sie damit vor einer unwürdigen Bauchlandung.

»Welch eine Freude!«, sagte er liebenswürdig, als wenn sie nicht gerade kollidiert, sondern auf einer Party einander vorgestellt worden wären. »Wenn Sie gestatten, hier entlang, Madame.« Er öffnete eine Tür, als hätte er bereits auf sie gewartet.

Sie folgte ihm, nun schon wie in einem Albtraum, in dem eigene Entscheidungen unmöglich geworden sind.

»Bitte sehr. Nach Ihnen!« Er neigte den Kopf mit dem ausrasierten Backenbart. Wieder fiel ihr auf, dass seine Haut heller war als die vieler anderer. Wahrscheinlich stammte er nicht von hier. Mit gemessenen Gesten bat er sie, Platz zu nehmen. Die Atmosphäre seines Büros, teakholzgetäfelt, mit goldgerahmten Bildern und einem ausladenden Schreibtisch, bewies, dass er auf dem Weg nach oben schon ziemlich weit gekommen war. Wie es die Etikette erforderte, erkundigte er sich zunächst nach ihrem Befinden. Wie kam sie mit dieser schwülen Hitze so kurz vor der Regenzeit zurecht? War die Familie wohlauf?

Er plauderte noch ein wenig, weltgewandt und kultiviert. Nachdem eine aparte Schönheit ein silbernes Kaffeeservice vor ihnen abgestellt hatte und ebenso lautlos wieder verschwand, wie sie hereingekommen war, kam er zur Sache. »Wie gut kannten Sie unseren hoch geschätzten, auf so unfassbare Weise von uns genommenen Patrick de Souza?«

»Er war ein guter Freund von mir. Wir haben uns immer getroffen, wenn ich hierher kam.«

Diallo betrachtete seinen Siegelring, als gäbe es da etwas ganz Neues zu entdecken, und fragte: »Ist Ihnen Näheres über die Hintergründe seines so unvermuteten wie tragischen Ablebens bekannt?«

»Sie meinen, ob ich etwas über den Mörder gehört habe?«

Er nickte mit gequältem Gesichtsausdruck. Natürlich konnte man es auch so ausdrücken. Wenn es unbedingt sein musste.

»Nein, habe ich nicht. Und Sie? Wissen Sie etwas Neues?«

Er sah sie unergründlich an. »Ich wollte Ihnen nur den gut gemeinten Rat geben, sich mit diesem unglücklichen Vorfall nicht weiter zu befassen. Es ist selbstverständlich alles sehr, sehr bedauerlich. Aber, meine hochverehrte Madame Simon, wir können es nicht mehr ändern.« Höflich, wie gewohnt, begleitete er sie zur Tür, bevor sie die Sprache wieder gefunden hatte.

Draußen überfiel sie die Gluthitze der Mittagszeit mit voller Wucht. Direkt gegenüber waren lange Tische mit Hockern an beiden Seiten unter einem Sonnenschutz aus Palmstroh aufgebaut. Gusseiserne Töpfe dampften und verströmten würzige Gerüche.

Ada spürte plötzlich, wie hungrig sie war. Sie setzte sich und begrüßte erleichtert die Zeichen der noch existierenden Realität.

»Hühnchen mit Salat«, bestellte sie bei der *bonne femme,* die sich mit gezielten Bewegungen daran machte, ihren Wunsch zu erfüllen. Was für eine Energie!

Die Schwüle drückte Ada die Luft ab. Der bloße Gedanke an Aktivität trieb ihr schon Schweißperlen auf die Stirn. Wer ein schattiges Eckchen fand, legte sich hinein und schlief. Überall lagen die Schlafenden um diese Zeit, am Wegesrand, unter Bäumen, unter Bänken und Stühlen, einem improvisierten Dach aus Palmenblättern oder Plastikbahnen. Man musste einfach abwarten, bis die Temperaturen wieder etwas erträglicher wurden. Das Licht war weiß. Weiß, die Farbe des Todes. Warum musste Patrick sterben?

»Guten Appetit!« Die Köchin riss sie aus ihren Gedanken. Sie hatte ein rundes Gesicht und lächelte Ada an, während sie den Teller vor sie hinstellte.

Dann kam Johannes, auf den sie gewartet hatte, mit einigen anderen Angestellten aus dem Ministerium. Er entdeckte sie und winkte ihr zu. Lässiger Cowboygang. Als er bei ihr war, küsste er sie auf die Wangen. Er wischte mit einem Taschentuch über einen Hocker neben ihr, zog die Hosenbeine seines Anzuges hoch und ließ sich breitbeinig darauf nieder. Seine Aktentasche legte er sich achtsam auf die Knie. Dann zog er einen Kamm aus der Hosentasche und fuhr sich durch seine störrischen roten Haare, vergeblich bemüht, sie in eine seiner Position angemessene Form zu bringen.

Wieder redete er drauflos. Was hatte er gestern Abend eigentlich gesagt? Ada konnte sich einfach nicht erinnern.

»Kennst du diesen Baum, unter dem wir hier sitzen? Ein Flamboyant. Diese roten Blüten sehen doch wirklich aus, als würden sie brennen, oder? Ich liebe tropische Pflanzen! Diese Farben! Ich habe ein Haus gefunden, in Les Cocotiers, mit Garten, da werde ich alles anpflanzen, alles, was mir gefällt.«

Er schwärmte und schwärmte. In der Pflanzenwelt kannte er sich aus.

»Kommst du mich mal besuchen?« In seinen grünen Augen funkelte der Schalk, mit einer unvermuteten Bewegung streckte er den Kopf vor, um an ihrem Hals zu schnuppern, als wäre auch sie eine duftende Blüte.

»Gerne«, erwiderte sie wahrheitsgemäß. Manchmal kann man auch intuitive Warnsignale wie die von gestern Abend außer Acht lassen.

»Dann aber bald, ja?« Er summte die Melodie mit, die gerade lief, *Sunshine Day* von Osibisa, und trommelte auf dem Schemel den Takt dazu. Seine Hände waren breit und kräftig, mit roten Härchen darauf. Die Köchin brachte ihm einen Teller Reis mit Soße.

»Wie gut kennst du denn den Herrn Diallo?«, fragte Ada.

»Wieso willst du das wissen? Und überhaupt: Was machst du eigentlich hier?«

»Ich habe dich gesucht, muss ich gestehen. Eine mehr als mysteriöse Einladung eines anonymen Menschen hat mich bewogen, deine geschätzte Nähe zu suchen. So würde es sicher dein Chef ausdrücken.«

»Was für eine anonyme Geschichte?« Johannes war sofort sehr besorgt. Übermäßig besorgt.

»Ein Brief. Eine Einladung nach Porto Novo. Jemand, der mir etwas über den Mord an Patrick erzählen will.«

»Warum ausgerechnet dir?«

»Frag mich was Leichteres!«

»Willst du wirklich dahin?«

»Ich muss wissen, wer das ist und was er mir zu sagen hat«, entgegnete sie. So sicher, ob sie wirklich fahren sollte, war sie sich allerdings nicht.

»Da gehst du besser nicht hin. Das ist doch zu gefährlich für dich!« Sein Mund hatte sich zu einem dünnen Strich verzogen. Die Augenbrauen hüpften. Der scherzhafte Unterton klang ziemlich halbherzig.

»Komm doch mit, dann kannst du mich beschützen!«

»Tut mir Leid, in meinem Job kann ich mir solch abenteuerlichen Leichtsinn nicht erlauben!« Seine Augen huschten hin und her.

Ada folgte seinem Blick. Aber da lagen nur die langen braunen Fruchthülsen des Flamboyants überall auf dem Boden verstreut. »Vorher fahre ich noch zu Elise. Ich muss mit ihr sprechen.« Sie stand auf und bezahlte bei der *bonne femme,* die sie wieder anlächelte, als wolle sie ihr Mut machen. Wie freundlich die Leute hier oft waren! Einfach so, grundlos freundlich. Im nächsten Moment war es ihr peinlich, dass sie die Freundlichkeit der Frau verblüffend fand.

»Also, Madame, darf ich Sie begleiten?« Johannes pflückte eine Blüte vom Flamboyant, die er der Köchin zu ihrer Erheiterung mit einer galanten Verbeugung überreichte. Sie steckte sie sich ins hochgeflochtene Haar und machte sich dann wieder energisch an ihren Töpfen zu schaffen.

»Hast du nichts zu tun?«

»Ich kann mir in der Mittagspause freinehmen. Schließlich arbeite ich abends immer ziemlich lange.« Trotzdem warf er einen argwöhnischen Blick in Richtung Ministerium, als er zum Parkplatz ging. Fehlte noch, dass da einer am Fenster stand und nichts Besseres zu tun hatte, als ihn anzuschwärzen. Johannes drückte dem Wächter eine Münze in die Hand und verabschiedete ihn mit einem Schlag auf die Schulter, dass der arme Kerl zusammenzuckte, und einem herzlichen »Bis morgen!«. Als er losfuhr, ließ er einen Arm aus dem Autofenster baumeln, so wie das hier üblich war, um mit der Hand die zumeist defekte Blinkanlage zu ersetzen. Nicht, dass an seinem Wagen irgendetwas nicht funktioniert hätte. Aber offensichtlich war Johannes stolz auf seine kleinen Gesten der Zugehörigkeit.

Elise trafen sie an der Uni, wo sie heute ihr Soziologie-Seminar gab.

»Hier ist ab morgen Streik angesagt«, erklärte sie. »Endlich bequemen sich auch mal die Damen und Herren Studenten.« Sie wirkte gelöst, neckte Johannes wegen seines roten Schnäuzers und lachte ihr ansteckendes Lachen. Eine lebenslustige Frau, der ihre Seminare, ihre politischen Diskussionen, ihre Flirts die Welt bedeuteten. Nein, bedeutet haben, korrigierte sich Ada in ihren Gedanken.

Ada erzählte von ihrer Einladung nach Porto Novo. Und von Diallo. »Er hat mich gewarnt! Ich soll mich mit dem ›unglücklichen Vorfall‹ nicht weiter befassen! Warum nur? Wer ist denn eigentlich dieser Diallo? Du kennst ihn ja offenbar ganz gut, aber woher eigentlich? Was hat er mit Patrick zu tun?«

Die Stimmung verflog, der schwerelose Augenblick war vorbei. Elise antwortete widerwillig: »Er ist ein Bekannter meiner Familie. Patrick hat im Rahmen seiner Dissertation in Diallos Ministerium gearbeitet.«

»Und wenn er dort etwas Belastendes erfahren hat? So belastend, dass jemand fand, er müsse für immer zum Schweigen gebracht werden?« Ada bot ihr eine Zigarette an und gab ihr Feuer.

Elise beugte sich schnell mit der Zigarette vor, als wolle sie Ada nicht ansehen.

»Vielleicht«, antwortete sie nur und stieß mit einer großen Rauchwolke einen Seufzer aus. »Wer hier was erreichen will, der muss geschickt manövrieren können, Tricks beherrschen, Beziehungen nutzen. Nie hätte sich Patrick dem untergeordnet. Er wollte etwas ganz Neues aufbauen, alles ändern. Er war ein Kämpfer. Kein Spieler. Er hatte einfach keine Geduld.« Und leise ergänzte sie: »Seine ganze Wut ist auf ihn selbst zurückgefallen.«

Ada lief ein Schauer über den Rücken. Todesursache Ungeduld.

»Um hier etwas zu verändern, braucht man die Ausdauer und die Anpassungsfähigkeit eines Chamäleons. Und wenig Skrupel.« Elise lächelte. Es sah nicht gerade sehr freundlich aus. »Weißt du, wenn es sein muss, kann ich auch zum Chamäleon werden. Ich kann die Farbe wechseln, mich scheinbar anpassen, um zu erreichen, was ich will. Ein Chamäleon ist zwar langsam, aber es geht immer geschickt und umsichtig zu Werke. Jeder unserer Könige hatte sein Wappentier. König Akaba ist erst mit fünfzig König geworden. Sein Wappentier war das Chamäleon.«

Versonnen sprach sie weiter: »Langsam und leise erklimmt das Chamäleon den Gipfel des Baobab bis zur Macht. So müssen auch wir vorgehen. Verstehst du? In einem Land, wo bis vor kurzem nur korrupte Beamte und brutale Militärs geherrscht haben, kann nicht von heute auf morgen alles verändert werden. Und auch dem neuen Präsidenten geht es doch vor allem darum, seine Macht zu erhalten – und seine achtzehn Dienstwagen.«

»Es gibt doch so viele Oppositionsparteien. Was machen die denn? Haben die keine Programme?«

»Und ob! Eins klingt besser als das andere. Jedes ist anders. Jeder kämpft gegen jeden. Und einige dieser Parteien hat der Präsident gleich selbst gegründet. Damit er die Sache auch unter Kontrolle hat.« Elise zuckte mit den Schultern. »Alle warten auf irgendetwas. Niemand handelt. Nach dem Marxismus-Leninismus kam der Laxismus-Beninismus. Es muss jetzt endlich losgehen! Aber dazu muss man geschickt sein. Wie das Chamäleon.« Sie lächelte.

Johannes holte tief Luft zu einer Entgegnung, aber er kam nicht zu Wort.

»Die Menschen hätten alle Möglichkeiten, aus dieser Misere etwas zu machen. Wenn man sie nur ließe.«

»Wie bitte?«

Elise sah Adas verdutztes Gesicht und brach in Lachen aus.

»Denk an die Schattenwirtschaft! Der Schmuggel, der Schwarzmarkt – ein blühender Wirtschaftszweig. Der gemeinsame afrikanische Markt? Den gibt es längst! Ein grenzüberschreitendes Bankwesen? Funktioniert bestens, wenn auch inoffiziell. Alles nur eine Frage der Organisation, wie Patrick immer sagte. Immer wird irgendetwas gefunden, die kleinste Marktlücke entdeckt, selbst wenn scheinbar gar nichts mehr geht.«

»Und Diallo? Als hoher Beamter, was sagt der?«

»Diallo!«, sagte Elise nur und hüllte sich in Schweigen. Irgendwie hing ein wenig Verärgerung und Überdruss, aber auch Bewunderung in der Luft, als sie den Namen wiederholte. Ada sah sie verwundert an.

Aber Elise wollte nicht über Diallo sprechen. »Pass auf dich auf in Porto Novo!«, warnte sie nur eindringlich.

Beim Abschied verteilte Johannes großzügig wie zufällig Küsschen und Berührungen. Er grinste noch einmal und bleckte dabei die Zähne.

Elise verabschiedete sich von Ada mit Küsschen rechts, Küsschen links und wieder rechts. Ada brachte wie schon oft die Reihenfolge durcheinander und sie stießen lachend mit den Nasen zusammen.

5

Rendezvous mit einem Unbekannten. Ada fuhr in Richtung Porto Novo. Mit jedem Kilometer, den sie der Hauptstadt des ehemaligen Dahomey näher kam, wurde ihre Unruhe größer.

Glasbehälter mit einer hellrosa Flüssigkeit standen am Straßenrand: Benzin in Gin-, Whisky- und Weinflaschen, Benzin in Glasballons, in gläsernen Behältern jeder Form. Mit abgeschnittenen Plastikflaschen als Trichter wurden die Mopeds und Autos günstig betankt. Die Summe auf den Papppreisschildern sank mit jedem Kilometer, um den Nigerias Grenze näher rückte.

Die Sammeltaxis fuhren in halsbrecherischem Tempo die schmale Teerstraße entlang. Manche machten sich einen Sport daraus, den Schlaglöchern scharf und ohne Temporeduzierung auszuweichen. Neben der Straße standen Händlerinnen und schwenkten Zuckerrohrstangen.

Links tauchte die Lagune auf, deren Wasseroberfläche wie ein riesiger Spiegel die Sonne reflektierte.

Unvermittelt schiebt sich Patrick ins Bild. Es ist kaum drei Monate her. Sie sieht ihn vor sich, wie er mit kraftvollen Bewegungen die Piroge vorwärts stakt und paddelt, eine Zigarette im Mundwinkel. Auf der Stirn leuchten Schweißperlen. Er wirkt entschlossen und aufmerksam, als hätten sie mehr vor als einen Ausflug zu Freunden in der Wasserstadt Ganvié.

Die Stille wird nur von dem Plätschern der Paddel unterbrochen. Das Licht über dem Wasser flimmert in der Hitze. Alles in der Ferne nimmt gigantische Ausmaße an. Reusenstäbe ragen in den Himmel, riesige Schiffe schrumpfen beim Näherkommen zu schmalen Pirogen. Ganvié wächst am Horizont aus dem Dunst empor – ein Gewirr aus Pfählen und Palmstroh. Fischerboote mit kleinen, viereckigen, vielfach geflickten Segeln dümpeln vorbei. Grüße und gute Wünsche werden ausgetauscht. Immer mehr Einbäume schaukeln im Wasser. Um sie herum wird gepaddelt und gestakt.

Kinder über Kinder, sie brechen bei ihrem Anblick in Geheul aus, lachen, winken und zeigen stolz ihre Kunststücke. Handstand auf dem Steg und Purzelbaum ins Wasser.

»Die Tofino lernen früher schwimmen als laufen«, sagt Patrick, lacht und winkt zurück. Die Kleineren sehen stumm und fast starr vor Schreck zu der fremden Frau mit der weißen Haut herüber.

Unversehens sind sie mitten zwischen verwitterten Holzbauten mit geflochtenen Böden und zerzausten Dächern aus Palmstroh angekommen – Ganvié. Unzählige Hütten stehen nebeneinander auf Pfählen über dem Wasser. Ein kilometerweites Labyrinth.

Kleine schwarze Schweine wuseln auf Sandbänken herum und entsorgen den natürlichen Abfall. Um die Plastikanteile kümmern sich Ziegen, die genügsam Becher und Tüten knabbern und auch Zigarettenkippen ordentlich vertilgen. Hühner, die man grellbunt angemalt hat, um die Raubvögel zu irritieren, sitzen vor einer Hütte nebeneinander, alle die Augen links, als wären sie beim Militär.

Sie biegen in einen Seitenarm ein. Ein alter Mann treibt in seiner Piroge vorbei und grüßt würdevoll, während er an einer Pfeife zieht. Ada dreht sich noch einmal nach ihm um und erblickt dabei eine schmächtige Gestalt in einem Boot hinter ihnen. Hat sie den kleinen Mann mit diesem Blues-Brothers-Hut nicht gerade noch am Ufer stehen sehen?

Sengende Sonne schon am frühen Vormittag. Und dazu die Gewissheit: Es kommt noch schlimmer. Durst und das kratzige Gefühl nass geschwitzter Kleider auf der Haut. Das nur ein bis zwei Meter tiefe Wasser riecht faulig.

Sie paddeln weiter, kommen zum schwimmenden Markt. Rumpf an Rumpf sind die Boote ineinander verhakt und versinken fast unter ihren Waren. Trinkwasser und Heilkräuter, Radios und Reis, Mehl und Altkleider aus Europa, Obst, Gemüse, Maggi-Kartons und Aluminiumgeschirr stapeln sich in den schmalen Barkassen. Brennholz ist aufgetürmt, und Chapalo schwappt in den Kalebassen. Das bräunliche Hirsebier ist beliebt und entfaltet bei diesen Temperaturen rasch seine Wirkung. Gnadenlos feilschen die Frauen und Mädchen mit den Händlern. Schreien und Kreischen dringt zu ihnen herüber. Geld wird über die Boote hin und her gereicht. Mit den Einkäufen klettern sie von einem Boot ins andere, raffen dabei ihre Gewänder, die in der Sonne leuchten. Dass die Boote dabei gefährlich schwanken, ist immer ein Anlass für Scherze und Gekicher.

»Patrick!«, ruft ein muskulöser Mann mit zerfurchtem Gesicht aus einer Hütte herüber, lacht und winkt mit beiden Armen. Seine Augen glänzen vor Freude.

Sie klettern über eine schmale Hühnerleiter zu ihm hinauf, auf schwankende Holzplanken, durch die das Wasser glitzert.

»Fortuné!« Die beiden umarmen sich.

»Willkommen! Ça va? Bist du gesund? Und die Familie?«

Alles bestens! Lang anhaltendes Lachen, dann etwas Chapalo aus der Kalebasse zur Begrüßung. Der erste Schluck ist allerdings für die Ahnen, er plätschert zwischen den Planken ins Wasser. Der Mann freut sich, dass sein Freund Patrick ihn besucht, wie er gleich mehrmals beteuert, und entblößt dabei braune Zahnstümpfe.

Ada erkennt im Dämmerlicht der Hütte eine koboldhafte Alte, die in atemberaubendem Tempo lange Bahnen von Palmwedeln flicht. Mit einem bunten Tuch um die Hüften und ausgestreckten Beinen lehnt sie mit dem Rücken an der Wand.

Fortunés Frau, Bekele, kommt und begrüßt sie. Sie stellt einen Plastikteller mit kleinen gebratenen Fischen vor sie auf den Boden und setzt sich zu ihnen. Entschlossenheit spricht aus jeder Geste.

Narben zieren Stirn und Schläfen. Sie ist groß, mit beeindruckenden Oberarmen. Viele kleine Zöpfe sind um ihren Kopf geschlungen.

Da schwankt auf einmal die ganze Hütte, und ein schnaufender, kahler Kopf taucht auf. Ein Riese, bestimmt zwei Meter groß, stemmt sich die Leiter hoch und begrüßt Patrick überschwänglich.

»Darf ich dich mit meinem Freund Philippe bekannt machen?«, sagt Patrick. »Er lebt hier schon ein paar Jahre. Hat sich nach Ganvié zurückgezogen.«

Philippe ist nur mit einer weißen Turnhose bekleidet. Zusammen mit einem volltönenden Lachen schlägt ihnen ein säuerlicher Chapalo-Schwall entgegen. Mit gekreuzten Beinen setzt er sich auf den Boden, wie ein schwarzer Buddha. Der Schweiß läuft in kleinen Bächen über seinen Bauch. Die drei Männer reden kurz auf Fon. Patrick wirkt wieder ganz konzentriert.

»Früher«, sagt Bekele zu Ada, »haben die Männer jede Menge Fisch aus dem Wasser geholt. Karpfen, Kapitänsfische, Tilapia, Sardinen, Krebse. Ein halbes Jahr werden die Fische gemästet. In Akajas, die im Lagunengrund verankert sind. Bevor sie geerntet werden, bekommen sie frische grüne Blätter zu fressen, damit sie auch gut schmecken. Wir kaufen den Männern die Fische ab und verkaufen sie dann auf dem Markt.«

»Die guten Zeiten sind aber längst vorbei«, sagt Fortuné und speit braunen Kautabaksaft in hohem Bogen ins Wasser. »Seit sie den neuen Hafen in Cotonou gebaut haben, wird die Strömung umgelenkt, und mit jeder Flut dringt Salzwasser in die Lagune ein. Mal Salzwasser, mal Süßwasser, die Fische halten das nicht aus. Sie sterben uns weg.«

Philippe lacht und meint: »Die haben jetzt einen tollen Hafen, und wir hier sind verarscht. Fünfzigtausend Leute!« Seine Augen funkeln. »Aber die Leute hier schlagen sich trotz allem durch. Den Tofino konnte noch niemand etwas vorschreiben! Die Einzigen, die sie fürchten, sind die Wassergeister des Vodou.«

Die Chapalo-Kalebasse macht die Runde. Es wäre unhöflich, abzulehnen. Mit der Zeit gewöhnte man sich sogar an das säuerliche, schaumige Gesöff. Ada nimmt einen Schluck und blickt über das Wasser. Überall leuchtet es blau zwischen den Hütten.

»Schöne Blumen, nicht wahr?«, sagt Bekele, die ihren bewundernden Blick bemerkt. »Während der Regenzeit wird die ganze Lagune zu einem einzigen blau blühenden Teppich. Aber wir können uns mit unseren Booten dann kaum noch durchkämpfen. Und die blaue Pest stinkt auch noch fürchterlich.«

»Aber woher kommt sie, diese Hyazinthe?«, fragt Ada erstaunt.

Bekele zuckt die Achseln. »Die einen sagen dies, die anderen das. Angeblich wurde die Pflanze in einem französischen Forschungslabor gezüchtet und hier ausgesetzt. Als nachwachsendes Fischfutter. Manche behaupten auch, die Frau eines hohen Politikers hätte sie von einer Brasilienreise mitgebracht, um damit ihren Swimming-Pool zu verschönern. Dort sei sie über den Rand gewuchert und verschönert nun unsere Lagune.«

»Siehst du!« Philippe lacht, dass der Boden wippt. »Schuld sind immer die reichen Länder im Norden und unsere Politiker!«

Ada versucht die Ratte in der Nähe ihrer Füße, die irgendetwas davonschleppt, zu ignorieren.

Der kleine, drahtige Mann mit Hut ist wieder da, paddelt in seiner Piroge vorbei, sieht zu ihnen herüber und wendet sich ab, als er Adas Blick bemerkt.

Als Weiße ist man auffällig wie ein bunter Hund, will sie sagen, aber ihr fällt die französische Übersetzung nicht ein, und überhaupt, man kann das doch gar nicht so übertragen, als Redewendung, geht ihr durch den Kopf. Sie spürt, dass sie von Chapalo, Hitze und dem durchdringenden Fäkaliengeruch immer benommener wird.

Nur mühsam dringt Philippes Stimme zu ihr durch wie die eines

Märchenerzählers. »Vor sehr langer Zeit lebte die Sklavin Anasi. Sie sammelte ihre Tränen in einer Kalebasse, stieß sie um und ertränkte sich darin, um ihrem Leid ein Ende zu machen. Aus diesen Tränen entstand ein See. Der Lac Nokoué. Nokoué bedeutet ›das Haus der Mutter‹. Hierher auf den See flohen die Menschen, um sich vor der Sklaverei zu retten. Sie bauten sich diese Stadt. Ganvié, das heißt: Wir sind gerettet!«

Ada fährt auf: »Wo ist eigentlich Patrick?«

Philippe zuckt nur mit den Schultern.

»Und was machst du hier in Ganvié, du bist doch gar kein Wassermensch?«

»Ich bin Berater«, sagt er mit einer Würde, als berichte er von einem Ministerposten. In seinem runden Gesicht verzieht sich keine Miene.

»Berater – wofür?«

»Alles. Lebensfragen. Willst du etwas wissen?«

»Kannst du davon leben?«

»Die Leute bringen mir hin und wieder etwas, Fisch, Palmschnaps, ich brauche nicht viel. Ich berate in praktischen und lerne in philosophischen Dingen. Also, ich suche.«

»Was?«

»Den Sinn, die Ursache, mich selbst, was weiß ich.« Kräftiger Schluck. »Die Tofino haben sich eine eigene Sprache, eigene Götter, eine eigene Kultur erschaffen. Sich selbst neu geschaffen. Die Tofino sind frei. In diesen Dingen sind sie meine Lehrer.«

Urplötzlich taucht Patrick wieder auf. Er redet auf Philippe und Fortuné in Fon ein. »Wir müssen los.«

Verabschiedung. Philippe drückt Ada an seinen Bauch. Die ganze Fischerfamilie schüttelt ihnen nacheinander die Hand.

Philippe ruft ihnen noch hinterher: »Den Wassergeistern muss geopfert werden, vergesst das nicht!«

»Was ist denn los?«, fragt Ada, jetzt hellwach, als Patrick mit zügigen Bewegungen lospaddelt.

»Keine Angst«, antwortet Patrick mit besänftigender Stimme. Er erklärt nichts, blickt sich häufig um.

Jetzt sind sie in der »Alten Stadt« angekommen. Dort haben *yovos* eigentlich nichts zu suchen. Hier herrschen der Vodou und die Mächte der Nacht. Keine Menschenseele weit und breit. Eine Stille, die nach dem Getöse in den Ohren dröhnt. Ada sieht, wie das Palmblatt-Flechtwerk einer Hütte etwas zur Seite geschoben wird. Kurz blitzt etwas Weißes auf.

Holzfiguren mit schmerzverzerrten Gesichtern, durchbohrt von Eisenstangen, stehen im Halbkreis im Wasser. Menschengroße Puppen aus Stroh baumeln unheilvoll an Holzbalken. Ada kramt ihre Kamera hervor, aber Patricks Blick reicht aus, dass sie sie sofort wieder verstaut.

Er paddelt in einen Seitenarm hinein.

Sie fahren nah an verwahrlosten Hütten vorbei. Zerbrochene Kalebassen markieren sie als Orte der Kraft. Ihr ist, als sähe sie magere Gestalten darin sitzen, die lautlos mit aufgerissenen Mündern über sie lachen. Vielleicht sind es aber auch nur Palmwedel, die sich im Wind bewegen, oder Reflexionen im Wasser. Etwas streift sie an der Schulter. Erschrocken dreht sie sich um, eine magere Hand scheint im Geflecht neben ihr zu verschwinden.

Da taucht ein Boot hinter ihnen auf. Ein hoher Laut lässt sie zusammenfahren. Ein menschliches Geräusch? Die Hörner, die die Stunde der Geister ankündigen?

»Kopf runter!«, hört sie Patrick zischen und befolgt den Hinweis in letzter Sekunde. Unter einer Holzhütte verschwinden sie, tief in die Piroge geduckt. Sie hört ihr Herz in den Ohren hämmern.

Patrick stoppt die Piroge, und sie schmiegen sich in den Schatten einer Hütte. Ada hat längst jede Orientierung verloren. Da nimmt sie eine Bewegung aus den Augenwinkeln wahr. Fortuné und Philippe treten an den Rand der Hütte ihnen gegenüber. Darüber haben sie also vorhin gesprochen!

Das Boot biegt um die Ecke. Patrick hat ihm den Weg abgeschnitten. Der schmächtige Mann mit diesem Hut. Jetzt ist er vor ihnen, sucht sie mit zur Seite geneigtem Kopf.

Fortuné macht nur eine knappe Bewegung. Eine Drehung aus der Schulter, ein Wirbeln, und über dem Verfolger schwebt eine dunkle Kugel. In Sekunden verbreitert sie sich, wird zu einem runden Fischernetz, das einen Moment in der Luft verharrt, bevor es lautlos auf ihn herabfällt. Fortuné zieht kurz und heftig an. Ein gurgelnder Schrei, ein lautes Platschen. Das leere Boot treibt an eine Hütte, stößt dagegen, dreht sich im Kreis.

Ada sieht Patrick mit aufgerissenen Augen an. »Ist er tot?«

»Nein, nur ein kurzes Bad. Die beiden kümmern sich schon um ihn«, antwortet er und paddelt wieder los.

»Wer ist dieser Mann?«

»Besser, du weißt nichts von alledem. Vergiss es!« Er wirft seine Zigarette ins Wasser, wo sie zischend verlöscht, und fügt rätselhaft hinzu: »Eines Tages werden wir ihnen das Handwerk legen. Alles muss verändert werden.« Dann ruft er wie eine Aufforderung an alle: »Gbédio!«

Der Himmel färbt sich gerade rosa, und das Wasser geht in seinem Licht von Grün und Grau zu Gold und Rosarot über und beginnt zu leuchten.

»Fortuné ist ein guter Freund von mir. Ich besuche ihn, sooft ich kann. Er ist ein echter Tofinu«, sagt Patrick. »Berühmt für seine große Geschicklichkeit. Die Tofino sind Individualisten, ziemlich eigensinnig.«

Eigentlich so wie er, denkt Ada. Aber er ist keiner der Wassermenschen. Er gehört zu einer der einflussreichsten Familien des

Landes. Und er zieht manchmal einen Schatten hinter sich her. Sie legt kurz die Hand auf seinen Arm.

Eine Piroge gleitet an ihnen vorbei. Ein Junge stakt, auf der Rückbank sitzt ein Mädchen. Vor dem Abendhimmel leuchtet ihr gelbes Kleid wie ein Signal.

Jäh wurde Ada bewusst und vielleicht zum ersten Mal wirklich klar, dass Patrick tot war. Verschwunden für immer. Ein stechender Schmerz in der Brust nahm ihr einen Moment lang den Atem.

Ein voll beladener Pick-up raste geradewegs auf sie zu. Im letzten Moment riss sie den Lenker herum in Richtung der Benzinvorräte. Vor ihr wuchs eine Glaswand in Rosarot. Ein zackiger Schlenker wieder nach links, auf die Straße.

Der Tod ist rosarot. Sie bremste, stellte mit zitternden Fingern den Motor ab und suchte in allen Taschen nach einer Zigarette. Sie fand ein krümeliges Etwas im Handschuhfach und steckte es sich an. Ihr war schwindelig. Aber nicht von der Gefahr, der sie gerade entronnenen war. Sondern von der Tatsache, dass sie eine winzige Sekunde gezögert hatte, den Lenker herumzureißen.

Sie rauchte und beruhigte sich langsam. Vorsichtig fuhr sie weiter. Sie hing am Leben.

Porto Novo. Sie fuhr durch die alte Stadt, vorbei an rostroten und ockerfarbenen Villen aus der Kolonialzeit. Alles war angefressen von der Meeresluft, ausgeräumt, zerfallen. Vom ersten Stock eines Hauses stand nur noch die Rückwand, das Dach fehlte. Trotzdem schlief jemand da oben auf einem Stuhl, mit dem Kopf auf dem Tisch.

Überall rankte es grün durch die Mauern. So, als würde die Natur schon bald wieder alles in Besitz nehmen. Lautstark behaupteten sich jedoch die Menschen. Schuhputzer klopften auf ihren Schemeln Trommelkaskaden, Losverkäufer versprachen brüllend kolossalen Reichtum, Singer-Nähmaschinen ratterten am Straßenrand, Friseure klapperten mit ihren Scheren, und der Muezzin versuchte, sie alle zu übertönen. An jeder Ecke wurden Brochettes gebraten, Knoblauchschwaden hingen in der Luft. Auf dem Markt boten die Frauen grüne Berge von Kräutern und Pflanzen für und gegen alles an: Gewürze, Arzneipflanzen, Zauberkräuter. Ein betäubender Duft stieg einem in die Nase, wenn man in ihre Nähe kam. Dank der nahen Grenze zu Nigeria war Porto Novo ein blühendes Handelszentrum. Das weit verzweigte Lagunensystem, der Atlantik und die grüne Grenze waren beliebte Schmuggelwege.

Die bunte Moschee gleich hinter dem Marktplatz, die vor nicht langer Zeit noch eine Kirche gewesen war, bewies die Macht der hier alles beherrschenden muslimischen Yoruba-Händler. Eine Neonlampe flackerte über dem himmelblauen Torbogen, auf dem Farbornamente leuchteten und der eine alte, reich verzierte Tür umrahmte. Darüber zeigte eine Digitaluhr die Zeit an.

Als hätte man es zum obersten Prinzip erhoben, keinesfalls einer bestimmten Stil-, Kunst- oder Glaubensrichtung, nicht einmal einer Zeitepoche ein Vorrecht einzuräumen. Kirchen standen neben Moscheen und Tempeln des Orisha-Kultes, der lokalen Vodourichtung. Alles glaubte hier wild durcheinander in bestem und fröhlichem Einvernehmen.

Jetzt irgendwo im Schatten einer dieser riesigen Regenbäume halten und dem Treiben zusehen, malte sie sich aus. Stattdessen fuhr sie zum Blind Date mit einem Killer. Möglicherweise. Sie schüttelte den Kopf über sich selbst und wich einem der gelblichen, mageren Hunde mit schmalem Schädel aus. Der kniff den Schwanz ein und schlich schräg über die Straße davon.

6

Das Beaurivage lag etwas außerhalb der Stadt direkt an der Lagune. Sie stellte ihr Auto auf dem leeren Parkplatz im Schatten eines Mangobaumes ab. Sofort war ein kleiner Wächter zur Stelle. Ein vielleicht sechsjähriger Junge, dem die Schulterblätter vom mageren Rücken abstanden wie gestutzte Flügel, übernahm den Schutz des Renaults. Er ging neben dem Auto in Stellung wie ein Preisboxer und verkündete, dass niemand es wagen würde, es auch nur zu berühren.

Die Luft stand still. Heiß und drückend. Das Restaurant war im Innern holzgetäfelt, dunkel und leer. Ein Kellner eilte herbei.

»Guten Tag, Madame. Wünschen Sie zu speisen? Darf ich Ihnen die Karte bringen? Wir haben heute frische Langusten.«

»Danke, nein. Ich bin verabredet. Bringen Sie mir bitte eine Flasche Possotomé.« Hier führten sie hoffentlich das Wasser aus der Quelle am Lac Ahémé.

»Sofort, Madame!«

Sie ging hinaus auf die Terrasse. Von hier aus bot sich ein weiter Blick über die Wasserfläche der Lagune bis hin zu den Pfahldörfern. Mit dem Glas in der Hand lief sie eine Weile hin und her. Niemand kam.

Am Ende der Terrasse befand sich ein großes, quadratisches Zementbecken. Es war etwa einen halben Meter hoch und hatte ein eingelassenes Gitter. Sie beugte sich darüber und fuhr erschrocken zurück. Eine Handbreit unter dem Gitter ragte ein Krokodilkopf aus dem Wasser und blies ihr fauligen Atem entgegen. Schnell machte sie einen Schritt rückwärts und stieß gegen jemanden.

»Madame Simon«, sagte eine heisere Stimme, als sie sich umwandte. Ihr gegenüber stand ein vierschrötiger Mann in einem teuren Sommeranzug, dessen Kinnlade so aussah, als ob er sich mühelos überall festbeißen könne. Sie versuchte sich zu fassen und einen souveränen Eindruck zu erwecken. Was wohl nicht recht gelang, denn der Mann lächelte. Zumindest mit dem Mund. Seine kleinen, eng beieinander stehenden Augen fixierten sie kalt. Ein Typ, bei dem man nie auf die Idee gekommen wäre, ihn nicht ernst zu nehmen.

»Wir kennen uns ja bereits. Darf ich Ihnen etwas bringen lassen?« Arroganter Tonfall.

»Nein danke.«

Sie zermarterte sich das Hirn. Woher kannten sie sich? Wieder einmal musste sie sich eingestehen, dass es ihr schwer fiel, dunkelhäutige Menschen auseinander zu halten. Wie oberflächlich ich beobachte, dachte sie. Und das in meinem Job.

Wie als Antwort auf ihre Gedanken sagte der Unbekannte: »Sie sollten sich als Fotografin den Schönheiten unserer Natur widmen. Ich kann Ihnen gerne geeignete Motive und Landstriche empfehlen. Meiden Sie in Zukunft die Porträtfotografie! Darf ich Ihren Apparat einmal sehen?«

»Wovon reden Sie eigentlich? Was wollen Sie mit meiner Kamera?«, fragte sie befremdet.

Der Typ trat zu ihr hin. »Bringen Sie mir den ersten Film, den Sie in diesem Land gemacht haben! Betrachten Sie es als eine Marotte von mir, Touristen die ersten Bilder auf diesem Kontinent zu nehmen. Hier sollte man immer zweimal hinsehen.«

Er kam noch näher und schob sie immer mehr an das Krokodilbecken heran. Sie vollführten eine Art langsamen Tango rückwärts. Eine groteske Situation, lächerlich und peinlich. Und ungewiss im Ausgang. Sie hatte keine Ahnung, wie gut das Gitter hinter ihr hielt, und kein Interesse, es herauszufinden. Aus den Augenwinkeln sah sie den Kellner herankommen, der Anstalten machte, sich wieder zurückzuziehen, um ihr vermeintliches Liebesgeplänkel nicht zu stören.

»He!«, rief sie. Offensichtlich keine klare Aussage. Der Kellner zog sich diskret zurück. Sie gab dem zudringlichen Kerl ihre Leica. Der öffnete sie und zog langsam den Film ans Sonnenlicht.

»Sie werden mir den Film, den Sie in der Champagner-Bar gemacht haben, bringen. Hinterlegen Sie ihn einfach hier an der Rezeption. Ich vertraue Ihnen. Sie sind jung und wollen Ihr Leben genießen. Auch weiterhin mit ihrem hübschen Gesicht, habe ich Recht?«

Er hatte.

Sie stolperte hinaus. Der Parkplatz war bis auf ihren Renault und einen schwarzen Mercedes leer. Schnell drückte sie dem Beschützer ihres Autos ein Geldstück in die Hand, startete und preschte mit schleifender Kupplung los.

Sie raste die Straße zwischen Meer und Lagune in Richtung Cotonou. Der Film aus der Champagner-Bar – sie hatte das Porträt eines Mörders auf dem Film! Kann man damit Preise gewinnen? »Junge Fotografin überlebt Fotopreis nur wenige Tage« oder »Spezialistin für Killerporträts von Krokodil verspeist«, könnten die Schlagzeilen lauten. Lohnt sich unter keinen Umständen.

Als sie erschöpft am Hotel de la Plage ankam, beschloss sie, sich heute Abend nur noch Bulgakow zu widmen. Statt an den Unbekannten in Porto Novo würde sie an den in Moskau denken, der wusste, dass die Straßenbahn den Kopf von Berlioz rollen lassen würde. Sie wollte alle Überlegungen auf Eis legen und Abstand gewinnen, dann würden sich erfahrungsgemäß ihre Ahnungen und unbewussten Wahrnehmungen allein einen Weg an die Oberfläche bahnen.

Mit einem Gefühl der Erleichterung, ihrem Buch und einer Flasche Saint-Emilion zog sie sich auf die hintere Terrasse des Hotel de la Plage zurück.

Außer einem Pärchen, das sich ziemlich ungeniert aneinander zu schaffen machte, war sie der einzige Gast. Wahrscheinlich ist mindestens einer der beiden verheiratet, vermutete sie.

Der sonst so aufmerksame Kellner ließ sich nichts anmerken. Die Höflichkeit gebot, nur das wahrzunehmen, was gerade angebracht schien.

»Wie geht es Ihnen, Madame Simon? Was macht die Arbeit?«, fragte er diskret lächelnd, um die Unverbindlichkeit seiner Frage zu unterstreichen.

»Danke, gut. Bald werde ich für zwei Wochen in den Norden reisen.«

Er nickte und schenkte ihr noch etwas Wein nach.

Ihr gingen verschiedene Situationen durch den Kopf, in denen selektive Wahrnehmung eine Rolle gespielt hatte. Unkonzentriert las sie in *Der Meister und Margarita* über Pontius Pilatus.

Nachtfalter umschwirrten die Lampe und stürzten sich schmurgelnd und zischend in die Flamme.

»Doucement, chéri, sachte«, hauchte die Dame am Nachbartisch.

Doucement, Madame – das war es! Sie schlug das Buch mit einem Knall zu. Erschrocken glitt die Dame vom Schoß ihres Begleiters und zupfte an ihrem Kleid.

Aufgeregt ging Ada auf ihr Zimmer. Daher kannte sie den Mann aus Porto Novo. Der Bulldoggenmann mit den kalten Augen! Er hatte sie aufgefangen, als sie in der Champagner-Bar über seine Füße gestolpert war. Und was hatte er gesagt? »Doucement, Madame! Achten Sie auf Ihre Kamera!«

Unbehagen beschlich sie bei der Erinnerung an seine heisere Stimme. Damals hatten ihn also schon die Fotos interessiert! Wusste er, dass gleich darauf die Schüsse folgen würden? Oder hatte er etwa selbst geschossen?

Im Vorübergehen nickte sie Comme la Vie zu, der in Shorts und Unterhemd durch die Gänge strich. Er gehörte hierher, seit sie das Hotel kannte. Das kurz geschorene Haar lichtete sich bereits am Hinterkopf, und seine Beine formten ein Oval. Am liebsten lag er auf seiner Rohrmatte und träumte. Von einem Leben, in dem ein anderer seine Aufgaben, wie Glühbirnen auswechseln oder einen Nagel einschlagen, übernahm, während er sich, in weißem Anzug und in Begleitung einer atemberaubenden Schönheit, auf der Terrasse des Hotels riesige Eisbecher servieren ließ, in denen Sonnenschirmchen steckten. Er trug immer ein Schweizer Taschenmesser am Hosenbund, das ihm ein Hotelgast geschenkt hatte und das er bei jeder Gelegenheit vorzeigte.

»Ada! Wie gehts?«

»Ça va. Und du?«

»Ça va!«

Er zeigte seine schadhaften Vorderzähne, und ihr fiel ein, dass er einmal von seinem größten Traum, einem glänzenden Goldzahn, erzählt hatte. Den konnte sich wirklich nur leisten, wer es im Leben zu etwas gebracht hatte.

Das Zimmer glich einer Sauna. Ihr Mitbewohner, der Gecko, hing an der Wand und nickte vor sich hin. Er schien sich in seinen Gedanken Recht zu geben. Der Glückliche!

Ihre Überlegungen dagegen riefen kein weises Nicken hervor. Alle Grübeleien hatten nur ein Resultat: dass sie nicht einschlafen konnte. Sie warf das Leintuch von sich und kroch unter dem Moskitonetz hervor. Dann stieß sie die hölzernen Fensterläden auf, um einen Hauch Meeresbrise in die Schwüle des Zimmers dringen zu lassen.

Das Meer lag dunkel vor ihr, nur leise bewegt von einer kaum wahrnehmbaren Dünung. Ein Streifen silbernen Mondlichtes auf dem Wasser wies einen Weg ins Unbekannte. Sie lehnte sich aus dem Fenster und rauchte noch eine Zigarette, deren glühende Spitze wie ein Signal für in der Ferne wartende Schiffe auf- und abwanderte.

In dieser Nacht beobachtete sie noch lange den Gecko. Reglos hing er kopfüber an der Decke, wie versteinert. Dann schoss er los. Meist war es dann um die Fliege, den kleinen Nachtfalter oder den Moskito geschehen. Manchmal jedoch umkreiste er auch sein Opfer, langsam und stetig. Umkreiste es, bis es scheinbar willenlos aufgab. Dann fraß er es genüsslich auf.

7

Der Morgen begann mit einem diesigen Himmel und Scharen von Heuschrecken, die wie Boten einer Katastrophe den Himmel verdunkelten.

Sie wusste nicht, ob sie den brisanten Film in dem chinesischen Labor mit abgegeben hatte. Also musste sie alle übrigen so schnell wie möglich entwickeln. Die Entscheidung, was sie dann mit dem Beweisstück machen würde, wollte sie vertagen. Erst einmal finden.

Und eigentlich sollte sie ja auch ihre Reportagereise vorbereiten.

Der offizielle Passierschein bereitete ihr Kopfschmerzen. Der wurde unterwegs ab und zu kontrolliert. Ihn zu besorgen, bedeutete erfahrungsgemäß einen langwierigen Kampf.

Sie füllte ihr Portemonnaie und machte sich auf in das zuständige Dienstgebäude des Ministeriums für Tourismus, Reisen und Transport am Boulevard de la Marina. Wieder ein real-sozialistischer Plattenbau. Am Eingang lungerten Männer herum in der Hoffnung auf ein paar Stunden Arbeit im Hafen. Sie kratzen sich zwischen den Beinen, rückten und ruckelten ihr wertvollstes Körperteil zurecht. Der ewige Zeugungswille, vielleicht. Ihr fiel es auf die Nerven.

Im Gebäude empfing sie einmal mehr ein müder Angestellter im sandfarbenen Anzug. Er hatte die Beine auf die Tischplatte gelegt und hing seinen Gedanken nach.

Auf ihre Frage, wohin sie sich zu wenden habe, nahm er sein dünnes Zahnhölzchen aus dem Mund und dachte sichtlich angestrengt nach. Eine energische Dame in einem Kleid mit Puffärmeln trat dazu, die beiden begannen eine lebhafte Diskussion in Fon. Schließlich wurde Ada informiert: Der Zuständige war auf Dienstreise. Auf Dienstreise! Vielleicht eher in seinem »zweiten Büro«, wie hier die obligatorische Geliebte hieß.

Die rigorose Dame befahl: »Gehen Sie in Zimmer vierunddreißig. Man wird Ihnen weiterhelfen.« Dann rauschte sie ab.

Noch immer mit Elan marschierte Ada die Flure entlang und suchte nach dem angegebenen Zimmer. Endlich fand sie es. Durch die angelehnte Tür bot sich ein schon bekannter Anblick. Ein korrekt uniformierter Herr hatte es sich auf der Tischplatte bequem gemacht und schlief tief und fest. Ihre Hoffnung sank.

Anträge stellen, Formulare ausfüllen, Gebühren entrichten, Papiere abstempeln, von anderen Stellen beglaubigen lassen, in mehrfacher Ausfertigung erstellen und jedes einzelne mit einem aktuellen Foto versehen. Siebzig Schritte, so hatte jemand einmal gezählt, musste zum Beispiel ein Händler, der legal exportieren wollte, durch den bürokratischen Apparat tun. Aber warum um Gottes willen sollte er das? Ehe er überhaupt begann, legale Schritte einzuleiten, hatte er illegal längst seinen Profit eingestrichen.

Viele Stunden später verließ sie erschöpft den aufgeheizten Betonbau. Erreicht hatte sie nichts. Der Stellvertreter war krank, und dessen Stellvertreter konnte nichts entscheiden.

Sie beschloss, sich erst einmal im La Caravelle zu erholen. Die Terrasse im ersten Stock ging direkt auf die Avenue Clozel. Die Autos und Mopeds fuhren oder besser standen im Berufsverkehr, und alle hupten, was das Zeug hielt. In der Mitte der Straße stand ein Polizist und wirbelte mit den Armen. Niemand nahm von ihm Notiz. Eine Gruppe französischer Touristen zog vorbei, alle trugen Khaki-Shorts und Westen mit vielen Taschen, Tropenhelm und Stiefel, um gegen Giftschlangen und Skorpione gewappnet zu sein. Ängstlich blickten sie um sich. Aus der gegenüberliegenden Kirche drang in Wellen ein vielstimmiger Gesang, aus dem sich ab und zu einzelne ekstatische Stimmen hervorhoben. Weiß gekleidete Anhänger der Christiane Céleste zogen die Straße entlang. Die Sekte mischte den Katholizismus mit Elementen des Vodou und erfreute sich zunehmender Beliebtheit. Überall sah man die Männer und Frauen mit den weißen Mützen, wie Köche sie tragen.

Gegen ein bisschen Beistand hätte sie nichts einzuwenden. Doch war es nun besser, sich den Christiane Céleste zuzuwenden oder aber dem Vodou und sich auf dem Cotonouer Markt Gris-Gris und Fetische zu besorgen? Sollte sie Allah anrufen oder sich auf den lieben Gott besinnen? Am schlüssigsten erschien ihr die Methode, die ein junger Haussa-Händler einmal erläutert hatte. »Für den Markt bin ich Muslim, wie alle Händler. Abends bete ich zu Gott, sicherheitshalber. Wenn es wirklich schnell gehen muss, hilft nur der Vodou.«

Die kurze Dämmerung stand unmittelbar bevor. Der Abendwind wehte Abkühlung vom Meer herüber. Sie bestellte gebratene Wachteln mit Linsen. Um achtzehn Uhr, wie nach einem Startschuss, flatterte eine Schar Flughunde über das Terrassendach in Richtung Kirche.

Als sie ihr Bier ausgetrunken hatte und gehen wollte, lief sie Robert direkt in die Arme. Der Sonnyboy! Mit seinem dunkelblonden Haarschopf und seiner Unbekümmertheit zog er die Blicke aller anwesenden Damen auf sich.

»Hallo Ada, wie gehts? Schönen Frauen wie dir gehts doch immer gut, oder?«

Voll fiebernder Abenteuerlust wollte er sich ins Nachtleben stürzen. Gemeinsam stiegen sie die Treppe hinunter. Er ging nebenan in den Jazzclub, und sie ging kurz entschlossen mit. Unten stand ein Bettler. Robert drückte ihm ein Geldstück in die Hand, und der fragte ihn zu ihrem Erstaunen: »Ist das deine Frau?«

»Aber nein!«, antwortete Robert und schüttelte den Kopf.

Im So What war noch nicht viel los. Einige Pärchen schlürften an ihren Tischen bunte Cocktails mit Strohhalmen, die Band war noch nicht richtig in Fahrt. Von der offenen Terrasse wehte ein kühler Wind herein, und sie bestellten erst einmal Gin Tonic. Eine der Schönen der Nacht begrüßte Robert sehr vertraut.

Er schien das normal zu finden. Er wirkte ganz locker, als ob Probleme normalsterblicher Menschen ihm nichts anhaben könnten, er sich jedoch freundlich bemühte, solche Absonderlichkeiten bei anderen zu verstehen. Langsam füllte sich der Laden.

Natürlich sprachen sie über Patrick. Alle wussten ja anscheinend Bescheid, also erzählte sie auch Robert von ihren allseits begehrten aber noch nicht entdeckten Aufnahmen. Je mehr Leute davon wussten, umso sicherer erschien es ihr. Als würde dadurch ein Schutzschild um sie aufgebaut.

»Ich brauche dringend ein Fotolabor! Hast du eine Idee?«

»Nichts leichter als das, für dich tu ich doch fast alles! In unserer Firma wird sich garantiert was machen lassen. Ich rede gleich morgen mit meinem Chef. Ruf mich am Nachmittag an, okay?«

Ein Schwall Meeresluft wehte durch den Raum, verwirbelte den Zigarettendunst und die Düfte der Cocktails, die »La Vie en rose« oder »Nuit de Vénus« hießen. Später tanzten sie. Der Jazz ging durch den Körper, flutete durch sie hindurch, der Geist schwebte, geschmeidig gehalten durch Gin Tonic, die tanzenden Paare verrenkten sich, die ganze Welt bewegte sich vor Freude und Leichtigkeit im Rhythmus, den die Musiker immer mehr steigerten. Endlich hatte sie wieder zu diesem Gefühl gefunden, das sich sonst so leicht bei ihr eingestellt hatte. Optimismus und eine rauschhafte Freude am Leben. Robert sah ihr bewundernd beim Tanzen zu. In seinen Augen schmolz etwas, als zerfließe die braune Iris wie ein Eisstückchen im Gin-Tonic-Glas.

»Soll ich dich nachher nach Hause bringen?«

»Das kannst du gern machen.«

Er fuhr viel zu schnell, und sie hoffte, dass alle Polizisten schliefen und keine Fußgänger im Dunkeln ihrem Leben ein Ende setzen wollten. Vor dem Hotel verabschiedeten sie sich mit artigen Küssen auf die Wangen. Er hielt sie kurz am Arm fest und sah sie erwartungsvoll an. Sie schüttelte fast unmerklich den Kopf und ging hinein.

Voller Elan fing sie an, Pläne zu schmieden. Morgen höre ich auf zu rauchen! Und finde ja vielleicht endlich den Film!

Comme la Vie lag auf seiner Rohrmatte auf der Terrasse und schnarchte. Mit entschlossenen Schritten marschierte sie zu ihrem Zimmer. Ob der Ventilator wieder geht, überlegte sie, als sie die Tür aufschloss und nach dem Lichtschalter tastete. Als das Licht das Zimmer erhellte, durchfuhr sie ein eiskalter Schreck.

Auf ihrem Bett saß der Mann aus dem Ministerium mit der seltsamen Haartolle und sah sie an.

8

Ihr allabendlicher Freund und Begleiter, der kleine Gecko, hatte es vorgezogen, sich zu verziehen. Sie konnte es ihm nicht verdenken. Haartolle ließ ein Messer aufschnappen und kratzte sich den Dreck unter den Fingernägeln hervor. Er schwitzte, und sein Bauch drohte, das afrikanische Hemd zu sprengen. Er sah sie fast traurig an. Seine Augen waren triefig, das Gesicht unnatürlich gerötet. Sieht so ein Killer aus? Vielleicht, wenn er ein Psychopath ist. Der Gedanke tröstete sie auch nicht.

»Was wollen Sie?«, versuchte sie es mit gespielter Gleichgültigkeit.

»Das wissen Sie nicht? Sie stecken doch tief in der Klemme! Sie und Ihre sauberen Freunde.«

»Wovon reden Sie?«

»Tun Sie doch nicht so!«

»Ich habe keine Ahnung.« So kommen wir auch nicht weiter.

»Rücken Sie den Film raus! Sonst wirds Ihnen wirklich Leid tun! Den Film aus der Champagner-Bar.«

»Den habe ich doch gar nicht.«

»Was reden Sie da?«

Er lief dunkelrot an, packte sie am Handgelenk und fummelte mit seinem Schnappmesser vor ihrem Gesicht herum. Sie schrie auf.

Der Schweiß lief in Strömen an ihm herunter. »Gib den Film her!«

Jetzt sind wir schon per Du, schoss es ihr durch den Kopf.

Sein Gesicht wechselte ins Lilafarbene. Vielleicht ereilte ihn ja eine Herzattacke. Sie bewegte sich rückwärts durch das Zimmer, den Kopf nach hinten gebogen, um aus dem Umkreis seines fuchtelnden Messers zu gelangen. Mit der Linken presste er ihr Handgelenk, dass es schmerzte. Sie drückte sich mit der freien Hand an seinem schweißdurchtränkten Hemd ab. Langsamer Tango rückwärts schien zur Gewohnheit zu werden. Sie wollte zur Tür gelangen, um Hilfe schreien. Ein Stuhl krachte zu Boden. Sie sammelte alle Kräfte, riss sich mit einem Ruck von ihm los und warf sich gegen die Tür. Dachte sie. Stattdessen flog sie an die gegenüberliegende Wand des Hotelflurs. Sie rappelte sich auf und rieb sich die schmerzende Schulter. Vor ihr stand Comme la Vie mit hängenden Armen und offenem Mund. Er hatte die Tür gerade rechtzeitig geöffnet, um sie raketengleich herausschießen zu lassen.

Haartolle stieß ihn beiseite und zuckelte schnaufend davon.

»Wie kommst du denn hierher?«, fragte sie atemlos.

»Na, ich hab wa... was poltern gehört, ich, ich hab Angst gehabt. Ich dachte, was ist denn hier los?« Seine Augen waren aufgerissen, und seine Hand krampfte sich um das Schweizer Taschenmesser, bereit zuzustoßen. Es auszuklappen hatte er allerdings vergessen.

Ada war gerührt. »Comme la Vie, du bist mein Retter!« Sie rang nach Luft. »Sobald ich ein bisschen Geld gespart habe, kaufe ich dir einen Goldzahn, das schwöre ich dir.«

Sein Gesicht leuchtete. Mit dieser wunderbaren Aussicht schlurfte er zurück zur Terrasse.

Sie begann fieberhaft, alle ihre Sachen zu durchwühlen. Der verdammte Film!

Mitten in der Suche stockte sie. Der schwitzende Weiße mit den Hängebacken in der Champagner-Bar an der Tür. War das nicht ihr nächtlicher Besucher? Hatte er Patrick erschossen?

Sie wühlte in ihren Kleidungstücken und sah unter dem Bett nach. Kein Film. Nur ein weinrotes Tuch lag auf dem Fußboden. Wohl ein Stofftaschentuch. Dass so was noch benutzt wird, dachte sie. Welche sauberen Freunde er wohl meinte?

»Ich will Fotos machen. Ich will Bulgakow lesen. Ich bin keine Privatdetektivin«, erklärte sie dem Gecko, der wieder aufgetaucht war. »Morgen gehe ich zu denen, die für solche Sachen bezahlt werden. Zur Polizei. Irgendwie muss das zu Ende gebracht werden.«

Der Gecko nickte.

Den Rest der Nacht verbrachte sie in dem Korbsessel und wartete darauf, dass endlich die Vögel zu zwitschern und die Wächter zu fegen anfingen.

Völlig übermüdet lief sie durch die Straßen. Das Leben war seit dem Morgengrauen in vollem Gange. In einem Friseurladen flocht eine junge Frau einem Mädchen fadendünne Zöpfe. Die beiden erzählten sich etwas und bogen sich vor Lachen. Die Tretnähmaschine der Schneiderei nebenan ratterte, als würde ein Stück von Swede Swede mit überhöhter Geschwindigkeit abgespielt.

Sie ging, ohne auf den Weg zu achten.

Das Denkmal eines heroisch aussehenden Menschen stand in der Mitte eines Kreisverkehrs. Sie blieb am Rande der Straße stehen. Wild durcheinander wurde links oder rechts überholt, mitten hindurch brauste der Gegenverkehr. Mopeds kurvten vor ihren Füßen herum, Fußgänger wichen ihr aus. Oft balancierten sie riesige Schüsseln, Bananenstauden, Teller mit Kolanüssen, Avocadoberge und Türme aus Zigarettenschachteln. Viele der Männer schlenderten, unbelastet von Waren und auf den Rücken gebundenen Kindern, vorbei und hatten sichtlich Wichtiges vor. Sie rauchten im Gehen, manche warfen ihr Bemerkungen zu. Einer sprach sie auf Russisch an. Ein fast nackter Mann lag auf der Straße und trank aus einer Pfütze.

Abfall lag überall, Plastikstücke, kaputtes Glas. Papierfetzen wehten die Straße entlang. Rinnsale flossen entlang des Weges. Feiner Staub setzte sich in den Nasenlöchern und überall auf der schwitzenden Haut fest, vermengte sich mit den Rußpartikeln der Abgase. Sie fotografierte. Da tauchte wieder diese zahnlose Alte auf. Schon gestern hatte sie ihr auf Fon etwas zugerufen. Vermutlich bettelte sie um Geld. Um die Hüften hatte sie ein zerlumptes Tuch gewickelt, Muscheln und Lederbänder bedeckten Arme, Beine und Hals. Die vertrockneten Brüste schwangen hin und her. Sie lachte und kreischte und schwang ihren Stock. Die alte Frage holte Ada wieder ein: »Was tue ich hier eigentlich?«

Sie verlief sich mehrmals, bevor sie ins Zentrum zurückfand, wo sie Elise von deren Seminar an der Uni abholte.

Im Gerbe d'Or bestellten sie Kaffee und Croissants. Der geschmackvoll eingerichtete Raum im ersten Stock war klimatisiert und wenig besucht. Elise bemerkte ihre Unruhe. »Was ist los?«, fragte sie.

Ada erzählte von Haartolle und gab ihr einen Abriss des Abenteuers in Porto Novo.

Elise sah sie erschrocken an. »Wie sah der Typ in Porto Novo aus? Was hat er gesagt?«

Ada versuchte, ihn zu beschreiben. Aber vermutlich ließ sich nicht viel anfangen mit »kalter Typ mit einem Bulldoggen-Kinn, Mercedesfahrer«.

»Er war auch in der Champagner-Bar. Neulich. Meinst du, du kennst ihn?«

Elise zuckte mit den Schultern und runzelte die Stirn.

Ada irritierte diese Zurückhaltung. Elise kannte hier fast alle wichtigen Leute. Cotonou war für die Hautevolee wie eine kleine Insel. Schwarz oder weiß, Mitarbeiter der internationalen Organisationen oder der Regierung, jeder kannte hier jeden. Selbst Ada war mit manchem bekannt, der in den Fernsehnachrichten erschien. Und dann wollte Elise so nichts ahnend sein? Aber was verstehe ich schon von den wirklichen Zusammenhängen hier? Nichts! Ich bin eine Weiße. Ich bin eine Fremde. Schließlich vertraute sie ihrem Gefühl. Und damit Elise.

»Das mit der Polizei schlag dir mal aus dem Kopf«, bestimmte Elise. »Die haben doch noch nicht mal den entführten Minister wieder gefunden. Vergiss es! Ich weiß, zu wem wir gehen müssen.«

Ada hatte es befürchtet. Zu dem Mann, bei dem Patrick gearbeitet hatte. Und bei dem der Liebhaber von Haartollen und Schnappmessern angestellt war.

»Du kannst ihm vertrauen!«

So ist das, wenn man erst mal mit dem Vertrauen anfängt. Dann kann man anscheinend gar nicht mehr damit aufhören. In dem ihr wohl bekannten Gebäude mit seinem unverwechselbaren sozialistischen Charme brachte die Sekretärin wieder Kaffee, und der überaus gesittete Monsieur Diallo setzte zu seinen nicht enden wollenden Floskeln an. Ada brach wieder der Schweiß aus.

Doch was sie Elise erzählt hatte, konnte sie ebenso gut auch ihm erzählen. Also gab sie noch einmal die beiden Geschichten vom Tango rückwärts zum Besten. Ihr war die Sache peinlich. Jeder schien hier mehr zu wissen als sie selbst. Sie wusste ja nicht einmal über den Verbleib ihrer Filme Bescheid. Als sie Haartolle aus seinem Ministerium erwähnte, meinte sie, Diallo erblassen zu sehen. Unter seiner hellbraunen Haut wurde er eine Spur grau.

»Meine liebe Madame Simon«, begann er, sah sie dabei wohlwollend, aber mit dem der Situation angemessenen Ernst an und legte seine gepflegten Fingerspitzen aneinander. »Das Allerbeste, da bin ich mir sicher, ganz in Ihrem Sinne zu sprechen, und Ihr Wohlergehen, das dürfen Sie mir glauben, liegt mir sehr am Herzen, wird sein, die Sache so schnell wie möglich aus der Welt zu schaffen. Der von Ihnen erwähnte, mir ebenfalls zu meinem Bedauern gänzlich unbekannte Herr, der sie in Porto Novo so rücksichtslos behandelt hat« – hier lächelte er bedauernd –, »wird Ihnen nicht wieder zu nahe treten. Denn sicherlich werden wir bald alles aufgeklärt haben. Um den Mitarbeiter des Ministeriums werde ich mich unverzüglich selbst kümmern. Machen Sie sich also deshalb keine unnötigen Sorgen.« Er holte tief Luft. »Wo der Film auch ist, finden Sie ihn, bringen Sie ihn zu mir. Ich kümmere mich dann um alles Weitere, und die Sache ist ausgestanden.«

Leicht gesagt.

Sie tranken noch einen Kaffee und sprachen über das Wetter. Wirklich sehr schwül zur Zeit.

9

Abends schleppte Elise sie zu einer dieser Cocktailpartys, wie sie hier offenbar pausenlos gegeben wurden. Diesmal war der Empfang einer wichtigen Persönlichkeit in der französischen Botschaft der Anlass. Den weitläufigen Botschaftsgarten illuminierten Lampions in den Bäumen.

»Es würde mich nicht wundern, wenn der Botschafter einen Regenverhinderer beauftragt hat. Und zwar den besten. Obwohl Gefängnis darauf steht.«

»Was?« Ada sah Elise entgeistert an.

»›Wer sich an Handlungen beteiligt, die den Ablauf der Regenzeit verändern, kann mit bis zu zwei Jahren Gefängnis bestraft werden.‹ Paragraf 264 des Strafgesetzbuches«, zitierte Elise.

Sie bewegte sich zwischen all den Diplomaten mit selbstverständlicher Lässigkeit. Die Gäste standen locker plaudernd mit einem Champagnerglas in der Hand herum und langten bei den Krabbenschwänzen in Bierteig zu. Delikat! Die Damen ließen viel weißen Rücken sehen und hin und wieder Bein.

De Boulanger stand so unvermutet neben Ada, dass sie sich fast an einem Happen französischem Käse verschluckt hätte.

»Trinken wir ein Glas Wein?« Er griff nach zwei vollen Gläsern, die gerade auf dem Tablett eines Kellners durch den Raum schwebten. »Na, was macht die Kunst? Gehts voran?«

»Nun ja, es lässt sich ganz gut an.«

»Freut mich zu hören!«

Er schien alles in die Stimme zu legen, was diese an erotisch klingender Modulation zu bieten hatte.

»In einer Zeitschrift habe ich übrigens neulich eine Fotoreportage von Ihnen entdeckt. Eine Serie über Fischer im Senegal, am Strand vor Dakar. Sehr schön.«

»Am meisten haben mich die Reihen der Blinden fasziniert. Wie sie, einer die Hand auf der Schulter des andern, mit leeren Augen am Wasser entlanggehen, in der anderen Hand einen Teller«, sagte er und trank sein Glas auf einen Zug leer.

»Ja, sie bekamen damals Fisch geschenkt, jeder eine Portion auf seinen Teller. Das war vor vier, fünf Jahren. Inzwischen war ich wieder dort, um Aufnahmen zu machen. Heute sieht alles ganz anders aus. Die blinden Bettler sind verschwunden. In der Nähe der Küste kreuzen supermoderne europäische Trawler … und die Fischerboote sind oft leer, wenn sie zurückkommen.«

»Ein Jammer«, meinte de Boulanger und sah sich schon wieder suchend nach etwas zu trinken um. »Fotografieren Sie auch schwarzweiß?«

Hatte sie doch gleich gewusst, dass er ein Kunstsinniger ist. »Ich fotografiere am liebsten schwarzweiß. Farbe lenkt oft nur ab, zeigt die Oberfläche. Mich interessiert mehr, was dahinter liegt. Bei Porträts, was in den Gesichtern steht. Ein Foto soll Fragen aufwerfen, Gefühle oder Überlegungen provozieren. Ich finde, das gelingt besser mit Schwarzweißaufnahmen.« Sie nahm einen Schluck Wein und fügte hinzu: »Meist geht es ja darum, einen bestimmten Moment abzupassen. Aber es hängt natürlich immer davon ab, was man zeigen will.«

»Ja«, erwiderte er, »darauf kommt es an. Und oft merkt man erst hinterher, was man im Kasten hat.«

Da hatte er allerdings Recht. Ada sah in sein scharfkantiges Gesicht. Seine hellen Augen hinter der Goldrandbrille verrieten nicht, ob er die Geschichte von ihrem Foto in der Champagner-Bar kannte.

»Haben Sie denn noch Kapazitäten frei? Hier in der Stadt hätte ich noch so eine Sache, die eine Fotodokumentation wert wäre.«

»Durchaus. Sehr gerne.«

Sie hielt den Kopf wieder leicht nach rechts geneigt. Manche vermuteten darin den Ausdruck skeptischen Abwägens. Die Ursache hieß aber schlichtweg *palu.* So sagte hier jedermann vertraut zu einer häufigen Heimsuchung. *Le paludisme.* Die vielen Malariaanfälle hatten auf dem rechten Ohr eine leichte Schwerhörigkeit bewirkt, sodass sie unbewusst immer das linke in Hörrichtung drehte. Und so entdeckte sie jetzt am Rande ihres Blickfeldes Johannes. Er winkte ihr zu. Irgendwie hatte sie aber den Eindruck, dass es eher so etwas wie ein Abwinken war, und sie sah auch gleich, warum. Unmittelbar neben ihm stand Elise und redete auf ihn ein.

»Wir arbeiten in der Stadt mit Theaterstücken. Straßentheater als Mittel der Aufklärung. Das würde ich Ihnen gerne einmal zeigen. Wollen Sie?«, hörte sie de Boulanger fragen. Er hielt ihr seine Schachtel Chesterfield hin.

»Eigentlich wollte ich heute aufhören. Aber ich glaube, das verschiebe ich mal wieder.« Sie nahm eine Zigarette.

Er setzte ein verständnisvolles Lächeln auf, und sein goldenes Feuerzeug glitt ihm aus der Hand. Sie beobachtete ihn, als er sich danach bückte, und sah, dass er Schuhe mit erhöhten Sohlen trug. Mit seinem Feuerzeug klackte er vor ihrem Gesicht herum.

Sie fühlte sich plötzlich wie auf einem Standbild, als wäre der Film angehalten worden. Im Smalltalk mit einem Weinglas in der Hand. Ihr gegenüber ein vor Charme fast explodierender Wichtel und im Hinterkopf die Drohung eines mutmaßlichen Killers. Hatte sie den Mörder abgelichtet?

Eine platinblonde Dame von einer UN-Kommission sagte gerade: »Benin können wir doch vergessen. Wirtschaftlich absolut uninteressant.«

Ada wurde aus ihren Gedanken gerissen, als de Boulanger lautstark und jovial keinen anderen als Robert begrüßte.

Die korpulente Gemahlin des französischen Botschafters mit gewagtem Dekolleté steuerte auf sie zu. Sie verströmte Wellen nicht näher bestimmbarer Menschenfreundlichkeit und des zu stark aufgelegten Chamade von Guerlin und hängte sich umstandslos bei de Boulanger ein. Er ließ sich mit gespielter Hilflosigkeit davonziehen und prostete Ada zum Abschied noch mit seinem Weinglas zu.

Robert fing wieder an, Geschichten zu erzählen. Diesmal aus dem Leben der Diplomaten. Seine Direktheit stand in angenehmem Kontrast zur unverbindlichen Plauderei ringsum, und sie amüsierte sich über seine scharfen Bosheiten. Ständig kamen auch hier wie zufällig die verschiedensten Damen angeschlendert, diesmal solche der höchsten Kreise, die er alle zu kennen schien. Galant küsste er Hände und schoss viel versprechende Blicke in alle Richtungen ab.

Von einem Augenblick zum anderen fühlte sich Ada so erschöpft, dass sie fürchtete, jeden Moment umzufallen.

Sie winkte Elise zu, ging hinaus, die dunkle, angenehm ruhige Straße entlang und hielt Ausschau nach einem der Mopedtaxis, die hier in dem Weißenviertel Les Cocotiers nicht so häufig anzutreffen waren. Schließlich hatte fast jeder, der hier wohnte, mindestens einen Wagen.

Nach den Aussagen der Europäer auf der Party hätte sie überfallen und ausgeraubt werden müssen, wenn sie es wagte, nachts allein hier herumzulaufen. Es kam kein Mopedtaxi. Es kam auch kein Räuber. Sie ging die ganze Strecke zu Fuß. Jetzt fühlte sie sich endlich ruhiger, und ihr wurde bewusst, wie aufgewühlt sie die ganze Zeit über gewesen war. Zikaden zersägten die Luft in tausend einzelne Späne. Das Geräusch war ihr inzwischen so vertraut, dass sie es kaum noch wahrnahm. Das Meer rauschte leise herüber, und die Sterne funkelten. Sie blieb noch einen Moment lang draußen stehen.

Alle Türen des Hotel de la Plage standen offen. Monsieur Alphonse war nirgends zu entdecken. Der Nachtwächter schlief wohl irgendwo, und selbst Comme la Vie war nicht zu sehen. Sie ging zu ihrem Zimmer, ihre Schritte hallten in dem nur spärlich erleuchteten Flur.

Unerwartet kam sie doch, die Angst. Schlug hart über ihr zusammen, wie ein Brecher am Strand. Wer wartete heute in ihrem Zimmer? Sie holte tief Luft, steckte den Schlüssel vorsichtig ins Schloss, drehte ihn dann um und riss die Tür auf.

Niemand.

Sie fiel aufs Bett und sagte artig ihrem Freund Gecko gute Nacht. Aber der Schlaf wollte nicht kommen. Der Gedanke an Patricks Tod zerrte sie in ein tiefes schwarzes Loch.

10

Der nächste Tag brachte gleich zwei Überraschungen. Eine war angenehm. An der Rezeption rief der wie immer gut gelaunte Monsieur Alphonse: »Eine Nachricht, Madame Simon!«

De Boulanger hatte hinterlassen, sie solle ihn anrufen.

»Hélène Kourouma!« Ada hielt den Hörer ein Stück vom Ohr weg, um von der Wucht der Namensnennung seiner Sekretärin nicht erschlagen zu werden. Diese hielt Ada mit der Ankündigung hin, nachzusehen, ob Monsieur de Boulanger Zeit für sie habe, mit Betonung auf dem sie, währenddessen Ada in der Warteschleife der *Für-Elise*-Dudelei lauschen durfte.

»Guten Morgen, Madame Simon. Haben Sie gut geschlafen?« Das tiefe Tremolo seiner Stimme drang an ihr Ohr. Gepflegt, geölt, geschliffen. Ob er das heimlich übte? »Wenn Sie ein Stündchen Zeit haben, kommen Sie doch in mein Büro. Vielleicht morgen? Sie müssen mir noch Ihr Angebot vorbeibringen. Und dann wollte ich Ihnen in der Stadt mein Projekt zeigen, das Sie dokumentieren könnten. Umfangreiche Sache. Wir können dann alles Weitere besprechen.«

Sie legte auf und sah lächelnd durch die offene Flügeltür zum Meer, auf dem die Sonne blitzte.

Monsieur Alphonse beobachtete sie aus den Augenwinkeln, legte den Kopf schief und pfiff eine Melodie, die ihr bekannt vorkam.

Als sie in der Stadt Einkäufe erledigte, pfiff sie das Stück nach. Es ging ihr nicht aus dem Kopf. Dann fiel ihr der Traum ein, aus dem sie heute Morgen schweißgebadet hochgefahren war. Sie suchte mal wieder nach dem Film. Hielt einzelne Negativstreifen ins Licht, um zu sehen, was sie fotografiert hatte. Verzerrte Gesichter, aufgerissene Münder, Gestalten, die sie in der Wasserstadt Ganvié gesehen zu haben meinte. Der kleine Mann ertrunken, das Fischernetz über dem Gesicht, sein komischer Hut treibt auf dem Wasser. Eine Gestalt am Boden der Champagner-Bar. Das war sie selbst. Bewegen konnte sie sich nicht, aber sie hörte die Menschen, die um sie herumstanden, sprechen.

»Zu viele Fotos!«, kreischte einer, und alle lachten und klatschten sich auf die Schenkel. Sie klatschten weiter, schlugen einen harten Rhythmus an, begannen zu singen. Das war diese Melodie! Aber den Text hatte sie vergessen.

Robert hatte sein Versprechen gehalten. Sie konnte das Fotolabor seiner Firma nach Absprache nutzen und musste nur die verbrauchten Materialien bezahlen. Wunderbar.

Am Eingang händigte ihr ein freundlicher Wächter den Schlüssel aus. Seine herabhängenden Lider ließen seinen Blick verschmitzt erscheinen. Ein Stumpen hing ihm im Mundwinkel. Mit der Hand wedelte er den Qualm hinweg und wies ihr dann den Weg ins Nebengebäude, wo das Fotolabor untergebracht war. Die grünliche Ölfarbe der Flurwände wirkte bedrückend. Wie in vielen Amtsgebäuden war auch hier eine Atmosphäre geschaffen worden, in der jeder kreative Gedanke von den Wänden abprallen und erschlagen zu Boden fallen musste. Im Labor fand sie die notwendigen Utensilien. Alles war peinlich genau geordnet und in den Regalen gestapelt. Sie bereitete das Entwicklerbad vor und legte sich sieben Filme zurecht. Sie fühlte sich geborgen. In der Höhle. Der leicht ätzende Geruch, die Stille, nur unterbrochen vom Glucksen des in die Wässerungsschalen einlaufenden Wassers, die Erwartung der Ergebnisse ihrer Arbeit – das alles hatte etwas Beruhigendes. Mit konzentrierten Bewegungen hängte sie die Filme zum Trocknen auf. Nun eine Zigarette. Sie klopfte ihre Taschen nach dem Feuerzeug ab. Etwas knisterte in ihrer Hand. Der Brief aus Porto Novo.

Aufregung griff wie ein aufflackerndes Feuer nach ihr, das sich langsam, aber unaufhaltsam zum Flächenbrand ausbreitete.

Sie nahm einen der Filme. Der Rote Platz. Laufende Menschen vor dem Obelisken. Sie langte nach dem nächsten. Fischerboote, Frauen auf dem Weg zum Markt, Kinder. Der dritte: Frauen beim Hirsestampfen. Vierter: Töpferinnen. Fünfter: Schwarz. Der ganze Film. Sechster: Schwarz. Der siebente ebenso. Das gibts doch gar nicht! Zumindest war ihr das noch nie passiert.

Vodou? Was wusste sie schon von Vodou?

Die Türklinke wurde heruntergedrückt. Einer der Typen, die dem Film nachjagten? Panisch sah sie sich um.

»Ada!«

Es war Robert. Sie fiel ihm um den Hals. Erfreut drückte er sie an sich. »He, neulich Abend wolltest du nicht …«

»Robert … Dieser bescheuerte Film … Langsam macht mir das Angst.«

»Lass doch mal sehen, was drauf ist.«

»Der Film aus der Champagner-Bar ist nicht dabei. Oder er ist einer von denen, die schwarz geworden sind.«

»Was denn, schwarz geworden?«

»Ich versteh das auch nicht. Vodou eben …«

»Glaubst du daran?«

»Nein, natürlich nicht. Aber dann hätte ich wenigstens eine Erklärung.« Sie grinste ihn an. Erleichtert.

»Wo kann der Film denn sonst noch sein, wenn er hier nicht dabei ist?«

»Nur in dem chinesischen Fotolabor.«

»Komm, pack deine Sachen zusammen. Dann müssen wir jetzt dahin. Und Schluss mit der ganzen Aufregung.«

Klare Entschlüsse. Wahrhaft männlich. Sie konnte schon wieder lachen.

Eilig räumte sie alles zusammen. Irgendwie würde sie aus dem Schlamassel herausfinden.

Sie fuhren in die Avenue Clozel. Das Fotogeschäft lag unmittelbar neben dem La Caravelle. Durch das große Schaufenster sah man Leute vor dem Automaten, der unaufhörlich Fotos ausspuckte. Zuvor konnten alle die fertigen Bilder bewundern, die hinter einer Glasscheibe vorbeiwanderten. Aufgedonnerte Damen neben todernsten Herren vor einer Manhattan-Kulisse aus Pappmaché, erschrockene Kinder in sorgfältig gebügelten Schuluniformen und Wasser verspritzende Mädchen in Badeanzügen.

Ein dicker Mann wischte sich den Schweiß von der Stirn und murmelte mit schwerer Zunge etwas vor sich hin. Vermutlich hatte er dem Palmschnaps schon ordentlich zugesprochen. Als ein kleiner Mann mit Hut, der aus dem Fotolabor hastete, ihn anstieß, landete er auf seinem Hinterteil und sah verdattert um sich.

Ein Bettler hatte seine Krücke gegen die Scheibe gelehnt.

»Ist das deine Frau?«, fragte er Robert.

»Ah, nein«, antwortete dieser. Dieses Mal klang es bedauernd.

Die Detonation war ohrenbetäubend.

11

Jean-Claude Boya starrte gedankenverloren auf die hellblau getünchte Wand in seinem Büro der Police Judiciaire.

Vor wenigen Tagen hatte seine Frau Agathe eine gesunde und

unglaublich hübsche Tochter geboren. Ihr erstes Kind. Es würden noch einige folgen. Er fühlte sich vom Glück begünstigt.

Mit einem Lächeln erinnerte er sich an den Abschied heute Morgen. Ihre Wohnung bestand aus einem Zimmer und hatte sogar Küche und Bad. Überall lagen Häkeldeckchen, und das Baby thronte auf spitzenbesetzten Kissen. Nicht, dass ihm solche Dinge wichtig waren, aber Agathe machte es nun mal Freude.

Hier in Cadjehoun wussten alle übereinander Bescheid. Kein Wunder, bei den dünnen Holzwänden, man verstand ja jedes Wort. Schon beim ersten Hahnenschrei ging der Lärm los. Alle grüßten ihn, wenn er sich auf dem Weg zur Arbeit an den Marktständen und an den Frauen, die Wasser holten, vorbeidrängte.

Er hatte die Möglichkeit gehabt, die Polizeischule zu besuchen und schließlich Capitaine zu werden. Und das, obwohl sein Vater und seine Mutter damals vom Land nach Cotonou gekommen waren. Ein Cousin hatte seinem Vater Arbeit im Hafen beschafft.

Die Bemerkung seines Vorgesetzten ging ihm nicht aus dem Kopf. Sie wollten ihn versetzen. In den Norden! In den Busch! Er war sich sicher, dass er das Essen und die trockene Hitze dort nicht vertragen würde. Und er konnte sich schwer vorstellen, unter Muslimen zu leben, als überzeugter Christ. Das Schlimmste aber wäre, ohne seine Familie zu sein. Nur am Wochenende käme er dann mit dem Buschtaxi nach Hause. Undenkbar. Er schüttelte den Kopf. Seine Chance war diese Unterschlagungsgeschichte. Wenn ihm die Aufklärung gelang, könnte er mit einem Schlag berühmt sein. Und sie würden ihn hier behalten müssen. Allerdings schien das eine ganz heiße Sache zu sein, Spuren führten bis in die höchsten Kreise. Dranbleiben. Er würde es schaffen.

Boya riss sich von diesen Gedanken los, als das Telefon auf dem Resopaltisch klingelte.

Er stand auf und rief zu seinem Kollegen hinüber: »Eine Explosion in der Nähe des La Caravelle, der Fotoladen!«

Fast pedantisch knöpfte er sich das Hemd zu. Jede seiner Gesten war knapp und auf das Allernotwendigste beschränkt.

In der Avenue Clozel stöhnte er auf, als er das Chaos sah.

Aufgeregte Menschen in der Nähe des Fotolabors. Schrilles Sirenengeheul. Ein Feuerwehrauto kam gerade angerast. Nur widerwillig teilte sich die Menschenmenge, um es durchzulassen. Stinkender Qualm wälzte sich aus dem Schaufenster. Die Glasscheibe war bei der Explosion zersplittert.

Im Innern nur noch Asche und Scherben. Die Luft war verpestet von Chemikaliengestank. Ein Mann, der aus einer klaffenden Schulterwunde blutete, wankte stöhnend an ihm vorbei. Vor dem Fotogeschäft lag eine wimmernde Frau verletzt am Boden, zwei andere kümmerten sich um sie. Ein dicker Mann torkelte umher. Seine Schnapsfahne wehte Jean-Claude Boya ins Gesicht, während er lallte: »He, Chef, ich hab ihn gesehen, ich hab ihn gesehen! Ein kleiner Kerl, mit so 'nem komischen Hut, der wars.«

Boya entdeckte Ada und winkte ihr zu. Es gelang ihm aber nicht, zu ihr durchzukommen. Ein Weißer neben ihr blutete im Gesicht.

Eine stark geschminkte Frau mittleren Alters schrie ihn an: »Eine Chemietonne ist in die Luft geflogen!« Sie schleuderte den Kopf hin und her, sodass die Goldgehänge an ihren Ohren wegzufliegen drohten, und packte ihn an den Schultern. »Capitaine, die Chinesen sind schuld! Diese Chinesen mit ihrem Chemiezeug! Was machen die überhaupt hier? Warum müssen sie ausgerechnet bei uns ihre Geschäfte machen? Gehe ich etwa nach China?«

Boya schob sie freundlich, aber bestimmt zur Seite. Endlich konnte er sich zu Ada durchkämpfen.

Eine leblose Gestalt wurde in einem Tuch herausgetragen.

Er schüttelte Adas Hand.

»Was ist hier eigentlich passiert?«

»Ich wollte gerade reingehen und meine Filme abholen.«

»Kommen Sie!«

Boya zog sie ein Stück zur Seite.

»Berichten Sie, was Ihnen aufgefallen ist. Jedes Detail kann wichtig sein.«

Auf einmal hatte sie das Bedürfnis, sich alles von der Seele zu reden, ja sie fand diesen Gedanken geradezu erleichternd. Sie erzählte ihm von den Fotos in der Champagner-Bar, dem heiseren Menschen in Porto Novo und dem Mann mit der Haartolle auf ihrem Bett im Hotel.

Boya runzelte die Stirn. »Vielleicht hätten Sie schon eher daran denken sollen, zu mir zu kommen?«

Ein Unbekannter hatte ihr ein rotes Tuch in die Hand gedrückt, das sie sich auf den blutenden Schnitt am Arm hielt. Glücklicherweise hatten sie nur Glassplitter getroffen. Sie konzentrierte sich jetzt lieber ganz auf ihre Verletzung und verzichtete auf eine Antwort. Der Film war wohl ein Raub der Flammen geworden.

Boya fasste beim Weggehen an ihre Schulter und bedachte sie mit einem letzten kritischen Blick.

Ada presste das Tuch auf die Schnittwunde und ging zusammen mit Robert ins Krankenhaus Cocotier, wo sie ambulant behandelt wurden.

Sie lag im Hotelzimmer auf ihrem Bett und beobachtete die Zimmerdecke. Der Gecko lief geschäftig hin und her. Er hatte offensichtlich zu tun. Sie nicht. Sie musste nicht mehr entscheiden, was mit diesem wahrlich belastenden Film zu tun war. Ihre Filme waren bis auf wenige harmlose Ausnahmen entweder schwarz oder zerfetzt.

»Es gibt kein Übel, das nicht auch Gutes bringt«, so verkündete ihre Großmutter bei jeder Gelegenheit gerne. Daraufhin rutschte ihre linke Augenbraue in die Höhe, und sie fügte mit viel sagendem Blick hinzu: »Fragt sich nur, für wen.«

Die Gabe, jeder noch so kritischen Situation etwas Lustiges, Spannendes oder zumindest Wissenswertes abzugewinnen, hatte Ada ihr schon in der Kindheit abgeguckt. Während ihrer tristen Heim- und Internatsaufenthalte hatte sie sich immer auf die Zeiten gefreut, in denen sie zu ihr fahren konnte. Sie dachte an die Wolken am Himmel in Europa, an den Jahreszeitenwechsel, milde Sonne, sanften Regen, das Tropfen vom Dach in den Rhododendronbusch, das sie beim Einschlafen durch das geöffnete Fenster hörte. An den Geruch von Walderde nach dem Regen, sonnige Sandwege am Rande eines Kiefernwäldchens.

Sehnsucht nach ihrer Großmutter packte sie. Einfach nur ihr etwas heiseres Lachen hören und Abstand gewinnen. Sie beschloss, im nächsten Brief ihren Traum zu beschreiben, diesen unheimlichen Chor … Vielleicht konnte sie ihn deuten, wozu las sie schließlich Freuds *Traumdeutung* immer vor dem Einschlafen.

Sobald sie wieder etwas mehr Energie hatte, wollte sie zur Post gehen. Vielleicht hatte ihre Großmutter geschrieben. Postlagernd.

Ada hatte Monsieur Alphonse gebeten, sofort Bescheid zu geben, wenn jemand anrief. Sie wusste nicht recht, weshalb sie so viel Wert darauf legte. Aber irgendwen oder irgendetwas erwartete sie. Irgendetwas würde geschehen.

Als sie wieder aufwachte, war es dunkel. Anfangs konnte sie sich eine ganze Weile nicht darauf besinnen, wo sie überhaupt war. Die Schmerzmittel aus dem Krankenhaus hatten sie regelrecht betäubt. Den Schnitt am Arm bemerkte sie kaum noch. Verschlafen wankte sie zur Rezeption. Monsieur Alphonse schnarchte in seinem Korbsessel.

Er kam langsam zu sich, nachdem sie ihn geschüttelt hatte.

»Hat jemand für mich angerufen?«

»Jemand? Ja. Verschiedene. Öfter.«

»Sie wollten mich doch sofort holen, wenn jemand anruft! Warum haben Sie mich nicht geweckt?«

»Ich konnte nicht. Ich war so müde. Ich fühlte mich dermaßen schwach, und der Schlaf hat mich übermannt. Ich hab mir gesagt, gleich nachher sagst du Madame Simon Bescheid. Gleich nachher.«

»Wer hat denn angerufen?«

»Mademoiselle de Souza«, erklärte er mit Ehrfurcht in der Stimme.

Elise. Sie hatte also von der Explosion gehört.

»Und wer noch?«

»Ein Herr, nein mehrere.« Er machte ein angestrengtes Gesicht. Also hatte er die Namen vergessen.

»Was haben sie gesagt?«

»Ja, was sollen sie schon gesagt haben?« Monsieur Alphonse untersuchte konzentriert einen Fingernagel. »Sie wollten Sie eben sprechen.«

Mehr war nicht aus ihm herauszuholen. Sie überließ ihn seinem Korbstuhl und rief bei Robert an.

Er hatte schon geschlafen.

»Wie geht es dir?«, fragte er.

»Nicht so gut. Eigentlich fühle ich mich scheußlich. Der Film aus der Champagner-Bar hätte uns vermutlich weitergeholfen.«

»Think positive! Alles hat auch sein Gutes. Denk nur an den Bulldoggentypen, der dich deshalb zerreißen wollte. Mit solchen Sachen ist jetzt hoffentlich Schluss.«

»Du hast Recht. Aber Elise wird sicher enttäuscht sein.« Ada war bedrückt. »Hast du noch starke Schmerzen?«

»Halb so schlimm. Aber hoffentlich sehe ich später nicht aus wie

Graf Dracula.« Der schwache Scherz ging ihm nur schwer über die Lippen.

»Es tut mir Leid.«

»Du kannst doch nichts dafür.«

Sie fühlte sich dennoch schuldig. »Sag mal, Robert, wollen wir uns mal treffen? Vielleicht zusammen essen gehen?«

»Das ist doch ein Wort!«

»Samstag, gegen neunzehn Uhr im La Verdure.«

Als sie sich umdrehte, stand Johannes da. Er sah sie nur an. Dann nahm er sie am Arm, zog sie an sich. Der Geruch nach frisch gebügeltem Leinenhemd versetzte sie augenblicklich in eine angenehmere Stimmung. Wieder eine Kindheitserinnerung. Sie hatte immer Wasser auf die Hemden gesprenkelt, die ihre Großmutter bügelte. Der Mann hat Sinn für gutes Timing, stellte sie fest. Und nahm ihn mit auf ihr Zimmer. Aus den Augenwinkeln fiel ihr noch auf, dass Monsieur Alphonse hellwach war.

Johannes knöpfte ihr langsam, fast zögerlich das Oberteil ihres Hosenanzugs auf. Dabei sah er ihr ins Gesicht. Seine buschigen Augenbrauen hüpften mehr denn je auf und ab. Dunkelgrüne Schlingpflanzen wanden sich auf ihrem Anzug, den ihr eine Cotonouer Schneiderin ein paar Monate zuvor, Stecknadeln im Mund, angepasst hatte. Dem Pflanzenmuster folgten jetzt die Finger von Johannes. Das Teil fiel zu Boden. Vergeblich versuchte sie, den Knopf seiner Jeans zu öffnen. Sie saßen zu straff an ihm, dem Gourmet. Sie musste lachen. Aber dann kroch Gänsehaut ihre Oberschenkel empor. Seine Finger schienen überall gleichzeitig zu sein. Die Zunge stieß er ihr schnell und rhythmisch ins Ohr, sie musste an den vorschnellenden Kopf des Geckos denken. Später hörte sie ein kehliges, lang gezogenes Stöhnen. War es wirklich ihr eigenes?

Kurz danach war Johannes wieder verschwunden. Er könne nicht mit einer Frau die ganze Nacht das Bett teilen, erklärte er noch, als er in seine Jeans stieg und, ritsch, den Reißverschluss hochzog.

12

In der noch kühlen Morgenluft ging sie zur Post. Der Brief war da. Ihre Großmutter schrieb vom Wetter in Deutschland, von ihren Problemen mit den Zähnen, von den Sonnenblumen, Astern und der Japananemone, die gerade in ihrem Garten blühten, und der Goldrute, die überall am Wegrand stand. »Fotografier die schönen tropischen Blumen für mich«, bat sie noch. Ada steckte den Brief vielfach zusammengefaltet in ihr Portemonnaie. Als Glücksbringer.

Sie lief zum Markt, um nach einigen Dingen für die Reise zu suchen. Ihr fehlten nur noch Werkzeug und Kleinigkeiten, die geeignet waren, das Interesse der Polizisten bei den häufigen Kontrollen von unvermeidlichen Schwachstellen an Auto oder Papieren abzulenken. Deren grimmiger Arbeitseifer wurde bei umsichtiger Auswahl von kleinen Aufmerksamkeiten schnell zu schulterklopfender Herzlichkeit und einem käppilüftenden »Gute Fahrt!«. Doch auch so konnten die paar hundert Kilometer von Süd nach Nord leicht zur tagelangen Tour werden. Ob und wann man ankam, wussten bestenfalls die Vodougötter. Ein fehlender Schraubenschlüssel zum Radwechsel, Regenmassen, die die einzige Brücke weggerissen hatten, konnten der Fahrt ein jähes Ende bereiten.

Der Dantokpa, der größte Markt Westafrikas, war wie ein Strudel. Gerüche, Farben, Geräusche. Eng an eng drängten sich palmwedelgedeckte oder von dunklen Plastikplanen umhüllte Stände auf dem weitläufigen Areal an der Lagune. Tausende von Menschen schoben sich durch die schmalen Gänge. Tomaten, Mangos, Ananas waren zu Pyramiden gestapelt. Wie wertvolle Einzelstücke lagen auf Tellern oder Tüchern ausgebreitet Würfelzuckerstücke, Zigaretten, Kolanüsse. Aber auch Kochtöpfe, wiederverschließbare Flaschen und Gläser, rostiges Werkzeug, lange Reihen von Anzügen aus Kunstfaser, die irgendwann einmal modern gewesen waren, wurden angeboten. In Europa von Wohltätigkeitsorganisationen gesammelte Altkleider konkurrierten mit der Produktion einheimischer Schneider. Reis und Mais aus Hilfslieferungen erzielte ordentliche Preise. Auf dem Stoffmarkt deckten sich Händlerinnen und Händler aus ganz Westafrika ein. Das Wichtigste aber war das Feilschen. Wo sonst wurde ein solches Spektakel hoher Schauspielkunst kostenlos geboten?

»Nein, Madame, das können Sie mir nicht antun. Nur zweihundert CFA für diese wundervollen Tomaten! Ich habe sieben Kinder, die sitzen zu Hause und weinen vor Hunger. Wollen Sie, dass wir alle sterben?« Die rundliche Händlerin verdrehte die Augen und lachte dabei, dass ihr ganzer Körper wackelte.

Unberührt von all dem Trubel sah ein braunhäutiger Mann mit Schnurrbart und weißem Turban Ada hinter Bergen von Aluminiumtöpfen tiefsinnig an, als wolle er gleich verkünden, worum es im Leben wirklich geht. Ein Schuhverkäufer hatte genau die Schuhe im Angebot, die sie schon seit längerem suchte. Nach nur kurzem Handeln hielt sie die Sandalen in der Hand. Sie war in Übung, und das hatte der Verkäufer schnell registriert. Dass sie trotzdem mehr gezahlt hatte als Einheimische, fand sie in Ordnung.

Schauerliche Gerüche stiegen ihr plötzlich in die Nase. Sie war auf dem Fetischmarkt angelangt. Hier war alles zu haben, was für Zauberei und Magie – zumeist die schwarze – unerlässlich war. Mumifizierte Affen- und Katzenköpfe stapelten sich. Hundeschädel und vertrocknete Eulen lagen neben Schlangen, Echsenhäuten und Chamäleons. Krallen und Schwänze, Felle und Gefieder reihten sich in verschiedenen Stadien der Verwesung aneinander. Zwischen Ekel und Faszination hin- und hergerissen starrte sie gebannt auf diese Sammlung gruseliger Kadaver.

Der Händler blickte durch seine gesprungene Spiegelbrille in ihr Gesicht. »Psst, he, he, kommen Sie mal näher!« Er sah sich verschwörerisch um, beugte sich über den Tisch und flüsterte ihr zu: »Wollen Sie eine lebende Pythonschlange? Drei Meter lang? Gibt es sonst nirgends. Günstiges Angebot.«

Sie verzichtete. Nach drei Stunden konnte sie sich kaum noch auf den Beinen halten, aber das Wichtigste für die Fahrt hatte sie zusammen. An der nächsten Straßenecke ließ sie sich in einer Bar auf einen Hocker fallen und trank die unvermeidliche Cola. Der herbe Sandelholzduft der vielen Feuer wehte über die widerstreitenden Gerüche. Das rhythmische Stampfen der Mörser schlug den Takt zu den Radios, die immer haarscharf neben der richtigen Frequenz eingestellt waren, dem Knattern der Mopeds, dem Rufen der Leute. Musik dröhnte aus den Bars, die sich an allen Straßenecken fanden – Wellblechhüttchen, ein Kalender mit dem Konterfei des Präsidenten an der Wand, ein paar Stühle davor. Überall saßen und standen Leute, aßen, tranken und redeten, berührten sich dabei ständig, lachten. Ein brodelnder Kessel, der an Leidenschaft und Sex denken ließ, an Geburt, Tod und Verwesung. Eins ging nahtlos ins andere über.

Über den Nouveau Pont gelangte sie zur Lagune, die den östlichen vom westlichen Teil Cotonous trennt. Einige Fischerfamilien hatten sich unter den Brückenpfeilern häuslich niedergelassen, gleich am Arbeitsplatz. Sie bewunderte, wie ein paar Jungen aus alten Zündkerzen, Bierbüchsen und Insektenspraydosen originalgetreue Autos, Flugzeuge oder Motorräder bastelten.

Poste et Télécommunication, las sie die Lettern auf einem Lieferwagen, ohne sich zunächst der Bedeutung der Worte bewusst zu werden.

Eine rasch anwachsende Menschenmenge am Wasser zog ihren Blick an. Etwas trieb in Ufernähe, prallte an einen Pfeiler. Ein Mensch. Mit dem Gesicht nach unten. An seiner Kleidung hatte sich etwas von dem Unrat der Lagune verfangen. Neben seinem Kopf trieb eine Carlsberg-Bierdose, und eine einzelne Haarsträhne schwappte mit den Wellen auf und ab. Diese gelben Anker auf dem hellblauen Hemd hatte sie doch erst kürzlich gesehen. Jetzt prangte in der Mitte des Rückens ein dunkelroter Fleck.

Der Mann mit der Haartolle schwamm tot in der Lagune. Cotonou, früher Ko tonu, hieß aus dem Fon übersetzt »Lagune des Todes«.

Ob das Diallo mit seinem »sich kümmern« gemeint hatte?

Sie wandte sich ab und lief zurück durch die Gänge des Dantokpa. An einem Metzgerstand hatten sich auf einer Rinderhälfte Berge grüner Fliegen niedergelassen. Ihr wurde schlecht. Mit aller Macht unterdrückte sie das Bedürfnis, sich zu übergeben, und drängte hinaus. Weg von den Menschenmassen, an die frische Luft.

Sie stand in der Mittagshitze vor dem weißen Kasten mit dem vornehmen Eingangsportal und seinen Weihnachtssternen. Projektbesichtigung mit de Boulanger. Madame Kourouma im Vorzimmer beugte sich nur widerwillig der Zumutung, Ada schon wieder zu ihrem Chef bitten zu müssen.

De Boulanger empfing sie in aufgeräumter Stimmung und schwang sich aus seinem Drehsessel. Gleich springt der flotte

Hirsch die Treppen hinunter, ahnte sie. Prompt nahm er mit flatterndem Jackett gleich zwei Stufen auf einmal.

Er verwies den wartenden Chauffeur auf den Beifahrersitz und legte lässig den Rückwärtsgang ein, eine Hand auf der Rückenlehne, ein markiges Lächeln zu Ada. Los gings. Eine sportlich genommene Kurve kostete einen kleinen Hund beinahe das Leben. De Boulanger, der gerade die Geschichte der Stadt erläuterte, schien es nicht bemerkt zu haben.

Der Stadtteil Gbégamé war auf ehemaligem Sumpfgebiet erbaut worden. Hier drängten sich wellblechgedeckte Häuser. Nur selten spendete ein Mangobaum ein wenig Schatten.

»Hoffentlich beginnt bald die Regenzeit«, stöhnte de Boulanger und wischte sich mit einem ordentlich gefalteten Stofftaschentuch, das farblich auf seine dunkelrote Krawatte abgestimmt war, die Stirn. Wieder einer, der so etwas Altmodisches benutzt, dachte sie und musste grinsen. Er hielt sich wohl nicht oft außerhalb seines klimatisierten Büros oder seiner Villa in Hai Vive auf.

»Hier, sehen Sie!«

Sie roch es vor allem. Sie standen an einer riesigen Müllhalde, direkt an den Bahngleisen.

»Das Müllproblem hat sich hier wirklich zu einer Katastrophe ausgewachsen. Seit dem Ende der Diktatur gibt es die so genannten Subotniks nicht mehr, die die Russen damals eingeführt hatten. Sonnabends wurde einmal im Monat, freiwillig sozusagen, aufgeräumt und sauber gemacht.« Er deutete auf die mit Müll gefüllten Schlaglöcher. »Das gab es damals nicht. Ein Vorteil der Diktatur. Einer der wenigen.«

»Vive la révolution!«, rief sie den Begrüßungsspruch aus, den sie noch von ihren Benin-Reisen zur Zeit der Diktatur im Ohr hatte, und hob die geballte Faust.

De Boulanger lachte. Dann fasste er sie am Arm, zog sie weiter und begann, ihr sein Projekt zu erläutern.

»Sensibilisierung. Die Leute müssen lernen. Es muss eine Müllabfuhr organisiert werden. Toilettenbau. Trinkwasserversorgung. Kanalisation. Die Küste muss befestigt werden, halb Cotonou wird sonst im Meer versinken. Maßnahmen gegen die Abholzung. Malariabekämpfung. Warten Sie mal ab, wenn es hier regnet. Alles steht dann unter Wasser.« Er war in seinem Element. »Wissen Sie, wie das jetzt läuft mit dem Hausmüll?«

»Nein, keine Ahnung.«

»Jugendbanden postieren sich hier und kassieren von den Leuten, die ihren Dreck abkippen.«

»Ganz schön clever! Bloß, was soll ich fotografieren? Die Müllhalde?«

»Nein. Sie könnten unser Beratungspersonal bei der Sensibilisierungskampagne begleiten. Es arbeitet mit kleinen Theaterstücken, Bildern und Schautafeln. Wollen Sie?«

»Gern. Das ist sicher eine interessante Sache.«

»Gar nicht so einfach, vernünftige Projekte zu finden, die zu finanzieren sich lohnt. Wenn sie von Ihrer Reise in den Norden zurückkommen, müssen Sie mir Ihre Eindrücke schildern. Ich denke, Sie haben ein gutes Auge. Einverstanden?«

»Natürlich.«

»Kommen Sie, ich kenne hier ein wirklich schönes traditionelles Restaurant. Oder haben Sie keinen Hunger?«

Sie bogen ein paar Mal um Ecken, liefen Sandwege entlang. Ganz ortskundig in dem populären Viertel der Stadt, schau an – und das ohne Chauffeur. Dem hatte er freigegeben.

Der Innenhof war schattig und vergleichsweise kühl. An den Wänden leuchtete die Feuerranke, und der Frangipani-Baum in der Mitte hatte die Tische mit duftenden weißen Blüten übersät.

Der Besitzer erläuterte die Speisen, und de Boulanger begann mit ihm ein angeregtes Gespräch über verschiedene Fischarten und Zubereitungsmethoden. Sie ließen sich einen »Kapitänsfisch in Knoblauch und Tomaten, mit Kräutern gefüllt und zart gedünstet« empfehlen. Als er schließlich auf einer silbernen Schale serviert wurde, war er, wie versprochen, köstlich. De Boulanger legte seine Hand auf die ihre. »Das werden wir bald mal wiederholen«, versprach er.

Sie lächelte. »Werden wir.«

Auf dem Weg in ihr Hotel lief sie am Strand entlang. Sie summte dabei das Chanson, das zurzeit überall lief, in den Bars, Restaurants, selbst auf der Post. Und in ihrem Albtraum mit dem bedrohlichen Chor. Diesmal wusste sie die Textzeile noch. Immerzu ging sie ihr im Kopf herum. Il va te tuer. Er wird dich töten.

Monsieur Alphonse rief, als sie hereinkam: »Ich habs!«, und sah sie erwartungsfroh an.

»Was haben Sie?«, fragte sie verwundert, in Gedanken noch bei dem Chanson.

»Die Namen! – Na, wer angerufen hatte, als die Explosion war. Ich habe den Zettel wieder gefunden.«

»Da bin ich aber gespannt.«

Er las mit der Miene eines Mannes, der lange im Unrecht leben musste und sich nun endlich ins rechte Licht setzen kann: »Elise de Souza, Johannes Berger, Arthur Marquardt, Robert Duchamp.«

Aha. Wer war denn Arthur?

»Danke vielmals.« Er sah enttäuscht aus. Sie reichte ihm einen Fünfhundert-CFA-Schein und dankte nochmals, ausführlicher. Das entsprach schon eher seinen Vorstellungen.

Die Terrasse des La Verdure war umwachsen mit grün Wucherndem jeder Art. Ein Paradies, in dem die Damen, die hier beruflich unterwegs waren, wie exotische Vögel umherflatterten.

Als Ada eintraf, saßen Elise, Johannes und Robert schon auf der Terrasse. Johannes hauchte ihr einen Kuss auf die Wange und klopfte ihr auf die Schulter. Wie einem alten Kumpel. Oder einem Pferd. Mit den Augen war er ganz woanders unterwegs. Eine Gestalt im silbermetallic glitzernden Supermini, die am Billardtisch kichernd und unter Verrenkungen versuchte, eine Kugel anzustoßen, schlug ihn in ihren Bann. Robert war ausgelassen. Das Pflaster an der Stirn machte ihn eher noch attraktiver. Er trug es wie einen Orden nach heldenhaftem Kampf.

Eine aufreizende Schönheit kam an den Tisch und war offenbar bereit, Bestellungen jeder Art entgegenzunehmen. Dass der oberste Knopf ihres knappen weißen Blüschens beim besten Willen nicht zugehen konnte, war offensichtlich. Mit einem Schlenker ihres ausladenden Pos verabschiedete sie sich und kurvte auf ihren Krokopumps Richtung Tresen. Wie hypnotisiert starrte Johannes der schwarzen Erscheinung nach.

Adas Arm schmerzte wieder. Sie trank in großen Schlucken ein Glas Wein und betrachtete abschätzig den Kerl, der vor kurzem noch in ihrem Bett gelegen hatte.

Ada seufzte. Sich auf jemanden wirklich einzulassen, war ihr noch nie verlockend erschienen. Kein Wunder. Über mehr oder auch weniger aufregenden Sex hinaus fand sie ihr Liebesleben nicht der Rede wert. Sie goss sich Wein nach.

Da plötzlich stand *er* im Torbogen des Restaurants, die direkte Antwort auf all ihre trüben Gedanken zu den unverbindlichen Leibesübungen der Vergangenheit. Er blickte über die ganze Terrasse hinweg, direkt zu ihr. Schien ihr. Lächelte. Sie war wie vom Donner gerührt. Lächelte auch. Mühsam. Er setzte sich an den freien Tisch neben ihnen. Sie spürte, dass ihre Finger auf der Tischplatte herumtrommelten. Was war das? Ach ja. Die bekannte Melodie aus *High Noon:* »Sag, warum willst du …« Stimmt, dachte sie, der Typ wirkte wie aus einem Western. Irgendwie staubig von der Reise. Auf dem Weg zu immer neuen Abenteuern. Sie verschluckte sich am Weißwein, und Johannes klopfte ihr ungeschickt auf den Rücken. Gary Cooper lächelte und bestellte in perfektem Französisch seine Garnelen. Franzose? Dunkle Augen unter dichtem schwarzem Haarschopf, ausgeprägte Gesichtszüge. Grüne Jeans, weißes Hemd, elegante Schuhe. Schnell versuchte sie, wieder auf den Boden zu kommen. Der ist doch zu schön, um wahr zu sein. Sicher verwöhnt, eitel, selbstgefällig. »… Ich brauche dich und deinen Mut, dam da da da dam, will der Gefahr ins Auge sehen …« Oder lieber doch nicht? »Dann wird am Äände alles gut.« Daran glaubt doch heute keiner mehr. Wahrscheinlich hätte sie ein Gläschen weniger trinken sollen.

Sie redete zu laut. Sie lachte zu laut. Sie redete vor allem viel zu viel. Irgendwann saß der Tischnachbar bei ihnen am Tisch. Tom. Ein Engländer. Journalist. Sie versuchte, sich auf das Gespräch zu konzentrieren, das zwischen Elise und Tom im Gange war. Sie waren schon wieder bei der Fotolaborgeschichte. Ein Chemieunglück, über das auch die abendlichen Nachrichten berichtet hatten. Sie trank noch ein letztes Glas Wein.

13

Sie fuhr auf der Straße Richtung Porto Novo. Ohne es vorgehabt zu haben. Eigentlich wollte sie nur in Ruhe über alles nachdenken und endlich wieder einen klaren Kopf bekommen. Das hatte sie doppelt nötig. Ein scheußlicher Kater quälte sie.

Sie setzte sich auf die Terrasse des Beaurivage und tat nichts. Das heißt, sie wartete. Immer wartet man hier auf irgendetwas. Auf jemanden, der zu spät oder gar nicht kommt, auf ein Buschtaxi, das nur losfährt, wenn es voll ist, auf den Beginn einer Sitzung, die erst anfängt, wenn alle da sind. Es ist nicht eine festgelegte Uhrzeit, die den Beginn einer Handlung bestimmt. Es ist die passende Gelegenheit, sind die Umstände, die sich erst so und nicht anders einzustellen haben. Eigentlich eine ganz vernünftige Regelung. Nur gewöhnungsbedürftig.

Sie wartete auf nichts Bestimmtes. Vielleicht auf den brutalen Typen, dem sie dann erklären würde, warum sie den Film nicht mehr an der Rezeption hinterlegen konnte. Oder aber auf einen Einfall. Es schien ihr an der Zeit, etwas in ihrem Leben zu verändern.

Bisher war es ihr immer gelungen, sich überall herauszuhalten. Die Realität wurde durch die Linse der Kamera auf sicheren Abstand gebracht. Gefiltert. Und wenn ihr etwas zu nahe kam, konnte sie immer noch in ihre Bücherwelt fliehen. Doch jetzt war so viel geschehen, was sie nicht unbeteiligt ließ. Das hatte sie nicht geplant. Und sie musste jetzt sehen, wie sie damit fertig wurde.

Beim Kellner bestellte sie eine Schachtel Gauloises Blondes und einen Espresso mit Wasser. Sie nahm zwei Aspirin und blickte über die Lagune.

Die blauen Hyazinthen leuchteten, und im einsetzenden Zwielicht verschwammen die Pfahlbauten am Horizont zu einer Fata Morgana.

Und dann vergaß sie alles. Sie nutzte das schräg einfallende Licht und belichtete mehrere Filme. Die Schönheit der Lagune, die Vollkommenheit der schmalen Boote im Abendlicht. Im Einbaum stehend warf ein Fischer sein Netz zusammengelegt wie einen Ball in die Luft. Es breitete sich im Fluge aus, schrieb ein rundes Zeichen in den Himmel. Dann senkte es sich in das Wasser hinab.

Sie blieb auf der Terrasse, bis es dunkel war. Am Horizont schoben sich tiefschwarze Wolken zusammen. Die Luft war heiß und schwül wie noch nie. Natürlich kam keiner, der einen Film wollte. Es kam auch sonst niemand. Das Restaurant schien sich nicht eben großer Beliebtheit zu erfreuen. Ab und zu sah der Kellner nach ihr.

Lässig schlenderte sie am Krokodilsbecken vorbei hinaus auf den Platz und sog die Abendluft ein. Sie war erfüllt von Jasminduft. Es war ganz still.

Zurück in Cotonou ging sie zu Maman Bénin essen. Die berühmte Köchin rührte wie eine Hexenmeisterin in riesigen Kesseln. Von Agoutibraten mit Süßkartoffeln über Stachelschwein in Kürbiskernsoße mit Kochbananen bis zu Impalagazelle in Erdnusssoße mit Maniokklößen war hier alles zu finden, was das Herz begehrte. Ada saß bei dröhnenden Rhythmen zwischen all den ausgelassenen jungen Leuten unter dem Wellblechdach und fühlte sich wohl.

Da krachte es. Nicht schon wieder! Aber es war nur der auf einen Blitz folgende Donnerschlag. Kurz darauf setzte der lang ersehnte Regen ein. Wassermassen stürzten vom Himmel. Nur noch das Trommeln des Regens war zu hören. Durch die Fensteröffnungen in der Wellblechwand kam eine Woge frischer Luft herein. Ein Duft, als wäre soeben die Welt neu erschaffen worden. Sie saß lange, lauschte dem Prasseln und Krachen und atmete tief durch. Wäre sie ein ganz klein wenig anfälliger für Übersinnliches, heute Abend hätte sie wer auch immer zu seinem Glauben bekehren können. Doch so genoss sie das alles in namenloser Regie.

Am nächsten Morgen hatte sich die Welt verändert. Die Wege vor ihrem Hotel hin zum Fischmarkt, das Zentrum, alles war verwandelt. Statt staubiger Straßen lagen ringsumher glatte Flächen vor ihr, die in der Sonne glitzerten. Cotonou stand unter Wasser. Alle waren bei der gleichen Beschäftigung. Sie schöpften mit Plastikschüsseln das Wasser aus ihren Wohnzimmern. Schlafen würden sie jetzt auf den Tischen und die Kinder festbinden, damit sie nicht ins Wasser fielen.

Die Verkaufsstände hatte man in Windeseile auf Stelzen und hohen Böcken installiert, die Zigaretten und Baguettes lagen auf trockengewischten Blechtellern. Der Handel ging weiter. Die Leute wateten Wellen schlagend durch das stellenweise knie- oder oberschenkeltiefe Wasser aneinander vorbei. Der Strom war ausgefallen, und knatternde Dieselgeneratoren verpesteten dort die Luft, wo Glückliche das Geld für Generator und Diesel besaßen.

Ada fand ihren Renault in der überschwemmten Straße vor dem Hotel auf einer kleinen Halbinsel unversehrt vor. Er sprang sofort an. Holpernd fuhr sie an denen vorbei, die nicht so günstig geparkt hatten. Die standen in wassergefüllten Schlaglöchern und versuchten, ihre Autos irgendwie herauszuhieven. Knatternd umkurvten die Mopedtaxis die tiefen Pfützen. Schon schoben sich wieder Wolken heran, fielen neue Wassermassen vom Himmel. Die Frauen auf der Straße, auf Fahrrädern oder Mopedtaxis zückten blitzschnell Duschhauben, um ihre kunstvollen Frisuren zu schützen. Eine Stadt, plötzlich unter Duschhauben.

Palmen beugten ihre Wipfel der schäumenden Gischt entgegen, an den Wurzeln leckten die Wellen. Bedrohlich nah an die Teakholzterrasse des Croix du Sud schob sich das Wasser vor, rüttelte an den bröckelnden Zementstufen und fraß sich Meter für Meter weiter heran.

»Dabei ist das Restaurant erst vor drei Jahren gebaut worden. Die Luxusvillen hier sind auch nicht viel älter. Niemand hat damit gerechnet, dass das Meer so schnell vorrückt.« Elise wies auf die weißen, zum Teil erst halb fertigen Häuser am Strand.

Lazare, ein hübscher Kerl von vielleicht achtzehn Jahren, zwinkerte ihr zu und studierte dann die Speisekarte.

»Kannst du meinen Cousin mit in den Norden nehmen? Er will dort Verwandte besuchen.« Elise sah Ada fragend an.

Ada zog die Augenbrauen zusammen: »Sei ehrlich, du willst mir doch nur einen Beschützer anhängen!«

»Aber nein!« Elise lächelte verschmitzt.

Ein Blick hatte Ada genügt, ihn als Reisegefährten zu akzeptieren.

Der Kellner erschien. Sie wählten Fischsuppe.

»Und dann Froschschenkel?«, fragte Ada Lazare. Der hob in gespieltem Entsetzen die Hände. Verständnislos sah sie, dass auch der Kellner mit vor Schreck geweiteten Augen die Hände hob. Dann folgte sie seinem Blick.

Und blickte in Gewehrmündungen. Drei Männer mit Gesichtsmasken waren auf der Terrasse aufgetaucht, standen vor den Tischen und zielten reihum auf die Restaurantgäste. Einige schrien auf. Dann Grabesstille. Alle legten Portemonnaies auf die Tische, kramten in den Hosentaschen und in den Jacketts. Ein älteres französisches Ehepaar klammerte sich aneinander. Einer der Gangster riss der Frau die Perlenkette mit einem Ruck vom Hals. Perlen sprangen klappernd über den Tisch, hüpften über die Terrasse.

Auch der Kellner hatte seine volle Börse auf den Tisch geworfen. Mit den Augen folgte er den Männern.

Elise legte Ada beruhigend die Hand auf den Arm, senkte beschwichtigend die Augenlider und schüttelte sanft den Kopf: Ruhig Blut, es geht nur um Geld. Lazare beobachtete, wie sie die Geldbörsen in eine Plastiktüte von Co-op fegten. Sekunden später stürzten sie wieder hinaus, warfen den Motor ihres Schlauchbootes an und donnerten in Richtung Nigeria davon.

Der Kellner zückte seinen Notizblock und tat unbeeindruckt. »Was möchten Sie nach der Suppe?«, fragte er. »Adakpin kann ich empfehlen, ganz frisch. Muscheln, Austern und Garnelen mit Piment, Tomaten und Zwiebeln, schön frittiert. Geht natürlich aufs Haus.«

Sie waren einverstanden. Eine Brise fuhr über die Terrasse und wirbelte Servietten in die Luft.

Auf der Sandpiste in Richtung Cotonou hielten sie kurz an und rauchten schweigend. Am Horizont versank die Sonne im Meer wie ein Stein. Im aufsteigenden Abenddunst schritten Frauen mit Schüsseln auf den Köpfen so lautlos durch das Grün des Bananenhains, als schwebten sie. Wie Augen glühten rote Kakteenblüten vor der ockerfarben getünchten Wand eines Lehmhäuschens. In der Ferne heulte eine Lokomotive auf. Das Rattern des Zuges wehte schwach herüber. Plötzlich war es Nacht.

Obwohl die Temperatur nur wenig sank, erweckte die Dunkelheit die Illusion von Kühle. Über ihnen blinkte fern und unerreichbar das Kreuz des Südens. Vor Ada lag eine ungewisse Reise. Eine Ahnung beschlich sie. Es würde lange dauern bis zu einem Wiedersehen.

Am Hotel verabschiedete sich Elise von Ada.

»He du«, sagte Ada unbeholfen zu Elise und streichelte ihr über die Arme. Elise' Augen glitzerten, als sie sich um den Hals fielen und gegenseitig versprachen, auf sich aufzupassen.

»Damit es nicht nur von dir abhängt ...«, sagte Elise und holte ein quadratisches, in Leder gebundenes Amulett hervor, das vorne ein Gesicht zierte. An den Seiten baumelten Ledersäckchen mit Kaurimuscheln, die mit heiliger Erde, Asche und allen möglichen Zauberkräutern gefüllt waren. Das ganze war ordnungsgemäß geweiht und würde sie vor Unfällen, Mord und bösen Geistern schützen. Elise befestigte es bedeutungsschwer und ernst am Innenspiegel des Renaults.

»Du darfst es niemals abnehmen«, warnte sie eindringlich. Ada war einverstanden mit Elise' Auswahl des Vodou als der hier für sie zuständigen Religion. Sie hängte das Gris-Gris ein wenig höher, damit es die Sicht nicht behinderte, und winkte Elise noch ein letztes Mal zu.

14

Es war neun Uhr früh, als sie auf der Ausfallstraße Richtung Abomey-Calavi im Stau standen.

Lazare hatte fröhlich seinen blauen Seesack auf den Rücksitz geworfen und sich neben sie gesetzt, als reisten sie seit Jahr und Tag gemeinsam durch die Gegend.

Die Mopeds knatterten links und rechts an ihnen vorbei. Sie waren eingekeilt zwischen zerbeulten Pick-ups und überladenen Lastwagen, die sich schrittweise vorwärts bewegten. Auf der Ladefläche des Kleinlasters vor ihnen waren Ananaskisten nur notdürftig festgezurrt. Sie rutschten bei jedem Anfahren hin und her.

Weiter vorn zog ein Karnevalszug quer über die Straße. Ein pompöser amerikanischer Straßenkreuzer aus Holz in knalligen Farben, pink und gelb, wurde vorbeigeschoben. Dazu schmetterte eine Jazzkapelle, alles swingte und tanzte, sang und trommelte, klatschte rhythmisch hinterher. Eine Art Vortänzer streute Konfetti über die Gesellschaft.

»Eine Beerdigung«, stellte Lazare fest. Das war also der Grund des Staus.

Ada erinnerte sich, bei der Stadtausfahrt eine Sargtischlerei mit dem verheißungsvollen Namen »Ihr eigener Mercedes« gesehen zu haben. Die Wunschträume wurden posthum erfüllt.

»Diese Sargtischler sind echt cool, mit Kundschaft auf der ganzen Welt, sogar in Paris. Schweineteuer, so 'ne Zeremonie. Die Toten habens feudal, und die Lebenden sind auf ewig verschuldet. Schön verrückt, was?«

»Warum nur?«

»Prestigefrage. Nicht nur bei den Nachbarn, auch bei den Ahnen muss der Ruf gewahrt werden. Außerdem will sichs niemand mit den Verstorbenen verderben. Sonst sind die beleidigt und machen noch aus dem Totenreich Ärger.«

Ada lachte und sah kurz zu ihm hinüber. Er blieb ernst.

»Ein Bauer hat sich in einer gewaltigen Ananas begraben lassen, eine Ärztin in einer Spritze. Fischer nehmen natürlich gerne Fische. Manche lassen sich Flugzeuge oder Villen nach Maß anfertigen. Ein Geschäftsmann im Getränkehandel wurde in einer Flasche Béninoise aus Holz eingebuddelt. Was würdest du dir aussuchen?«

Sie überlegte. Aber nun ging es endlich weiter. Der Lastwagen vor ihnen fuhr so ruckartig an, dass mehrere Pappkartons über die Ladefläche hinausschossen. Ananas rollten über die Straße. Sofort kehrten einige der Trauergäste um und sammelten die Früchte ein, wobei sie ihre Festtagsgewänder als Behältnisse nutzten.

»Bis Dassa müssten wir es heute noch schaffen«, meinte Lazare. »Im Dunkeln können wir jedenfalls nicht fahren. Zu riskant.«

Ada gab ihm Recht. Früher einmal hatte sie sich unverwundbar gefühlt. Heute sah sie manches anders.

»Wer hat denn schon Licht am Auto? Und wenns kracht, nichts wie weg, klar? Außerdem gibts Straßensperren. Du denkst, Polizeikontrolle. Falsch! Banditen.«

Ada runzelte die Stirn, stieg ruckartig auf die Bremse. Ein Mopedfahrer hatte sich von rechts vor sie geschoben.

»Früher gabs das hier nicht, diese vielen Überfälle. Aber seit die den CFA abgewertet haben, ist alles extrem teuer geworden. Alle reden nur noch von ›davor‹ und ›danach‹.« Lazare sah aus dem Fenster. Sie fuhren durch Vorstädte, die weit in das Land hineinwucherten. Häuserwände, an denen die Farbe abblätterte, zeigten mit graugrünen Schimmelstreifen den letzten Hochwasserstand an.

Wieder musste Ada unvermittelt bremsen. Eine Gruppe von Jungen lief hinter zwei trommelnden Männern über die Straße. Sie trugen Röcke aus Palmblättern und hatten weiß bemalte Gesichter.

»Was ist mit den Jungs?«

Lazare erläuterte: »Sie sind Mitglieder eines Geheimbundes. Oro. Seine Befehle müssen sie ausführen.«

»Oro?«

»Ja, Oro dient den Totengeistern und holt sich die, die sich was zu Schulden kommen lassen. Nachts, neun Tage um den Neumond herum. Er tötet durch Kopfabschlagen. Sein Erkennungszeichen ist ein abgeschlagener Tier- oder Menschenkopf. Von seinen Opfern bleibt außer einem blutigen Fetzen der Kleidung nicht viel übrig. Das ist sein Symbol: ein rotes Stück Stoff. Dann weiß jeder Bescheid. Frauen sterben, wenn sie ihn nur sehen. Wenn er erscheint, hörst du zuerst ein Sirren und Schwirren in der Luft, einen hohen

Ton. Später wird das Geräusch zu einem furchtbaren, tiefen Brummen. Wenn du das hörst, ist es meist zu spät.«

In Allada, wo Ananas angebaut wird, machte Ada kurz Station, um den Wunsch ihrer Großmutter zu erfüllen. Sie fotografierte die Ananasstauden und deren Blüten. Dann noch Jasmin und den roten Korallenbaum. Unterwegs hielt sie, um Nester der Webervögel in den Bäumen aufzunehmen, dann den Flamboyant und rot und gelb blühende Hibiskushecken. Eine Kerzenkassie, den duftenden Oleander, Blüten der Wüstenrose, die dornige Aloe und auch noch die Früchte des Jackfruchtbaums. Sie porträtierte den fächerartigen »Baum des Reisenden«, eine Palmenart, die deshalb so heißt, weil sie für den durstigen Reisenden in ihren Vertiefungen Wasser speichert. Sie machte Aufnahmen vom gelben und weißen Frangipani und von den Weihnachtssternen, die in Büscheln den Weg säumten. Den Film steckte sie voller Vorfreude in eine Seitentasche ihrer Weste, um ihn bald abzuschicken. Ihre Großmutter besaß schon eine beträchtliche Sammlung exotischer Pflanzenfotos und zeigte sie jedem Besucher. Sie war stolz auf ihre Enkelin.

Die Teerstraße ging jetzt in eine rote Sandpiste über. Die Autos vor ihr donnerten im Zickzack um die tiefsten Schlaglöcher herum und zogen Staubfahnen hinter sich her.

Eine Tonfigur mit winzigem Kopf und riesigem erigiertem Penis stand am Wegesrand. Ada begrüßte sie mit einer Verneigung aus dem Autofenster.

»Das ist Legba, er schützt das Dorf. Man ist aber auch gut beraten, es sich nicht mit ihm zu verderben. Wenn man ihn reizt, wird er listig und böse. Ein launischer Kerl, egoistisch und triebhaft«, meinte Lazare.

»Tatsächlich? Nicht sehr anständig für einen Vodougott!«

»Er ist das jüngste von vierzehn Kindern.« Lazare grinste. »So wie ich von acht Geschwistern. Na, und die Jüngsten haben es ja bekanntermaßen nicht leicht. Müssen sich immer durchsetzen. Die Vodoun sind die Kinder von Mawu-Lissa, dem Schöpfergott. Halb Mann, halb Frau ist der übrigens. Die Kinder, also die Vodoun, müssen für Ordnung sorgen. Und sich darum kümmern, dass zwischen Mawu-Lissa und den Menschen alles okay geht. Wie 'ne Art Dolmetscher eben. Die Vodougötter sind alle ganz verschieden. Legba, der jüngste, ist besonders begabt – und besonders schwierig.«

Ein Knall zerriss die Luft. Als ob Legba es bestätigen wollte. Vielleicht hatte sie doch falsch gegrüßt? Reifenpanne. Das Auto schlingerte in Richtung Straßenrand.

Lazare nahm ihr mit einem Also-ich-bitte-dich-Gesichtsausdruck den Wagenheber aus der Hand. Doch der machte einen Knicks, als er ihn hochdrehen wollte, und verabschiedete sich mit einem kleinen Seufzer.

»Shit!« Lazare schüttelte die Faust und machte eine grimmige Miene. Ada lachte. Ein paar Herren in Shorts und bunten Hemden kamen wie zufällig herangeschlendert. Ob sie helfen könnten. Das kam drauf an. Einen Wagenheber hatten sie jedenfalls nicht dabei. So fuhren sie langsam mit walkendem Reifen hinter den Männern her zur nahen Werkstatt. Dort ließen sie sich im Schatten nieder und frönten der hiesigen Lieblingsbeschäftigung. Warten. Hühner scharrten um sie herum im Sand. Es wurde Abend. Einer der Männer erzählte ihnen von dem unerwarteten geschäftlichen Aufschwung, den die Werkstatt seit kurzem erfahren hatte. Ein nur zehn Minuten andauernder Wirbelsturm hatte sämtliche Dächer der Umgebung abgedeckt. Nun lagen überall auf der Straße Nägel herum. Reifenpannen waren jetzt täglich in stattlicher Anzahl zu beheben. Er grinste von einem Ohr zum anderen.

»Nur zehn Minuten«, wiederholte er und schüttelte den Kopf, immer noch sichtlich entzückt von der Diskrepanz zwischen kleiner Ursache und großer Wirkung.

Endlich war der geplatzte Reifen gewechselt und geflickt. Auch der Wagenheber war geschweißt.

»Auf ihn verlassen würde ich mich nicht«, sagte der Werkstattchef noch. »Kaufen Sie sich in Dassa einen neuen. Hier haben wir so was nicht.« Er winkte kurz zum Abschied und ging zu seiner Hütte zurück.

Als sie in Dassa ankamen, war es stockfinster. Lazare ließ sich absetzen: erste Etappe seiner Verwandtenbesuche.

»Bis dann …« Er lächelte.

»In drei Tagen fahren wir weiter.«

»Alles klar!« Schelmisch warf er ihr eine Kusshand zu.

Gut gelaunt steuerte sie die französisch geführte Auberge an, die über Zimmer mit Bad verfügte und wo es die besten Brathähnchen von ganz Benin gab.

»Leider kein Zimmer mehr frei.« Das hübsche Mädchen am Empfang bedauerte und empfahl ein einfaches Hotel am Ortsausgang.

Ada erhaschte zufällig einen Blick in den hinteren Raum, als der Kellner, ein voll beladenes Tablett in den Händen, mit einem Fußtritt die Schwingtür aufstieß. Dort hatten Johannes, Robert und ein ihr unbekannter Dritter die Köpfe zusammengesteckt und redeten. Irgendetwas hielt sie instinktiv davon ab, zu ihnen zu gehen. Irgendetwas Bedrohliches. Sie ging vor die Tür. Ein leichter Wind raschelte in den Blättern der Eukalyptusbäume auf dem Parkplatz, die ihren Duft verströmten.

Sie musste an Elise denken, gestern Abend: »Weißt du, ich mag Johannes sehr. Eigentlich sind wir zusammen. Er hat mich nach Patricks Ermordung getröstet.« Im Trösten schien er ja ganz groß zu sein. »Was meinst du mit ›eigentlich‹?« – »Er will es geheim halten.« Ach ja. »Ich habe es bisher auch niemandem erzählt. Meine Familie ist da etwas konservativ.«

Und jetzt saß der Herr also hier im Hinterzimmer und machte einen konspirativen Eindruck. Worüber redeten sie?

Ihr Herz schlug schneller. Natürlich könnte man es als schamlose Neugierde bezeichnen. Sie ging um das Hotel herum und gelangte zur hinteren Terrasse. Durch Holzwände, aus denen die Wappentiere der Könige von Dahomey herausgeschnitten waren, vor aufdringlichen Blicken geschützt, lag hier die luftige Verlängerung des Raumes. Sie entschied sich für den Büffel, dessen abstrahierte Form, ein Loch etwa in der Größe einer Faust, dem Tisch der drei am nächsten war. Der Büffel war das Wappentier König Guézos, nach der Legende einer der grausamsten aller Herrscher.

Sie sah die drei vor sich am Tisch sitzen. Unbemerkt konnte sie den dritten Mann beobachten. Er war groß, dünn und hatte bei seiner Garderobe nichts dem Zufall überlassen. Die hervorstehenden Schulterblätter des Mannes bohrten sich förmlich durch das rosa Seidenhemd. Ein schmaler Ring glänzte an seiner schwarzen Hand, als er sich zu Robert hinüberbeugte, um sich Feuer geben zu lassen. Kurz spiegelte sich die Flamme in seiner Sonnenbrille. Durch das Zirpen der Zikaden und das Bellen der Geckos, die an der Wand hingen, konnte Ada nur ein Murmeln vernehmen. Einmal glaubte sie, etwas von Schürfrechten herauszuhören. Dann den Namen Diallo. Johannes gestikulierte heftig und sagte laut etwas von einer Unterschrift. Irgendwie sah es nicht so aus, als handle es sich bloß um eine nette Plauderei. Es wirkte wichtig, geradezu bedeutend. Als Johannes Anstalten machte, sich zu erheben, schlich sie davon.

Sie fuhr zu dem angegebenen Hotel, das tatsächlich sehr einfach war. Ein Bett, eine Kalebasse in einem Eimer Wasser hinter einer halbhohen hellblauen Lehmwand. Sie saß noch eine Weile draußen auf der Treppe und genoss die milde Luft. Trotz der Regenzeit war sie trocken und von dem Geruch nach Gräsern erfüllt.

In dem kleinen Zimmer staute sich die Hitze. Sie schlief unruhig und warf sich hin und her. Schaben und Wanzen wanderten kratzend über den Zementboden, Flöhe und anderes Getier taten sich an ihr gütlich. Als es endlich dämmerte, goss sie sich Wasser über den Kopf, wusch sich gründlich, in der Hoffnung, auch alle Kleintiere damit zu vertreiben, und setzte sich wieder hinaus auf die Treppe.

Keine Tageszeit ist wie der frühe Morgen. Die Vögel zwitscherten in den Zedern. Die Welt war voller Energie. Alles war möglich. Glaubte man. Die Zeit der Erholung, bis die Gluthitze begann, war kurz. Einen flüchtigen Moment lang ließ sich das vergessen.

Zum Frühstück fuhr sie in die Auberge. Die drei konnte sie aber nirgendwo mehr entdecken.

15

Der Himmel grummelte immer bedrohlicher. Dunkle Regenwolken zogen sich am Horizont zusammen.

Ich bin zu spät dran, ärgerte sie sich, weil sie jetzt zum Fotografieren immer günstige Witterungen abwarten musste. Sie ging nach draußen, da erschütterte ein Donnerschlag die Luft. Wie damals, als sie auf der Terrasse des La Caravelle saß und aus einer Wolke ein langer Blitz zur Erde gefahren war, gefolgt von einem fürchterlichen Donner. Kurz darauf hatte die Sonne wieder geschienen. Schreiend waren dann Leute am Café vorbeigelaufen. Der Blitz hatte einen Mann und eine Frau auf der Straße erschlagen.

»Ehebrecher, die beiden«, hatte sie vom Kellner erfahren. Die Nachricht hatte sich wie ein Lauffeuer verbreitet. Shango, der Donnergott, hat sie bestraft. Ada hatte keinerlei religiöse Ambitionen, aber das hier konnte den überzeugtesten Atheisten ins Grübeln bringen. Wenn Ehebrecher üblicherweise so bestraft werden, müsste es eigentlich ständig krachen, denn unbesorgt seinen »Bedürfnissen« nachzugehen schien eine Art Volkssport zu sein.

Ein dunkler Peugeot fuhr auf den Kiesplatz vor der Auberge. Die Tür ging auf und Tom stieg aus, als wäre es das Selbstverständlichste auf der Welt. Ihr Herz hämmerte. Er umfasste ihren Arm zur Begrüßung.

»Was machst du denn hier? Bleibst du länger?«

Sie erzählte ihm von ihrem Fotoprojekt. Lächelte ihn dabei an und fühlte sich wohl. Die Stelle am Arm, die er berührt hatte, prickelte.

»Komm, lass uns einen Kaffee trinken«, schlug sie vor. Sie gingen in die Auberge, und das Mädchen vom Vorabend begrüßte sie.

»Wenn Sie heute ein Zimmer wünschen, es ist etwas frei geworden.«

»Ja«, sagten Tom und Ada wie aus einem Munde und lachten. Das Mädchen schaute von einem zum anderen und fragte zweifelnd: »Also, ein Zimmer?«

»Nein, zwei«, antwortete Ada schnell. »Und zwei Kaffee.«

Sie setzten sich an einen der runden Holztische. In den Nischen der gekalkten Wände standen bemalte Figuren dickbäuchiger Kolonialherren und rotnasiger Missionare aus Holz. Grasmatten über den Fenstern schnitten das Sonnenlicht auf dem Tisch in bizarre Muster. Die Rufe eines Straßenhändlers drangen herein.

Tom war unterwegs, um Interviews zu machen, die Stimmung im Land einzufangen, wie er sagte. »Ich wohne zwar in Ouagadougou, aber die meiste Zeit des Jahres reise ich herum. Zwischendurch bin ich ab und zu in London bei meiner Zeitung.« Er arbeitete als Westafrikakorrespondent. »Es ist gar nicht so einfach, die Fehlurteile über den Kontinent zurechtzurücken«, fuhr er fort. »Manchmal ganz schön anstrengend. Für Privates bleibt nicht viel Zeit. Aber ich lebe gern hier.«

Sie redeten und redeten. Wie zwei, die sich schon Jahre kennen.

Der lehmige Weg nach Bogou schlängelte sich zwischen Feldern entlang. Elise hatte sie im Dorf angekündigt.

Adas braves Auto meisterte jedes Hindernis. Manchmal verschwand es fast zwischen dem hohen Elefantengras. Sie wurde vor- und zurückgeschleudert, wenn der Versuch, den tiefen Schlaglöchern auszuweichen, misslang. Bauern schwangen ihre selbst angefertigten Eisenhacken. Hin und wieder winkte ihr eine Bäuerin zu und wurde sofort wieder vom Staub verschluckt. Es war heiß. Staub überall. Manchmal eine Strohhütte. Bananenstauden standen am Wegesrand, Ada erkannte kleine Felder, auf denen Maniok und Yams angebaut wurde. Bohnen, Mais, ein wenig Kaffee und auch Erdnüsse wuchsen. Bäume sah man kaum. Frauen mit Reisigbündeln auf dem Kopf zeigten ihr den Weg ins Dorf.

Nach der anstrengenden Fahrt war Bogou eine Wohltat. Im grünen Licht des Blätterdachs wirkten die strohgedeckten, beigefarbenen Lehmhäuschen wie Relikte aus einer vergangenen Zeit. Hohe Tonkrüge standen an einer Mauer, Brennholz war säuberlich aufgestapelt, auf einem Flachdach trocknete schneeweißer Maniok. Kinder blickten die Fremde staunend an.

Unter der breiten Krone eines Baobab saßen mehrere Männer im Schatten. Sie stopften sich ihre Pfeifen, streckten die Beine, tauschten mit leisen Stimmen hin und wieder einen Satz aus. Gelassen erwiderten sie Adas Begrüßung. Ihre ausgefallene Kleidung tat ihrer Würde keinen Abbruch. Einer der Männer trug breite, knallrote Hosenträger an ziemlich mitgenommenen Röhrenhosen, dazu einen viel zu kleinen Tirolerhut mit Feder schräg auf dem Kopf, ein anderer zu Shorts ein kariertes Jackett mit eingerissenen Ärmeln, die nur bis zu den Ellenbogen reichten. Der alte Dorfchef war in einen farbenprächtigen Boubou gekleidet und hatte dazu einen breitkrempigen Hut à la Bogart aufgesetzt, den vorn ein großes Brandloch zierte.

Auf die Einladung der Männer hin setzte Ada sich zu ihnen in den Schatten, balancierte vorsichtig auf dem Hocker.

Die Hitze hatte jetzt in der Mittagszeit ihren Höhepunkt erreicht. Das Atmen schmerzte in Nase und Rachen. Selbst beim Stillsitzen rann der Schweiß in Strömen, die Baumwollsachen klebten am Leib. Über das Gehirn hatte sich eine Watteschicht gelegt, die jeden Gedanken schon im Ansatz lähmte. Ein im wassergefüllten Tonkrug gekühltes Bier, das sie dankbar annahm, brachte nur kurzzeitig Erfrischung. Warten. Dann die rituellen Fragen nach dem Weg – doch, es geht, man kommt durch zurzeit. Geplänkel über dies und das. Das Wetter, zu wenig Regen. Kopfschütteln. Wieder warten. Es roch wunderbar. Sandelholz, Feuer, Erde. Die Zeit rann dahin. Murmeln von Zeit zu Zeit, belanglos Freundliches.

Da endlich kamen sie, schwatzend und lachend in bunten Kleidern, Turbane auf dem Kopf. Die Frauen waren auf dem Feld gewesen und hatten Ada erst am Nachmittag erwartet. Marguerite, eine Freundin von Elise, begrüßte Ada herzlich.

Langsam wurde sie unruhig, sie wusste, dass der Anstand eine ausgiebige Begrüßung gebot. Immer wieder warf sie besorgte Blicke zum Himmel, Gewitterwolken waren im Anzug. Alles wurde abgefragt, lange, aber nicht sehr ergiebig: Geht es gut? Ja, jeder Einzelnen. Wetter, Ernteaussichten, Kinder. Elise hatte Ada an Mitbringsel erinnert, Gebäck aus Cotonou, das es hier nicht gab. Die

Geste wurde freundlich registriert. Sie setzten sich abseits, während die Männer ihren Faden gemütlich weiterspannen.

In Bogou wurde Mais angebaut. Er musste von Hand gemahlen werden, eine stundenlange, ermüdende Arbeit. Ein Mitarbeiter einer internationalen Organisation hatte ihnen eine Mühle geschenkt. Vor einem Jahr. Wunderbares Stück. Aus Amerika. Leider kaputt. Seit einem Dreivierteljahr. Ersatzteile? Die Frauen winkten ab. Es wurde also wieder von Hand gemahlen. In den Nachbardörfern dieselbe Geschichte.

Marguerite nahm Ada das Versprechen ab, sich bei der sehr angesehenen Organisation wegen der Mühle für sie einzusetzen.

Jetzt erklärte Marguerite den Frauen die Fotoreportage und gab Ada ein Zeichen, dass sie beginnen könne. Ada freute sich über die offenen Gesichter und die Bereitwilligkeit, einer Fremden ihre kostbare Zeit zu opfern. Sie fotografierte. Die Frauen mit der Mühle, beim Hirsestampfen, beim Maisbreizubereiten. Natürlich ließen sie es sich nicht nehmen, sie zu bewirteten, *yèkè-yèkè,* ein Couscous aus gedünstetem Mais. Es wurde spät, bevor sie wieder loskam. Zum Abschied winkten ihr alle nach. Auch die Männer, bei denen schon seit langem die Flasche Palmschnaps kreiste, wünschten gute Fahrt.

Auf der langen, ermüdenden Rückfahrt dachte sie wieder an Patrick. Ein Jahr war es etwa her.

Sie sitzen in Papa Pauls Champagner-Bar und trinken Bier aus alten Senfgläsern. Patrick ist ungehalten, wie immer, wenn es um die internationalen Organisationen geht, für die er jahrelang Projekte evaluiert und die er beraten hat. Dann hat er den Job an den Nagel gehängt und nur noch für seine Dissertation geforscht.

Seine Augen blitzen. »Entweder dienen die Projekte dazu, ihrer Industrie lukrative Aufträge zu beschaffen, oder sie versanden wegen völliger Fehleinschätzung der Umstände. Schnelle Erfolge müssen her, langfristig wird nicht gedacht. Der Beweis ihrer Existenzberechtigung ist das einzig Wichtige. Und da, wo es wirklich wichtig ist, bei der Bildung, da fehlt es an allen Ecken. Die meisten Kinder haben nicht einmal Schulbücher, wenn sie denn überhaupt zur Schule gehen können. Sie müssen arbeiten, die Familie miternähren. Wie soll das weitergehen, bei einer Bevölkerung, die rapide wächst? Mit lauter Analphabeten.«

»Ein paar sinnvolle Projekte hab ich immerhin kennen gelernt«, entgegnet Ada. »Nichts Großes, aber mit der Politik der kleinen Schritte schaffen sie doch ein wenig mehr Unabhängigkeit, besonders für die Frauen. Langfristig gesehen ...«

Patrick fegt den Einwand mit einer unwirschen Handbewegung vom Tisch. Er wird nicht gerne unterbrochen. Mit gerunzelter Stirn fährt er fort: »Früher wurde für die Kolonialherren angebaut. Heute müssen die Bauern wegen der Verschuldung weiter für dieselben reichen Länder die Natur ausbeuten. Palmöl, Baumwolle, Kaffee, Kakao – für Grundnahrungsmittel reicht der Boden dann kaum noch. Kommt eine Dürre hinzu, wird gehungert. Dann schickt der Norden Nahrungsmittelhilfe – aber die kommt meist erst dann an, wenn die einheimischen Bauern längst selbst wieder etwas auf den Markt bringen. So werden ihre Preise gedrückt und jeder Anreiz, mehr zu produzieren, verhindert.« Patricks Gesicht wird zu einer höhnischen Grimasse. »Entwicklungszusammenarbeit! Partner sollen wir sein! Partner dürfen wir sein, wenn wir mitspielen, aber nach ihren Regeln. Wo sind sie denn, die Milliarden Dollar Entwicklungshilfe? Kaum medizinische Versorgung, Analphabetentum, Arbeitslosigkeit, Fehl- und Unterernährung.« Er redet sich in Rage. »Vierzig Jahre, und nichts hat sich geändert! Das Einzige, was dabei rauskommt, sind gut bezahlte Jobs – für sie selbst. Und unseren Diktatoren helfen sie, noch reicher zu werden und an der Macht zu bleiben. Wenn sie ihnen in den Kram passen. Nein, nur wir selbst können etwas ändern.«

Im Licht der Auberge saßen nur wenige Gäste, sie redeten leise, Besteck klapperte. Sie sah Tom am Tisch sitzen, gedankenverloren spielte er mit einem Bierdeckel. Sie betrachtete sein Profil unter den dunklen Haaren. Als er sie sah, hellte sich sein Gesicht auf.

Sie aßen knusprig scharfes Brathähnchen. Wie sie Fotografin geworden war, wollte er wissen.

Sie dachte nach. »Zum zwölften Geburtstag hat mir meine Großmutter einen Fotoapparat geschenkt. Von da an gab es für mich nichts Wichtigeres mehr. Die Fotografie hat mich von der Trostlosigkeit meiner Umgebung abgelenkt.« Sie lächelte ein wenig spöttisch, um der Aussage ihre Schärfe zu nehmen. »Ich habe die Entdeckung gemacht, dass ich etwas festhalten kann. Etwas, was sich eigentlich nicht halten lässt. Einen Moment, eine Geste, einen Ausdruck. Ich war besessen von der Idee, mit Bildern etwas zu erzählen, was man sonst nur schwer ausdrücken kann.«

Tom sah sie an, hörte zu. Ada steckte sich eine Zigarette an. »Als Kind habe ich alles auseinander gebaut, was ich in die Finger bekam. Ich wollte immer wissen, wie die Dinge funktionieren, wie sie hergestellt werden. Die traditionelle Arbeit in Afrika zu dokumentieren, hat sich dann auf einer Reise wie von selbst ergeben. Und darüber bin ich fast zwangsläufig zum Thema Frauenhandwerk gekommen.«

Tom fragte nach und erzählte dann Geschichten von seinen Reisen. Ein Thema kehrte dabei immer wieder, wie eine Grundmelodie: Zeit. Oder eher das Nichtvorhandensein von freier Zeit. Ihr klang es ein wenig wie eine Warnung.

Spät abends machten sie noch einen Spaziergang, vorbei an halb verfallenen, ehemals herrschaftlichen Kolonialvillen, zu den Bergen von Dassa. Hier war einst die Jungfrau Maria erschienen, eine schwarze Jungfrau Maria. Sie hatte sich am Wasserfall einem Mädchen gezeigt. Seitdem pilgerten jährlich tausende von Menschen hierher, um zu beten. Und um Wunderheilungen zu erleben. Blinde wurden sehend, Taube hörten wieder, Krüppel liefen munter nach Hause. So wurde berichtet.

Über ihnen leuchtete, zum Greifen nah, ein unglaublicher Sternenhimmel. Die Luft war weich und duftete. Er sah sie an, sie verstanden sich auch ohne Worte. Dann küssten sie sich zum ersten Mal.

Im Mondlicht warfen die Äste eines knorrigen Baumes gespenstische Schatten auf den Fels. Adas Wahrnehmung war geschärft, jedes Detail erschien wichtig.

Ein Betrunkener schwankte den Weg entlang, sang selig vor sich hin, dann verstummte er plötzlich und blieb grübelnd stehen. Kratzte sich am Kopf und schlug torkelnd die entgegengesetzte Richtung ein.

Sie lachten, alberten herum und liefen zurück zum Hotel. Dort verabschiedete sie ihn artig vor ihrem Zimmer. Unerhört, das alles! Sie schwebte zu ihrem Bett und ließ sich in die Kissen sinken.

16

Die Fahrt nach Léma am nächsten Tag war heiß, staubig und einsam.

Die Asphaltstraße schien in der Hitze zu wabern, Blasen zu schlagen. Flirrende heiße Luft. Ungetüme wuchsen am Horizont. Beim Näherkommen entpuppten sie sich als voll beladene und hoch verschnürte Lastwagen, die sich in den Hitzeseen über der

Straße gespiegelt hatten. Sie donnerten vorüber und ließen ihren Renault in einer Staubwolke versinken.

Plötzlich musste sie abbremsen. Buschwerk und Gräser, mitsamt der Wurzel herausgerissen, lagen mitten auf der Straße, führten schräg bis hin zum Straßenrand. Ein Unfall. Tatsächlich war hinter der nächsten Kurve einer der schweren Laster auf die Seite gekippt. Der Fahrer, Helfer und Neugierige aus der Umgebung saßen und standen herum, rauchten und hielten Rat. Eine Frau aus dem nahe gelegenen Dorf hatte rasch ihre Garküche aufgebaut, andere verkauften Getränke und Zigaretten, Kinder kletterten begeistert herum.

»Nichts passiert!«, riefen sie Ada zu und winkten sie durch.

In einem Dorf legte sie eine Pause ein und sah auf die Karte. Nach Léma, der Ortschaft in den Bergen, wo sie ihren nächsten Fototermin hatte, konnte es nicht mehr weit sein. Dort erwarteten sie Frauen, die Karitébutter herstellten. Sie trank in einer Bar an der Straße ein Glas lauwarme Limonade und aß ein hart gekochtes Ei mit Chilipulver.

In ihrem Landrover fuhren Johannes, Robert und der dunkle Unbekannte vorbei. Sie hatten Ada nicht gesehen.

Im nächsten Dorf sah sie die drei auf der Terrasse eines Restaurants. Ada konnte es einfach nicht lassen. Aus der Hand fotografieren, auch bei langer Belichtungszeit – sie liebte ihre Leica. Sie duckte sich auf den Vordersitz, als sie das Restaurant verließen, und hoffte, dass sie ihren Renault nicht erkannten. Aber die drei waren zu sehr in ihr lebhaftes Gespräch vertieft, um sie zu bemerken. Als sie sich aufrichtete, stieß sie mit dem Kopf gegen Elise' Amulett. Irgendwie beruhigend.

In Léma wurde Ada sogleich von einer energischen Dame in Empfang genommen, die über ihre Pläne von Elise informiert worden war und die, das war ganz offensichtlich, nichts auf die lange Bank schob. Ihre Bewegungen und ihr Gang waren bestimmt, ihre Anordnungen keinen Widerspruch gewöhnt.

Die Frauen, die sie fotografieren wolle, seien bei der Arbeit, und sie könne gleich beginnen.

Ada stellte sich ihnen vor, erklärte kurz ihr Anliegen. Die Frauen lächelten freundlich und nickten.

Madame Edoungou betrachtete interessiert Adas Bemühungen und sagte dann: »Sie sind Mahi, sie verstehen kein Wort Französisch. Dafür beherrschen sie mehrere andere der über sechzig Sprachen, die es hier gibt. Schließlich ist es wichtiger, sich mit den Leuten aus dem Nachbardorf verständigen zu können als mit Beamten aus der Stadt, die sowieso zu faul sind, herzukommen. Außerdem sind die Dörfer hier in den Bergen nicht so leicht zu erreichen, du hast ja gesehen, wie die Straßen sind.«

Ada bewunderte ihre Arbeit und fotografierte jeden der komplizierten Arbeitsschritte, in denen aus den Nüssen das Öl gewonnen wurde. Die Frauen waren über die dampfenden Kessel gebeugt, in denen der braune Brei lange gekocht und gerührt wurde. Der Schweiß lief ihnen in Strömen über die nackte Brust und die muskulösen Arme. Ada versuchte, ein wenig mitzurühren, aber es gelang ihr kaum, die langen Holzstößel auch nur anzuheben. Sie verdrehte die Augen, alle lachten.

War die Karitébutter hart geworden, wie fest gewordenes Wachs, wurde für den Verkauf jeweils ein Stückchen mit einer Kalebassenscherbe abgenommen und in ein Bananenblatt gewickelt. Die Handbewegung des Abnehmens wurde schnell, wie gleichgültig ausgeführt. Von einer Waage hatten diese Frauen noch nichts gehört.

»Einmal«, erzählte Madame Edoungou lachend, »hat jemand die Stücke nachgewogen. Das Gewicht war immer gleich. Exakt!«

Später, am Nachmittag, erzählte Madame Edoungou Ada Geschichten aus dem Dorf. »Vor einiger Zeit ist einer Frau Geld gestohlen worden. Der Vodoupriester hat alle aus dem Dorf unter dem heiligen Irokobaum zusammengerufen. Jeden Einzelnen hat er angesehen und über den Diebstahl gesprochen. Dreimal gab es die gleiche Versammlung. Danach wies er auf den Dieb. Der gestand sofort und wurde zur Strafe für einen Monat von der Dorfgemeinschaft ausgeschlossen.« Sie stopfte sich eine kleine, kurzstielige Pfeife. »Vodou, das ist die Kraft, die wirksam ist.«

»Vodou«, sagte Ada, »damit verbindet man bei uns in erster Linie Zauberei und blutrünstige Rituale.«

Madame Edoungou steckte sich das Pfeifchen an und sagte: »Vodou ist unsere Lebensart.«

Sie pustete eine kleine Wolke wohl riechenden Qualms in die Luft und fixierte Ada, als wolle sie prüfen, ob sie ihrer Erläuterungen auch würdig sei.

»Die Vodougötter schützen und helfen uns. Mithilfe ihrer Heilkräfte können alle Krankheiten besiegt werden. Sie sind gutartig und fröhlich, mögen Gin und haben bestimmte Vorlieben, wie Süßigkeiten und Hühner- oder Hammelblut. In gewisser Weise sind sie uns Menschen ziemlich ähnlich. Mami-Wata, die Wassergöttin – du erkennst sie an ihrem weißen Gesicht –, mag Parfüm und Limonade, treibt gern Schabernack und lacht viel. Sakpata, der Seuchengott, sorgt für soziale Gerechtigkeit, bringt Krankheiten und nimmt sie wieder. Shango, der Donnergott, bestraft Vergehen, wie Diebstahl, mit Blitzschlag. Die Götter hassen es, wenn man sie nicht beachtet und man zu opfern vergisst. Dann werden sie jähzornig und schrecklich in ihrer Wut. Hat man die Vodougötter einmal erzürnt, so kann man sie nur noch mithilfe des Hounon, des Vodoupriesters, besänftigen. Bringt man ihnen dagegen Opfergaben, helfen sie einem. Vor noch gar nicht so langer Zeit hat man den Göttern auch Menschen geopfert.« Sie schmauchte vor sich hin.

»Die Vodousi sagen: ›Selbst wenn man sein ganzes Leben mit dem Vodou zubringt, man versteht und weiß so viel, wie das Auge zwischen zwei Lidschlägen sieht.‹«

Ada schien der Vodou durchaus auch eine pragmatische Angelegenheit zu sein. Eine überschaubare Anzahl Vodougottheiten war für alle Lebenslagen zuständig. Jeder Ort hatte seinen eigenen Schutzgott, seinen eigenen Fetisch, dem die Kraft des Gottes innewohnte, und seine eigene Auslegung der Gesetze, die sich nach den lokalen Gegebenheiten richtete. Ein ausgeklügeltes System, das die soziale Struktur aufrechterhielt und Hierarchien klarstellte, wenn es sein musste. Er regelte das Leben seit Jahrtausenden.

Patrick hatte sie ernst angesehen, als sie einmal mit ihm über den Vodou gesprochen hatte. »Vodou ist mächtig. Mächtiger, als du dir vorstellen kannst«, war sein einziger Kommentar.

Sie wollte es wissen.

Jetzt, als sie dem Vodoupriester von Léma gegenübersaß, wurde sie sich ihrer Naivität bewusst. Die Ausstrahlung dieses Mannes war außergewöhnlich, fast körperlich spürbar. Eine Aura von Autorität und innerer Gelassenheit, Weisheit jenseits von Gut und Böse umgab ihn. Er sah sie ruhig an.

»Morde sind geschehen«, stellte er fest. »Das Töten ist noch nicht zu Ende.«

Sie wunderte sich dann schon nicht mehr, als er ein paar Ereignisse aus ihrem Leben zur Sprache brachte, ganz nebenbei, wie um kleine Beweise seiner hohen Kunst durchblicken zu lassen. Er warf die Kaurimuscheln, acht Stück, in den Sand. Das Fa-Orakel sprach. Es muss wohl ziemlich redselig gewesen sein. Der Priester schwieg lange. Dann sah er sie wieder an.

»Sie sind in großer Gefahr«, begann er ohne Umschweife. »Jemand trachtet Ihnen nach dem Leben. Er sieht seine Macht von Ihnen bedroht. Er oder Sie.«

»Wer?«, entfuhr es ihr.

Der Priester sah durch sie hindurch, als könne er hinter ihr das Unheil sehen.

Ihre nächste Frage war praktischer Natur. »Was kann ich tun?«

Die Antwort kam prompt: »Fahren Sie zum Markt nach Bohicon. Kaufen Sie ein weißes Huhn, einen schwarzen Hahn, lebend. Drei Federn vom Kolibri, zwei Flaschen Gin und sieben Zitronen. Ein Chamäleon. Dann kommen Sie wieder her.«

Was blieb ihr übrig? Sie fuhr nach Bohicon.

Die Stadt der Fahrräder hatte nichts Gutes mit ihr im Sinn.

Überraschenderweise fuhren hier Männer wie Frauen Rad. Waren wurden darauf befördert, Jugendliche rasten die Straßen entlang und verdienten sich ihr Geld als Transporteur und Fahrradkurier. Wieso war diese praktische Erfindung hier so beliebt und woanders nicht? Wieder eine Frage, die sie nicht beantworten konnte.

Sie fühlte sich zittrig, und auf dem Markt wurde ihr dann übel. Die Zutaten zu besorgen, die der Priester gefordert hatte, erwies sich als langwierig. Zwischen aufgeschlitzten Ratten und blutigen Affenschädeln bleckten Hundeköpfe ihre Zähne. Mumifizierte Eulen lagen neben Häuten von Echsen und Rinderknochen. Es stank bestialisch. Unter einem Berg schwarzer Fliegen fand sie das Chamäleon. Die Kolibrifedern steckten in einem Korb gleich neben den lebenden Schlangen und dem ausgeweideten Krokodil. Sie überlegte, ob sie nicht lieber gleich drei Flaschen Gin besorgen sollte, sodass außer den zweien für die Vodougötter auch noch eine für sie selbst übrig blieb. Huhn und Hahn waren dann kein Problem, sie verstaute das gackernde Federvieh im Auto. Ihr schwindelte. Sie wusste nicht mehr, ob das Chamäleon lebend oder tot zu sein hatte. Diese Frage erschien ihr auf einmal von außerordentlicher Wichtigkeit. Wenn durch solch einen Fehler alles schief ging? Sie kaufte dann sicherheitshalber zwölf statt sieben Zitronen, als ob sie damit etwas wieder gutmachen könnte. Plötzlich schlotterte sie, bei circa vierzig Grad Celsius, als herrsche eisige Kälte.

Jetzt handelte sie schnell und effektiv. Sie fragte den Erstbesten, der vorbeikam, nach einem Hotel. Es war ein junger Typ mit einer Honda, augenscheinlich sein ganzer Stolz. Auf seinem T-Shirt prangte »Adidas«. Er fuhr vor ihr her bis zu einer kleinen Herberge. Zum Abschied winkte er lässig und rief ihr zu: »Kannst du mir nicht einen Studienplatz in Deutschland besorgen?«

Er ließ den Motor aufheulen und brauste in einer Abgaswolke von dannen.

17

Die billige Pension war zwar nicht ganz nach ihrem Geschmack, aber jetzt musste alles schnell gehen. Sie untersuchte die Laken auf Kakerlaken und Wanzen, stellte sich drei Flaschen Wasser auf den Nachttisch und legte Handtücher und mehrere Hemden zum Wechseln bereit. Dann informierte sie die Pensionsbesitzerin. Alles war geregelt. Sie ließ sich aufs Bett fallen, von dem sie die Malaria wohl nicht mehr so bald aufstehen lassen würde. Sie spürte jeden einzelnen Knochen, der Kopf drohte zu zerplatzen, und das Leben schien ihr eine Aneinanderreihung von Enttäuschungen, verpassten Momenten und Irrtümern zu sein. Während sie unter den Tüchern und Decken fror und zitterte, fielen ihr der Hahn und das Huhn ein, die in ihrem Auto schmorten und vermutlich demnächst das Zeitliche segnen würden. Sie wollte aufstehen und sich darum kümmern. Kletterte aus dem Bett. Ein unendlich mühsames Unterfangen. Sie rutschte ab. Metertief, wie ihr schien. Sie hörte sich noch seltsam laut auf den Fußboden fallen. Dann wurde ihr schwarz vor Augen.

Als sie wieder zu sich kam, lag sie im Bett, klatschnass. Dunkel erinnerte sie sich an Hunde, die des Nachts heulten, Riesenspinnen und blutige Katzenköpfe, die sich mit verwesenden Ratten in ihrem Bett ein Stelldichein gaben. Sie trank etwas Wasser und fiel sofort wieder in einen unruhigen Schlaf.

Ein Mann ohne Gesicht war ihr auf den Fersen. Er fuhr eine Honda und kam immer näher. So sehr sie sich auch bemühte, sie kam nicht von der Stelle. Der Verfolger, wenngleich gesichtslos, konnte sprechen: »Na, die Porträtfotografie immer noch nicht aufgegeben?« Die heisere Stimme aus Porto Novo! Unter seiner Jacke zog er einen Gegenstand hervor. Das Schnappmesser von Haartolle? Eine Pistole? Sie wollte aufschreien, dann sah sie, dass er nur einen Becher in der Hand hielt. »Trink das!« Gift! Eine häufige Todesursache hier. Keiner würde sich wundern, niemand darauf kommen, wer sie auf dem Gewissen hatte. Die Stimme war nicht die aus Porto Novo. Johannes? Wieder einmal wachte sie schweißgebadet auf.

Irgendwann begann sie sich besser zu fühlen. Sie trank das verbliebene lauwarme Wasser und stand auf. Aus dem kleinen Spiegel über dem Schränkchen schaute sie ein fremdes, eingefallenes Gesicht hohläugig an.

Wie viel Zeit war vergangen?

»Drei Tage«, sagte die Wirtin. Sie hatte ab und zu nach ihr gesehen, brachte ihr drei Mangos und beglückwünschte Ada zu ihrer Genesung. Sie hatte Huhn und Hahn gerettet, die quicklebendig im Innenhof Maiskörner pickten.

Die Zeremonie in Léma war langwierig. Blut musste fließen. Als Erstes war der schwarze Hahn dran. Aus seiner Halsschlagader pulsierte es über den Fetisch, einen hüfthohen pyramidenförmigen Stein, der Kaurimuscheln als Augen hatte und einen gierigen Mund voll Asche. Er war verkrustet und verklebt von Blut, Gin und Beschwörungen. An seinem Hals baumelte eine Kette mit Stücken von Schädeln, Kiefern und anderen undefinierbaren Körperteilen. Ada war froh, dass nicht auch aus ihm ein erigierter Penis herausragte. Er sah so schon Furcht erregend genug aus. War er ausgewählt worden, ihre Feinde zu besiegen? Denen dürfte er wohl gewachsen sein. Sie war schon wieder nass geschwitzt, und die Schwäche nach der Malaria ließ ihre Knie weich werden. Einige Schlucke Gin, für den Fetisch, für den Priester, für die Helferinnen nicht, dafür aber für sie. Die Zitronen wurden ausgepresst und mit Asche gemischt, sie musste davon essen. Die Verwendung des Chamäleons blieb im Dunkeln, es verschwand im Inneren der heiligen Gemächer. Der Priester murmelte, schüttelte den Kopf, sprach beschwichtigend auf den Fetisch ein. Der schien widerspenstig. Ihr wurde angst und bange. Sie beschwor den Fetisch im Stillen, versuchte, ihm zu schmeicheln und ihn zu bestechen, ließ das dann sein, hoffte nur noch. Nun wurde sie in geweihte Tücher gehüllt und aufgefordert, barfuß ein heiliges Terrain zu betreten. Hier wurde nochmals das Orakel befragt. Der Vodoupriester sah erschöpft aus. Es wurde Abend. Ein Brei aus Zaubermitteln – war hier das Chamäleon? – wurde ihr in einer Emailschüssel überreicht. Jeden Abend bei Einbruch der Dunkelheit solle sie etwas davon essen. Sie solle sich vor Autounfällen in Acht nehmen. In einem Monat würde alles entschieden sein. Um Schutz und Beistand werde er sich kümmern. Der Vodougott hatte gesprochen. Ada zahlte die geforderte Summe, die im Verhältnis zu den sonstigen Preisen gigantisch war, und hoffte, er würde Wort halten.

Lazare stand vor der Auberge, als habe er sie genau in diesem Moment erwartet. Sie hatte, als der Malariaanfall begann, telefonisch dort die Nachricht hinterlassen, dass er in ein paar Tagen wieder nachfragen solle. Er wirkte sehr besorgt und blickte sie voller Mitgefühl an. Das tat ihr gut. Als sie losfuhr, begann er, ihren Nacken zu streicheln. Sie hob nur die Augenbrauen. In gespielter Demut senkte er sofort Hände und Augen.

Parakou war trocken und heiß. Die Stadt wirkte weit und menschenleer, Staub wehte durch die Straßen. Sie lag genau in der Mitte des Landes, hier waren Leute aller Länder und Volksgruppen auf der Durchreise anzutreffen.

Im Zentrum verkauften Peul-Frauen mit langen goldenen Ohrgehängen und in indigofarbener Kleidung Ziegenkäse am Straßenrand. Er wurde in dunkle Tücher gewickelt, um ihn frisch zu halten. Ada suchte zuerst nach dem Postamt, um endlich den Brief und den Film mit den Pflanzenfotos an ihre Großmutter abschicken zu können. Sie kaufte einen Luftpostumschlag. Dann suchte sie ewig in den Taschen ihrer Weste. In einer Seitentasche musste er sein. Die Hitze und vor allem die Folgen des Fiebers machten sie benommen. Alles ging langsamer, ein Gedanke musste dreimal Anlauf nehmen, um zu der entscheidenden Stelle vorzudringen. Am schlimmsten war die Lärmempfindlichkeit. Jedes Geräusch ließ sie zusammenfahren. Endlich fand sie den Film, wickelte ihn in ein Stück Papier, schrieb noch ein paar Zeilen dazu und gab ihn dann, in Gedanken bei der Großmutter, der schwergewichtigen Schalterbeamtin, die ihn teilnahmslos entgegennahm.

Lazare machte sich davon. »Eine Freundin … Bis morgen früh dann.« Er blinzelte ihr zu.

Sie tankte voll, reihte sich wieder in den spärlichen Verkehr ein und fuhr einem Hinweisschild hinterher, das zum Bahnhof zu führen versprach. Dort ganz in der Nähe lag das Hotel Les Canaries, wo sie schon öfter übernachtet hatte. Sie legte sich in dem stickigen Zimmer aufs Bett und schlief sofort ein.

Als es an der Tür klopfte, wusste sie einen Moment lang nicht, wo sie sich befand. Die Warnung des Vodoupriesters aus Léma fiel ihr ein.

»Wer ist da?« Ihre Stimme klang heiser.

»A-haaa! Sie sind da! Sie wollten doch die Zeitung. Ich hab sie.«

Erleichtert atmete sie auf. Der Typ von der Rezeption. Wie sie diesen Klang liebte: a-haaa, durch die Nase gezogen und mit starker Betonung auf der zweiten Silbe. Sie hatte ihn gebeten, die *Le Point* zu besorgen, eine Tageszeitung, die außerhalb Cotonous schwer zu finden war. Würde etwas Neues über den Mord an Patrick oder den an dem Mann mit der Haartolle drinstehen? Ein Weißer war ermordet worden, da waren sicher alle verfügbaren Polizisten auf den Beinen, die Cotonou zu bieten hatte. Ob vielleicht sogar Boya in diesem Fall ermittelte?

Sie öffnete die Tür, nahm von dem Jungen die Zeitung entgegen und bedankte sich.

Der Gedanke an ein kaltes Bier trieb sie in eine Bar an der Ecke. Dann fiel ihr ein, dass sie noch gar nichts gegessen hatte, und sie bestellte draußen bei einer *bonne femme* zwei Brochettes. Einige wenige Fußgänger waren unterwegs, von ferne klang der Ruf des Muezzins herüber, ein Hund jaulte. Unter einer Bogenlampe am Straßenrand saß ein Junge und las ein zerfleddertes Buch.

Als sie in die Bar zurückkam, war ihre Zeitung vom Tisch verschwunden. Sie sah verwundert in die Runde. Ein junger Mann am Nachbartisch sprach sie sofort an: »Oh, entschuldigen Sie. Ich habe mir Ihr Blatt mal ausgeliehen. Es ist doch wirklich schlimm!« Er schüttelte den Kopf und verzog die Mundwinkel. Ein schöner Mann mit schwarz glänzender Haut und durchtrainierter Figur.

»Ja, gewiss.« Sie dachte an den Unterschlagungsfall, von dem sie eben gelesen hatte.

»Dieser Monsieur Diallo ist so ein gebildeter Mann. Ich kenne ihn, er hat hier in Parakou auf einem meiner Seminare ein Gastreferat gehalten.«

Er erhob sich und nannte ihr unter einer angedeuteten Verbeugung seinen Namen. Er hatte mit der Alphabetisierung zu tun, ganz offensichtlich war er äußerst stolz auf die höhere Position, die er bekleidete.

»Kann ich mal sehen?«

»Aber selbstverständlich. Ich darf doch?«

Ihr Gesprächspartner nutzte die Gelegenheit, um sich zu ihr an den Tisch zu setzen. Fieberhaft blätterte sie die Zeitung durch. Ein Foto von Diallo in seinem Büro. »Unterschlagung«, stand in großen Lettern darüber. Kredite der BIC, der Banque Internationale de la Coopération, mit Sitz in Paris, waren verschwunden, versickert in den unergründlichen Tiefen des Ministeriums.

Ihre Gedanken überstürzten sich: Unterschlagungsskandal, Diallo, Patrick hatte die Affäre entdeckt und wurde deshalb ermordet. Ich muss sofort Elise anrufen, beschloss sie. Sie sah sich suchend nach einem Telefon um. Als sie aufstand, um den Barmann zu fragen, fiel ihr Blick noch einmal auf die ausgebreitete Zeitung. »Gesucht wird«, eine Spalte, die regelmäßig erschien. Fassungslos las sie: Elise de Souza. Seit vier Tagen verschwunden. Hinweise an die folgende Telefonnummer. Ada ließ sich zurück auf den Stuhl fallen. Unmöglich. Sie las die kurze Meldung wieder und wieder.

»Alles in Ordnung?«, erkundigte sich besorgt der Tischnachbar.

»Ja, ja«, antwortete sie geistesabwesend. Langsam kam die Nachricht bei ihr an. Elise!

18

Es war noch dunkel, als sie Lazare mit einem Kaffeebecher in der Hand vor dem Hotel antraf. Zermürbt nach einer fast schlaflosen Nacht zeigte sie ihm die Zeitung.

Erschrocken sah er sie an und begann, von der Rezeption aus hektisch herumzutelefonieren. Seine Stimme überschlug sich fast. Von denen, die er erreichte, glaubte jeder etwas anderes zu wissen: Elise ist zu Verwandten gefahren, kein Grund zur Sorge; niemand hat eine Ahnung, wo sie ist; sie ist krank geworden und muss mit Ritualen geheilt werden; Elise ist seit Tagen vermisst.

Sie beschlossen, trotzdem ihre Reise fortzusetzen. Was hätten sie auch sonst tun können? Als sie ins Auto stiegen, sah Ada das Gris-Gris am Rückspiegel fragend an. Das lächelte hintergründig, wie immer, und schwieg sich aus.

Die Straße war holprig und führte durch kleine Wälder, die sich immer mehr lichteten. Ab und zu lag ein überfahrenes Tier auf der Strecke. Mal ein Huhn, ein Agouti, eine Schlange.

»Warum steckt die eigentlich niemand in den Kochtopf?«

»Der Eisengott Gu hat sie getötet. Mit dem Metall, dem Auto, holt er sich seine Opfer. Und den gewalttätigen Gu zu erzürnen, wäre Wahnsinn«, antwortete Lazare.

Die Warnung aus Léma fiel ihr ein, und sie beschloss, in Zukunft besonders vorsichtig zu fahren.

»Gu ist der Schutzpatron für alle, die mit Metall zu tun haben. Also mit Verkehr, Transport, Technik. Er bringt Neues, Veränderungen. Und ist der Beschützer der Familie, sorgt fürs Essen und so. Er bringt das Leben.« Lazare grinste. »Immer potent, klar? Aber manchmal säuft er auch. Dann wird er brutal. Dann bringt er den Tod.«

Die Strecke führte jetzt durch trockene Savannenlandschaft. Ab und zu kamen sie an einer Strohhütte vorbei.

»He, stell dir vor, vor dreißig Jahren soll hier noch dichter Wald gestanden haben«, sagte Lazare. »Die Leute haben sich vor den Löwen gefürchtet, wenn sie abends vom Feld nach Hause gingen.« Er sah aus dem Fenster. Doch dort waren nur Ziegen, die sich auf die Hinterbeine stellten, um am Dornengebüsch zu knabbern. Wie Denkmäler, die niemanden mehr interessieren, standen verwaiste Sägewerke in der Gegend herum. »Sägewerke«, sinnierte er. »Alles zu Kleinholz gemacht. Ist das unser Schicksal, oder was?«

Schicksal. Elise hatte schon oft von ihrem Schicksal als von etwas Unausweichlichem gesprochen. »Gibt es das, das Schicksal, für dich als Person? Was glaubst du?«, fragte Ada.

»Aber klar, dein persönliches Schicksal steht von Geburt an fest. Fa bestimmt es. Fa ist die Verkörperung des Schicksals, das oberste Prinzip, die allumfassende Moral. Du kannst dazu das Orakel befragen. Je acht Kaurimuscheln, an zwei Schnüren befestigt, werden auf den Boden geworfen. Nur ein Bokonon kann darin lesen, um die Zukunft vorherzusagen. Und der braucht dafür eine komplizierte Ausbildung, jahrelanges Training und ein super Gedächtnis. Zu jedem der möglichen zweihundertsechsundfünfzig Zeichen gehört ein Orakelspruch. Und eine Geschichte.«

»Wenn dein Schicksal feststeht, dann ist es also völlig egal, was du tust, weil du ja doch nichts daran ändern kannst?«

»Doch, du kannst es schon beeinflussen, aber nur mithilfe von Legba. Er kann helfen. Wenn er will.«

Als sie in Djougou, der nächsten Kleinstadt, ankamen, war es schon später Nachmittag. Blau gekleidete Fulbe mit ihren langen Hirtenstäben und konischen Strohhüten trieben gemessenen Schrittes ihre Ziegen und Zebuherden Staub aufwirbelnd zum Viehmarkt am Rande der Stadt. Sie waren hoch gewachsen, hatten eine helle Haut und schmale Gesichter und hoben sich deutlich von den hiesigen Einwohnern ab.

Am Stadtrand, abseits des Trubels, saß ein alter Mann vor seinem Lehmhaus auf einer Bank. Ein geeigneter Rastplatz. Sie stellten das Auto ab und drückten ihm gegenüber ihre Freude aus, an diesem schönen Ort angekommen zu sein. Wie Pingpongbälle warfen sie sich weitere ausgesuchte Höflichkeiten zu. Nicht lange, und er erzählte ihnen stolz von seinen Löwenjagden. Erfolgreichen, versteht sich. Er stand auf, ging in seine Hütte und kam mit einem löchrigen Löwenfell wieder heraus. Sie bewunderten es gebührend. Mit einer imaginären Lanze führte er vor, wie er dem König der Tiere den Garaus gemacht hatte. Sein dünner Arm, an dem die Sehnen hervortraten, zitterte, es war schon so lange her. Aber seine Augen glänzten. Vielleicht sah er sich wieder mit der Beute nach Hause kommen, empfangen vom ganzen Dorf. Inzwischen hatten sich einige Dorfbewohner dazugesellt, und er begann noch einmal von vorn mit seinen Jagdgeschichten. Szenen wurden nachgestellt. Die Kinder waren begeistert. Endlich einmal eine Abwechslung. Sie lachten und klatschten in die Hände. Die Stimmung stieg noch um einiges, als Ada einem der herumstehenden Jungen etwas Geld in die Hand drückte und ihn beauftragte, ein paar Flaschen Bier zu besorgen. Später erklärte sie, gemäß dem beninischen Ritual, dass sie nach der Straße fragen wolle. »Je vais demander la route.« Eine der akzeptierten Möglichkeiten, mit Anstand seinen Abgang einzuleiten. Beim Abschied versicherten sie sich dann noch gegenseitig allerherzlichster Freundschaft.

Auf einem großen Hof lebten Verwandte von Lazare. Rote Lehmhäuser standen rings um einen Platz, auf dem Frauen über drei Steinen kochten und schwatzten, Rauchschwaden stiegen auf und brannten in den Augen. Zwei Kinder standen von oben bis unten eingeseift in einem Bottich, wie eingeschneit. Alte Frauen schälten Erdnüsse, murmelten und wiegten dabei die Köpfe. Zwischen ihren Füßen huschten Meerschweinchen hin und her.

Ein aufgeregter Mann empfing sie und redete auf Lazare ein. Er hatte Nachricht aus Cotonou. Lazare solle auf dem schnellsten Weg zurückkommen.

Ada sah ihn erschrocken an. »Was ist los? Ist Elise wieder da? Ist was passiert?«

Genaue Informationen hatten sie nicht. Lazare müsse sofort los, Familienrat, Besprechungen …

Mehr war nicht zu erfahren.

Lazare holte seinen Seesack, er wirkte traurig und besorgt. Sie umarmten sich und vereinbarten, so bald wie möglich zu telefonieren.

Endlich wurde es etwas kühler, als sie, schon im Dunkeln, auf das Gelände des Teakholz-Projektes fuhr. Ein Schild mit einem aufgemalten Baum zeigte ihr an, dass sie hier richtig war.

Teakholzbäume wurden in Plantagen angepflanzt und die Bauern bei Anbau und Vermarktung beraten, wie ihr de Boulanger erklärt hatte. Was hatte er noch von dem Projektleiter gesagt? Er sei nicht ganz sauber oder so.

Sie stellte das Auto ab und ging in der abendlichen Stille, die nur vom Zirpen der Grillen, dem Gequake einiger Frösche und hin und wieder einem in der Ferne bellenden Hund unterbrochen wurde, über den Platz. Die Ruhe nach dem Palaver tat gut.

Sie sollte nicht lange anhalten.

Der österreichische Projektleiter, Geiger, kam ihr aus dem Haus entgegengeeilt. Ein charmantes Männchen mit zackigen Bewegungen, das an ein ums Feuer tanzendes Rumpelstilzchen erinnerte. Er lächelte ständig. Wenn er nicht gerade Wutanfälle bekam, wie sich bald herausstellen sollte. Er fuchtelte mit den Händen umher, redete wie ein Wasserfall und lud sie erst einmal zum Abendessen ein. Vorher zeigte er ihr das kleine Gästezimmer, wo sie sich frisch machen konnte. Das Gästezimmer und der Salon waren eingerichtet, wie man es hier häufig antraf: Rattanmöbel mit bunten Bezügen, Korbsessel, Teakholztische und Regale. Wenige leichte Möbel in hellen Räumen.

Nach dem Abendessen, bei dem Geiger sie außer mit einem herzhaften Essen auch mit lustigen Geschichten versorgte, holte er eine Flasche Bourbon und zwei Gläser aus dem Schrank.

»Sie kennen sich mit Teakholz aus?«, fragte er in einem Ton, der nahe legte zu bejahen, wollte man sich nicht beißendem Spott aussetzen.

Sie schüttelte den Kopf und wartete gespannt.

»Teakholz ist in jeder Beziehung etwas Besonderes. Die Bäume werden bis zu fünfunddreißig Meter hoch, wachsen sehr schnell, sind resistent gegen Termiten und Pilzbefall. Das Holz ist begehrt, weil es ausgesprochen widerstandsfähig ist, es ist das beste Schiffsholz, das es gibt und ein sehr geschätztes Möbelholz. Hier macht man daraus allen möglichen Hausrat, aber auch Holzkohle. Der Saft der Blätter ist purpurrot und wird zum Färben von Stoffen verwendet. Die Rinde, die Blätter und Blüten werden sogar als Medizin genutzt.« Er klang so stolz, als hätte er dieses Holz soeben erfunden.

Geiger fragte sie über ihre Pläne aus, und sie erzählte ihm von der Zeitschrift, für die sie die Reportage über Tropenholz machte. Sie erzählte ihm auch von de Boulanger und dessen zusätzlichem Auftrag, der ihr durch die Malariaerkrankung des Belgiers zugefallen war.

»Ich kenne keinen Belgier, der hier in der Gegend je Fotos gemacht hätte.«

Merkwürdig. Aber nicht jeder kann jeden kennen.

Er nahm einen tiefen Schluck und goss sich nach. »Morgen zeige ich Ihnen das Gelände. Wird eine anstrengende Tour, wenn Sie Fotos von unserer Arbeit hier machen wollen. Am besten, wir gehen jetzt erst mal schlafen.«

Er erhob sich und setzte sein Glas an, um den letzten Schluck hinunterzukippen. Sie hielt den Schlüssel für das Gästezimmer in der Hand, der an einem Stück Teakholz befestigt war. Mit einem harten, knappen Schlag aus dem Handgelenk heraus schlug sie ihm damit, ohne zu überlegen, das Whiskeyglas aus der Hand.

Dann trampelte sie mit ihren festen Schuhen auf dem Tier herum, das dabei von seinem Arm gefallen war. Ein kleiner Skorpion hatte es sich im Ärmelaufschlag des Baumwollhemdes gemütlich machen wollen. Klein und tödlich.

Geiger sah sie verblüfft an und brauchte einen Augenblick, um sich zu fangen.

»Verflucht!«, ächzte er. »Diese Viecher kommen hier sehr selten vor. Praktisch nie!«

»Manchmal anscheinend doch«, stellte sie trocken fest. Sie freute sich, dass ihre Reaktionsschnelligkeit trotz des Malariaanfalls offensichtlich nicht nachgelassen hatte.

»Ich danke Ihnen!« Er machte eine Verbeugung und sah jetzt etwas grau aus. Dann setzte er sich wieder, diesmal nicht ohne vorher seinen Rohrstuhl genau zu inspizieren.

»Bitte trinken Sie noch ein Gläschen mit mir!«

Es wurden ein paar Gläschen mehr. Dann begann Geiger zu reden.

»De Boulanger, also mein Chef, der hat bestimmt nicht viel Gutes über mich gesagt. Er mag mich nicht. Beruht übrigens auf Gegenseitigkeit.«

Er goss erst ihr, dann sich selbst einen ordentlichen Schluck ein. Sein Gesicht hatte sich verhärtet. »Wenn Sie wüssten, was hier so alles gespielt wird. Aber das sind Interna, gehen niemanden was an. Vertreiben wollen die mich, darauf läufts hinaus. Aber ich weiß zu viel. Deshalb können sie mich auch nicht einfach so rausschmeißen.« Er machte ein listiges Gesicht. »Die haben Angst vor mir, und ihre einzige Chance ist es, mich unglaubwürdig zu machen.«

Sie fragte sich, ob er nicht schon zu viel von seinem guten Bourbon getrunken hatte.

»Beinahe hätten sie ja keine Sorgen mehr mit mir gehabt.« Er lachte und zwinkerte ihr zu. »Aber Gott und Ihnen sei Dank müssen die nun weiter mit mir rechnen!« Er lehnte sich zurück. »Es ist ja nichts Neues, dass der allergrößte Teil des Geldes, der Nerven und der Zeit im Kampf mit der Bürokratie draufgeht. Aber dass es die eigene Firma ist, die einen behindert und einem die Arbeit vermasselt, ist schon ein starkes Stück!« Wütend fuchtelte er mit den Armen, als wenn er sofort die Verantwortlichen am Kragen packen wolle. »Und dass dann fast nichts so läuft, wie es vorgeplant war, mein Gott! Da regen sich dann alle auf. Immer an der falschen Stelle! Keine Flexibilität, die Leute. Die Weißen hier wollen nicht begreifen, warum ständig etwas schief geht. Aber so läuft das hier eben.« Er breitete die Arme aus, als könnten sich beruhigt alle, die die Welt nicht verstehen, in sie flüchten. Er hatte alles durchschaut. Und zu selten kam jemand vorbei, dem er das auch erklären konnte. Nach einigen weiteren Whiskeys kam er vom Hundertsten ins Tausendste.

»Die Mentalität der Einheimischen will sich einfach nicht anpassen an die Entwicklungspläne. Ständig versuchen die Weißen hier, das Rad neu zu erfinden!« Er lachte meckernd und warf die Whiskeyflasche um, als er die Größe des Rades veranschaulichte, das die Weißen ständig neu erfanden. Zum Glück war die Flasche verschraubt. »Irgendwann müssen die doch darauf kommen, dass die Afrikaner das Rad schon kennen. Vielleicht können sie es nur gerade nicht so gut gebrauchen. Jedenfalls nicht so, auf diese Art. Vielleicht auf eine andere Art. Ihre eigene eben. Das macht die Experten sauer.« Geiger schüttelte den Kopf. »Und dann dic immensen Gelder, die eingesackt werden! Ich soll da mit drinhängen. Von wegen. Die großen Herren da oben machen den Reibach!«

Wer »sie« waren und die »großen Herren«, blieb im Dunkeln. Aber er hatte sich in Rage geredet, und sie hörte einfach zu und trank derweil noch ein Gläschen. Schmeckte immer besser, das Zeug.

»Allein die Atakora-Geschichte. Ein typisches Beispiel.« Er sah sie mit geröteten Augen an. »Aber schwören Sie mir, das Sie das für sich behalten!«

Sie schwor.

»Wir sollten uns duzen, oder? Jetzt, wo wir als Lebensretterin und Geretteter miteinander verbunden sind! Ich heiße Toni.«

»Ada.«

Sie prosteten sich zu, und sie befürchtete einen Moment lang, dass Lebensretterin und Geretteter auch des Nachts im Bett eng miteinander verbunden sein müssten. Seiner Ansicht nach. Aber er hatte andere Sorgen.

»Gold – weißt du, dass in den Bergen Gold gefunden wurde? Sicher nicht. Bis jetzt wissen es noch sehr wenige, sonst wäre schon ganz Benin im Atakora. Da versuchen welche, als Erste abzusahnen. Aber das Gold gehört den Leuten vom Atakora. Und weißt du, wer die entscheidenden Unterlagen hat?«

Sie tat ihm den Gefallen und fragte: »Wer?«

Er machte eine Kunstpause, um die Spannung zu steigern.

»Ich!«

Sie war nun endgültig davon überzeugt, dass er ein Spinner war.

Doch durch schwappendes Bourbonbehagen geisterte ein undeutlicher Gedanke, der Johannes und Robert betraf. Sie hatten von Atakora und Schürfrechten gesprochen. »Ja, und nun?«

»Ha ha ha ha! Den Absahnern werd ichs zeigen!«

Mit fahrigen Bewegungen lallte er: »Isch hab die Pa-Pa-Papiere. Im Sch-Schreibtüsch oben links.«

Das erheiterte ihn ungemein. Er kicherte vor sich hin. Dann wurde seine Rede immer zusammenhangsloser. »Keine Flexbli…, Fexilibi…, keine Flibilibil…«

Dieses Wort war zu viel. Ohne Vorwarnung sackte er zusammen. Sie sprang auf. War er tot? Nein, er schnarchte, dass die Wände wackelten. Er ist verrückt. Oder ist das ganze Zeug wahr? Was für ein seltenes Geschick, sich in dubiose Geschichten verwickeln zu lassen. Sie trank ihr Glas noch leer und war froh, dass ihr Zimmer in einiger Entfernung zu seinem Schnarchen lag.

19

Mit gezielten Hammerschlägen, kleinen Sägen und stumpfen Bohrern machte sich jemand an ihrem Kopf zu schaffen. Zerteilte und perforierte. Rasende Schmerzen, dazu die Übelkeit. Dabei hatte der Whiskey so gut geschmeckt. Vielleicht lag es ja auch an der

Schachtel Marlboro, die sie dazu geraucht hatte. Diese Marke hat sie noch nie gemocht. Stöhnend setzte sie sich auf. Vorsichtig geworden, begutachtete sie zunächst das Innere der Schuhe, bevor sie ihren Fuß hineinsteckte. Skorpione mögen es gerne warm und gemütlich.

Geiger, besser gesagt Toni, war schon auf. Er war jedenfalls nirgends zu sehen, vielleicht schon unterwegs. Ihr war, als hätte sie das Starten eines Automotors gehört. Sie lief durch das Haus, fand die Küche und stellte Wasser auf den Gasherd. Als sie den Kaffee aufgoss – es fing gerade an, herrlich zu duften –, fragte sie sich, was hier eigentlich los war. Normalerweise wimmelte es in so einem Haus von Leuten. Hausangestellten, Koch, Wächter, Mitarbeitern. Ungewöhnlich still. Sie trank einen Schluck Kaffee und ging mit der Tasse in der Hand um das Haus herum. Kein Mensch. Orangerote Feuerranken bedeckten die Wand. Sie bewunderte blauweiße Passionsblumen und die Goldtrompeten im Morgenlicht. Tomaten reiften in der Sonne, Bohnen rankten und Bananenstauden spendeten Schatten. Es duftete nach Thymian und Rosmarin. Der Mann hat eine grüne Hand, dachte sie ein wenig neidisch.

Aber *die* Hand war schwarz. Sie starrte sie eine ganze Weile an, bis sie begriff, was sie da sah. Sie riss ihre Augen von der Hand los, folgte dem Arm, entdeckte den Körper, der ausgestreckt am Boden lag. Ein in einen blauen Arbeitsanzug gekleideter Mann. Der Gärtner? Der Koch? Der Wächter? Jedenfalls lag er auf dem Rücken und starrte mit offenen Augen blicklos in den Himmel, um nie wieder aufzustehen. Seine Kopfhaltung war merkwürdig, abgeknickt. Als hätte er sich im letzten Moment nach etwas umsehen wollen.

Sie rannte los, ohne zu wissen, wohin. Ins Haus. Suchte ein Telefon. Rannte wieder nach draußen. Sie sah die Solaranlage auf dem Dach und den Generator vor dem Haus. Zwecklos. Kein Telefon.

Aber der Garten voller Leichen. Zumindest mit einer. Wo um alles in der Welt war Toni? Bitte sei am Leben und komm. Langsam beruhigte sie sich. Vielleicht war der Gärtner ja eines natürlichen Todes gestorben. Herzanfall, Hitzschlag. Sie wagte dennoch nicht, noch einmal hinauszugehen. Sie setzte sich in den Salon und machte da weiter, wo sie gestern aufgehört hatte. Sie trank einen Bourbon.

Sie warf sich ihre geliebte Umhängetasche über die Schulter, als könne die ihr beistehen. Um die Zeit zu überbrücken, bis Toni zurückkam, begann sie unruhig im Haus herumzulaufen. Sah in alle Zimmer. Ging in Geigers Büro. Besah seinen Schreibtisch. Zog eine Schublade auf. Oben links. Holte einen braunen Umschlag, DIN A4, heraus, in dem Papiere knisterten. Berufsneugier, besänftigte sie ihr Gewissen und zog eines heraus. Sie wusste nicht, was sie eigentlich erwartet hatte. Jedenfalls nicht so etwas.

Da knarrte eine Tür. Schritte. Sie fuhr herum. Endlich Toni. Ertappt schob sie das Foto in den Umschlag zurück und sah zur Tür. Aber er war es nicht. Ein unbekannter Mann ging im Nebenzimmer umher, wie sie durch den offenen Türschlitz beobachten konnte. Sie wusste nicht, warum, aber sie duckte sich hinter den Schreibtisch, anstatt, wie jeder normale Mensch es wohl getan hätte, sich bemerkbar zu machen.

Das war ihre Rettung.

Jeder normale Mensch wäre wohl kurz darauf ein toter Mensch gewesen. Der Unbekannte kam nah an der Tür vorbei. In der Hand hielt er eine Pistole, Schwarz in Schwarz, wie eine Verlängerung der Finger. Ihr stockte der Atem. Der Tote draußen ging dann wohl auf sein Konto.

Das Büro war ein Durchgangszimmer, die zweite Tür führte zum Schlafzimmer. Sie schob sich lautlos hindurch. Erinnerte den Fetisch aus Léma inbrünstig an seine Pflicht. Sie schlich zum Fenster, das nur aus einem dünnen Gazegitter gegen Moskitos bestand und sich hochschieben ließ. Leise kletterte sie hinaus. Draußen rannte sie, ohne sich umzusehen, zu ihrem Renault. Sprang hinein. Zitterte den Zündschlüssel ins Schloss. Drehte ihn um. Der Motor heulte auf und erstarb. Ihr stand der Schweiß auf der Stirn. Die Hände flogen, nass. Drehte den Schlüssel noch einmal. Ein kurzes Krachen. Der Motor sprang an. Ging wieder aus. Und begann dann stotternd zu laufen. Sie gab Gas und krachte rückwärts gegen den Zaun. Jagte den ersten Gang hinein. Die Räder drehten im Sand durch. Schlug verzweifelt auf das Lenkrad ein. Schemenhaft sah sie die hagere Gestalt eines Mannes aus dem Haus stürzen. Auf sie zu. Die Räder erwischten festen Untergrund, und der Wagen schoss los. Er musste zur Seite springen, um nicht überfahren zu werden.

In Djougou fragte sie nach der Polizei. Ein kleiner Junge kletterte auf den Beifahrersitz, um ihr den Weg zu zeigen, rasend beneidet von seinen Freunden.

Die Polizeistation befand sich am Ortsrand. Das Gebäude war gänzlich überwuchert von Schlingpflanzen und strahlte eine verwunschene Abgeschiedenheit aus. Darin ein paar Bänke und mit Tintenflecken übersäte Tische, die wohl schon seit der Kolonialzeit hier standen. Irgendwann jedenfalls hatte hier mal jemand gearbeitet. Eine alte Frau kam angehumpelt, sie hielt einen Reisigbesen in der Hand und verstand kein Wort Französisch. Oder sie war taub. Nach mehreren Versuchen gab Ada auf. Sie stieß die Tür zum angrenzenden Raum auf. Eine Frau mittleren Alters stürzte heraus und eilte davon.

Ein großer fetter Kerl erschien im Türrahmen, füllte ihn fast aus. Eine Schnapsfahne wehte ihr entgegen. Er fummelte an seiner Uniform herum und knöpfte sich das Hemd zu.

Drohend fragte er: »Was wollen Sie denn hier?«

»Ich muss einen Toten melden!«

»Einen Toten melden?«

Sie erklärte ihm die ganze Geschichte. Er verstand nicht recht. Sie schrie ihn an: »Ein Mörder läuft dort herum! Toni Geiger ist verschwunden, vielleicht auch schon ermordet! Verstehen Sie jetzt endlich?«

Der Polizist kniff die Augen zusammen und musterte sie, als wäre er nicht sicher, ob er sie gleich festnehmen oder in das nächste Krankenhaus transportieren solle. Ganz offensichtlich war er bei einer angenehmeren Tätigkeit gestört worden und wollte sich nur ungern einer solch profanen Sache zuwenden. »Das glauben Sie doch selbst nicht, Madame!«

Er versuchte, so etwas wie eine strenge, väterliche Haltung einzunehmen und riet ihr, sich erst einmal ein wenig auszuruhen. Sie wurde ungehalten und bestimmend, er zunehmend unsicher. Nach einigem Hin und Her fuhren sie dann gemeinsam zu Geigers Haus. Zwei Uniformierte gesellten sich dazu. Nicht ohne vorher ihre Waffen überprüft zu haben. So weit nahmen sie ihre Geschichte also doch ernst.

Das Haus war von Stille umgeben. Nichts, kein Mensch und keine Leiche, deutete darauf hin, dass an ihrer Schilderung auch nur ein Körnchen wahr sein könnte. Der unförmige Polizist schnaufte, stieß mit seiner Stiefelspitze gegen eine Anhäufung leerer Whiskeyflaschen und sah seine Kollegen viel sagend an. Die machten sich nicht die Mühe, noch irgendetwas zu bemerken. Tippten sich an die Stirn, was Ada als Verabschiedung aufzufassen bemüht war, und fuhren ab.

Sie fühlte sich erschlagen und begann sich zu fragen, ob sie sich vielleicht von einem mit offenen Augen schlafenden Gärtner in Panik hatte versetzen lassen. Und hatte der Mann wirklich eine Pistole in der Hand gehabt? Aber ja, er hatte eine Pistole. Ihr war ein schmaler Goldring an seinem kleinen Finger aufgefallen. Dieses Detail rief ihr wieder überdeutlich die schwarze Pistole ins Gedächtnis. Hastig packte sie ihre Sachen.

20

Eukalyptusbäume huschten schemenhaft vorüber. Sie donnerte die Piste entlang nach Norden.

Der Harmattan, der Sandwind aus der Sahara, färbte den Himmel gelb. Staub verringerte die Sicht bis auf wenige Meter. Sie musste die Geschwindigkeit drosseln. Das stechende Licht blendete sie. Es ließ alles unwirklich erscheinen, krank und Unheil verkündend.

Am Straßenrand parkte ein ehemals weißer Kastenwagen. Die Buchstaben auf der Seitenfront waren unter der Staubschicht nur schwer zu erkennen. Eine Weile später erinnerte sie sich dennoch an die kaum wahrnehmbare Schrift. Und schüttelte den Kopf. Die Leute von der Post! Nie waren sie da, wenn man sie brauchte, und hier standen sie herum. Oder begann jetzt etwa die Elektrifizierung des ganzen Landes? Telefone den Hütten?

Einzelne Baobabs standen Ehrfurcht gebietend in der Landschaft wie die Urahnen aller Bäume.

An einer Brücke hielt sie an und setzte sich auf einen Stein. Schirmakazien und Dornengebüsch stachen in den trüben Himmel. An einem der Affenbrotbäume in der Nähe lehnte ein Mann und sah sie unverwandt an. Schwarz und nackt, mit Pfeil und Bogen in der

Hand. Verblüfft starrten sie sich beide einen Moment lang in die Augen, dann verschwand er in den Sträuchern. Etwas sang in der Luft. Sie war jetzt fast davon überzeugt, dass in diesen Stämmen die Geister oder Ahnen lebten. Mit meinen begrenzten Vorstellungen komme ich hier wohl nicht weiter, schoss es ihr durch den Kopf.

Im Auto suchte sie nach Zigaretten, blies den Rauch aus und tippte Elise' Gris-Gris mit dem Finger an. Es schaukelte wild hin und her. Wo konnte sie mehr über Geister und Vodou erfahren? Und wie herausfinden, wo Elise steckte?

Sie berührte das Lederamulett. Es war glatt und fest, als befände sich in seinem Innern eine quadratische Pappe. Oder sogar Plastik? Sie betastete es weiter. Durch das Leder glaubte sie fast, eine Diskette zu fühlen. Auch die Größe stimmte. Ada kämpfte mit sich und dem gerade gewonnenen Glauben an eine Welt jenseits der sichtbaren. Was hatte Elise da hineingetan oder hineintun lassen? Was würde geschehen, wenn der Zauber nun doch wirksam war und sie ihn zerstörte? Aber glaubte sie denn an so obskure Dinge?

Sie entschied sich, nahm das Gris-Gris ab, öffnete mit ihrem Taschenmesser die Naht, murmelte dabei Entschuldigungen und klappte das Leder auseinander.

Es war eine Diskette.

Wie aus dem Nichts tauchten drei Fulbe-Frauen neben ihrem Auto auf, Nomadinnen. Eine sprach sie auf Französisch an, ob sie Medikamente habe. Ada gab ihr eine Schachtel Aspirin und erklärte die Wirkung der Tabletten. Die Männer seien mit den Rindern unterwegs, sagte die Fulbe-Frau, und sie gingen jetzt zurück zu ihrem Lager.

»Du solltest auch nach Hause gehen«, meinte sie. »Du wirst viel Glück brauchen.« Rätselhaft setzte sie hinzu: »Und du wirst es auch haben.« Als Ada abfuhr, winkten die Frauen ihr nach.

Für die Nacht fand sie eine einfache Pension.

Die Fähigkeit, Situationen blitzschnell und intuitiv zu analysieren, hatte ihr in ihrem Beruf schon oft genützt. Den Moment vorhersehen, in dem etwas geschehen würde, und dann bereit sein zum entscheidenden Foto. Aber jetzt ließen ihre Geisteskräfte sie im Stich. Hitze und Malaria hatten sie matt und schwerfällig im Denken gemacht.

Sie fuhr langsam durch die staubverwehte Landschaft. Erst mal nachsehen, was auf der Diskette ist. Vielleicht waren ja auch Vodousprüche darauf. Eine moderne Variante dieses Kultes. Statt Puppen und Haaren Dateien. Gedankenverloren fuhr sie weiter, ohne auf die kaum befahrene Straße zu achten. Bis Natitingou war es nicht mehr weit.

Da bemerkte sie einen wild mit den Armen fuchtelnden Menschen am Straßenrand. Ein Uniformierter bedeutete ihr, an den Straßenrand zu fahren und anzuhalten. Ada fuhr in unvermindertem Tempo weiter. Bloß keinen Augenkontakt, das hatte schon einmal gut geklappt. Im Rückspiegel konnte sie einen verblüfften Polizisten mit dümmlichem Gesichtsausdruck beobachten, der sich, um sie zum Anhalten zu bewegen, geradezu schlangengleich einmal um die eigene Achse gedreht hatte und nun versuchte, das Gleichgewicht wieder zu finden.

Zu spät! Sie hatte kurz gezögert und war langsamer gefahren. Jetzt musste sie anhalten. Der hoch gewachsene, schlanke Polizeibeamte kam betont gemächlich herangeschlendert. Sein Gesicht, das sie im Rückspiegel näher kommen sah, besagte: »Na, Freundchen, wen haben wir denn da erwischt?« Sie stieß die Tür auf und stieg aus. Verblüfft, eine Frau vor sich zu haben, und noch dazu eine weiße, starrte er sie einen Moment lang unschlüssig an.

»Madame«, sagte er dann in barschem Ton, »darf ich Ihre Papiere sehen?«

Er war die personifizierte Pflichterfüllung. »Die amtliche Inspektion wäre in der vergangenen Woche fällig gewesen. Ich kann keinen Stempel finden.«

»Monsieur, ich bin in einem dringenden Auftrag unterwegs. Termine, die ich unmöglich verschieben konnte. Danach wird das sofort erledigt.«

Die Ausrede schien ihn nicht sonderlich zu beeindrucken. Sie setzte zu langen Erklärungen an, ein Mietwagen, sie sei nicht verantwortlich. Er sah das anders.

Und dann, jede Silbe betonend: »Wo, bitte, ist der Passierschein?« Er konnte den Triumph in seinem Gesicht nur schlecht verbergen.

Sie stöhnte innerlich auf. Das musste ja kommen!

»Am besten, wir klären diese Frage auf dem Revier«, schlug er vor, als wäre das ein verlockendes Angebot. Sichtlich betrübt über all ihr Ungemach breitete er die Arme aus. Er tat schließlich, was er konnte, um das Schlimmste abzuwenden. Und fuhr fort: »Sind Sie sich im Klaren, dass das Fehlen des Passierscheins eine hohe Geldstrafe und sogar die Beschlagnahmung des Wagens nach sich ziehen kann?«

Langsam schritt er um das Auto herum, klopfte hier und da ein bisschen auf das Blech, als erwarte er, dass das Auto plötzlich zusammenbrechen oder gravierende Schwachstellen entblößen würde, die noch höhere Geldstrafen nach sich ziehen könnten. Dabei sog er die Luft durch eine schadhafte Stelle an den Vorderzähnen ein, sodass es bedrohlich zischte. Wie eine Klapperschlange vor dem tödlichen Biss.

Stirnrunzelnd studierte er nun die Papiere. Wieder und wieder. Zischen, zischen, schnalzen. Ein Baobab reckte seine blätterlosen Arme anklagend in den schwefelgelben Himmel.

»Was haben Sie da noch im Wagen? Medikamente?«, fragte er.

Dass sie daran nicht gedacht hatte. Erleichtert bejahte sie gleich mehrmals und nickte heftig mit dem Kopf. Sie fischte drei Schachteln Aspirin aus ihrer Reisetasche und fragte, ob er sie eventuell gebrauchen könne, gut gegen Kopfschmerzen. Er nickte, lächelte nachsichtig. Diese weißen Frauen. Brauchen manchmal etwas länger, aber irgendwann kapieren sie doch.

Sie meinte, dies sei der geeignete Moment für eine Friedenspfeife, und hielt ihm ihre Schachtel Gauloises Blondes hin, um ihm eine Zigarette anzubieten. Erfreut nahm er die ganze Schachtel. Dann besann er sich und bot ihr höflich daraus eine Zigarette an. Sie nahm sie entgegen und bedankte sich ihrerseits wohl erzogen. Endlich war der Bann gebrochen. Er entlockte ihr ein paar weitere Kleinigkeiten, Tabletten gegen Durchfall, worüber er in Verzückung geriet, einen Aluminiumkochtopf mit Deckel, schließlich ein sehr geringes Strafgeld. Sie unterhielten sich noch eine Weile über Götter und die Welt, als wären sie schon seit vielen Jahren gute Freunde.

»Wenn Sie mal ein Problem haben, mit der Polizei, dem Zoll, irgendein Problem, fragen Sie nach Gabriel!« Und überflüssigerweise, aber voller Stolz fügte er hinzu. »Das bin ich! Ich bin hier der Chef de Police. Da werden sich alle Schranken öffnen.«

Er winkte ihr lange nach.

21

Als wäre es erstrebenswert, überall wiedererkannt zu werden, hatten fast alle Fahrzeuge irgendein charakteristisches Merkmal. So wusste jeder, wer sich wann wo aufhielt. Und spekulierte über das Warum. Sie erkannte den schwarzen Landrover an seinen dunkelroten Seitenstreifen. Im Schatten eines Regenbaumes auf der Terrasse des Hotels Kantaborifa saß Robert. Er sprang auf, als er sie auf dem Parkplatz sah, und winkte ihr überschwänglich zu. Sie setzte sich zu ihm, bestellte ein Béninoise und ein Zimmer für die Nacht und fragte nach der Speisekarte.

Robert war in schlimmer Verfassung. Der sonst so makellose Anzug war so verknittert wie seine Ausstrahlung. Als hätte die glatte Fassade Risse bekommen, die unvermittelt die ganze Persönlichkeit auseinander sprengen konnten. Er trank Gin ohne Tonic. Kein gutes Zeichen.

»Wo ist Johannes?«, fragte Ada als Erstes.

Er machte nur eine unbestimmte Handbewegung. Dann packte er sie am Arm. »Was macht deine Mutter?«

Das war so ungefähr die letzte Frage, die sie augenblicklich beschäftigte.

»Keine Ahnung«, antwortete sie spöttisch.

Er lehnte sich zurück und bestellte noch einen Gin.

Im Restaurant rief sie bei Elise an. Einen Moment lang hoffte sie, ihre lebhafte Stimme ein wenig ironisch sagen zu hören: Natürlich gehts mir gut! Was hast du denn gedacht? Dass ich gestorben bin?

Es klingelte ins Leere.

Auch bei Lazare hob keiner ab. In ihrer Verzweiflung rief sie de Boulanger an.

»Nicht in seinem Büro«, verkündete die eisige Stimme seiner Sekretärin. Ada hinterließ die dringende Bitte, er möge sie im Hotel

Kantaborifa in Natitingou zurückrufen. Mit irgendjemandem musste sie über das alles hier sprechen.

Draußen auf der Terrasse war Robert bereits einen Gin weiter. Mit ihm war jedenfalls kein ernsthaftes Gespräch mehr möglich. Er schwafelte über seine Mutter. Voll mit Alkohol und Selbstmitleid.

»Sie ist eine Egoistin, ich war ihr doch nur ein Klotz am Bein. Ha, Malerin!« Er sagte es voll höhnischer Theatralik. »Das war sie mal. Liebte große Gesten, auffälligen Schmuck und junge Männer. Irgendwann hats mein Vater nicht mehr ausgehalten, diese ständigen Affären. Keine Ahnung, wo der jetzt steckt. Und sie hängt an der Ginflasche.«

Vielleicht war er da erblich belastet.

»Familie, Kunst, Leben – zerbröselt unter ihren schwarz lackierten Fingern.« Er versuchte aufzulachen, aber es klang eher wie ein Schluchzer. »Und jetzt hat sie diesen Geschäftsmann … Gott, der säuft noch mehr als sie. Aber er hat wohl Kohle.« Sein Gesicht wurde starr und finster.

Er legte ihr schwerfällig den Arm um die Schulter und zog sie zu sich heran, drängend. Er sah ihr in die Augen. Die romantische Geste litt beträchtlich unter seinem stetigen Schwanken und dem Aufstoßen, das ihn rhythmisch schüttelte. »Wir beide passen doch so gut zusammen. Wir lieben die Bücher und den Jazz. Wir können so viel erleben …«

Schon wieder sah er sich besorgt um. Hatte er Angst, seine Mutter könnte selbst hier auftauchen?

»Eine Musikkneipe in Brasilien, wär das nicht was für uns?« Er nahm einen Schluck.

»Ada, ich hol es mir: das große Geld! Aber –« Er legte mit konzentrierter Anstrengung seinen Zeigefinger auf die Lippen und scheiterte kläglich an dem Versuch, Ada bedeutungsvoll anzusehen.

Nun fing er wieder von seiner Mutter an.

Mütter! Immer sind sie an allem schuld. Sie können einfach nicht Maß halten. Entweder ersticken sie ihre Söhne mit ihrer Liebe, sodass diese später vor jeder drohenden festen Bindung Reißaus nehmen. Oder sie machen der Frau, die ihr den Sohn wegnimmt, das Leben schwer. Oder sie sind tot, also sowieso unersetzlich. Manche lieben ihre Söhne auch zu wenig. Dann sind die armen Söhne auf ewig gekränkt und ebenfalls beziehungsunfähig. Immer treffe ich ausgerechnet auf die eine oder die andere Sorte. Resigniert schüttelte sie den Kopf. Und dann wollen sie auch noch aus ihrer Einsamkeit gerettet werden.

Robert schien genau diese Idee durch den beduselten Kopf zu geistern, denn er legte eine Hand auf ihren Oberschenkel und nuschelte: »Brasilien oder lieber Mexiko?«

Der Kellner rief: »Telefon für Madame Simon!«

Froh, Robert zu entkommen, lief sie in das düstere Restaurant.

»Madame, ich stehe zu Ihren Diensten. Wo drückt der Schuh?«

Die gepflegte Stimme de Boulangers stand in so angenehmem Kontrast zu dem Gefasel Roberts, dass sie erleichtert loslegte und ihm von ihren Sorgen um Elise erzählte. »Elise de Souza, eine Freundin von mir. Die Cousine von Patrick de Souza, der vor kurzem ermordet worden ist. Erst habe ich eine Vermisstenanzeige in der Zeitung gelesen, dann hieß es, sie sei krank …«

De Boulanger beschwichtigte, nahm alles sehr locker.

»Toni Geiger ist verschwunden! Und der Gärtner ist jetzt auch weg, ich verstehe das alles nicht …«

Ihr erregter Bericht ging im Knattern der schlechten Verbindung unter. Stille. Dann hörte sie ihn wieder: »Ich werde mich darum kümmern. Hinterlassen Sie doch bei meiner Sekretärin jeweils die Telefonnummer, unter der Sie zu erreichen sind. So können wir Kontakt halten. Ich informiere Sie über alles, was mir zu Ohren kommt.«

Diese wohl temperierte Stimme.

»Vielleicht hat Ihre Elise einen heimlichen Liebhaber, bei dem sie die Zeit vergessen hat? Der Familie passt das vermutlich nicht, deshalb wird dies und das behauptet. Auch die Sache mit Monsieur Geiger wird sich klären. Und der Gärtner wird sicher aufgefunden werden. Machen Sie sich nicht so viele Sorgen! Und tun Sie in aller Ruhe Ihre Arbeit.«

Irgendwie dankbar legte sie auf.

Robert saß einsam auf der Terrasse in der hereinbrechenden Dunkelheit. Sein Rücken strahlte eine solche Traurigkeit aus, dass sie ihm unwillkürlich die Hand auf die Schulter legte, nachdem sie sich wieder neben ihn gesetzt hatte. Er seufzte und lehnte sich an sie.

»Alles wird gut.« Ada streichelte leicht seine Schulter.

»Denkst du?«

Er ergriff ihren Arm so fest, dass es schmerzte, sein Blick flackerte. »Ich weiß es nicht. Nicht mehr. Ich hab Angst!«

Er stand auf, grün im Gesicht. Als er von der Toilette wiederkam, schwankte er im Türrahmen. Sie ging zu ihm hin und half ihm auf sein Zimmer. Angekleidet ließ sich Robert aufs Bett fallen. Ada zog das Moskitonetz um ihn herum fest und schloss leise die Tür.

Am nächsten Vormittag, gegen zehn Uhr, sie wollte gerade abfahren, kam Robert mit verquollenen Augen aus dem Hotel gerannt, zu ihrem Auto herüber und beschwor sie: »Ich habe gestern nichts als Blödsinn geredet. Der Alkohol. Tu mir den Gefallen, vergiss es, vergiss alles!«

Sie versprach es und fuhr los.

Im Hotelzimmer hatte sie sich den braunen Umschlag vorgenommen, jedes einzelne Blatt sorgfältig abfotografiert. Sie brachte den Film in das libanesische Fotolabor im Ort, auf dem Rückweg würde sie ihn abholen.

Die wie Wellblech gerillte Piste führte zwischen hohen Kapokbäumen Richtung Atakora-Gebirge. Auf dem Hochplateau lag Kouandé. Dort würde Tom auf sie warten. Bei dem Gedanken gab sie unwillkürlich Gas. Sie flog über die Piste. Da entdeckte sie den Wagen im Rückspiegel. Tom? Ihr Herz klopfte schnell. Doch Toms Wagen war es nicht. Es war ein kleiner weißer Lieferwagen, der rasch näher kam. Durch die verdreckten Scheiben konnte sie den Fahrer nicht erkennen. Er fuhr aber so dicht auf, dass sie schließlich auf die Bremse stieg, um ihn vorbeizulassen.

Sie trat die Bremse voll durch, aber was fehlte, war irgendein Resultat. Der Fuß berührte bereits das Bodenblech, ohne dass der Wagen im Geringsten langsamer wurde. Der Gedanke durchfuhr sie wie ein elektrischer Schlag: Hüte dich vor Unfällen! Der Léma-Fetisch hatte gute Tipps drauf. Zu spät! Der Wagen hinter ihr bedrängte sie weiter. Warum fuhr er nicht endlich vorbei? Die Piste führte jetzt einen Berg hinunter, der rechter Hand steil abfiel. Unten im Tal sah sie gelbe und blaue Autowracks und einen ausgebrannten LKW. Wer hier hinunterstürzte, blieb unten. Anscheinend machte sich niemand die Mühe, noch irgendetwas zu bergen. Der Weg wurde steiler. Sie lenkte mit äußerster Konzentration, schaffte zwei Kurven. Einzige Chance jetzt: herunterschalten. Der Motor heulte auf. Es stank nach verbranntem Kupplungsbelag. Der Schweiß lief ihr von der Stirn in die Augen. Panisch suchte sie nach der Handbremse. Riss an dem Hebel. Die Wirkung war enttäuschend. Eine scharfe Linkskurve erforderte ihre volle Aufmerksamkeit, während endlich das weiße Auto vorbeizog, beschleunigte und hinter einer Staubfahne verschwand. PTT, die Post, nahm sie irritiert noch zur Kenntnis, als aufwirbelnder Schotter gegen die Windschutzscheibe knallte. Sie drückte ihre Hand dagegen. Ein Fetzen Papier oder Stoff klatschte an die Scheibe, klebte genau vor ihr, nahm ihr die Sicht. Sie schaltete die Scheibenwischer ein, aber der rote Fetzen verhakte sich, sie sah nichts mehr. Sie versuchte das Lenkrad gerade zu halten, der Wagen kam ins Schleudern. Hoffentlich keine Kurve!

Ohne die geringste Abmilderung schlitterte sie von der Piste. Sie fühlte nichts mehr. Nur Staub in Mund und Nase, irgendwo ein letzter Rest Hoffnung. Dann ein entsetzliches Krachen.

22

Termiten. Wundervolle Tierchen. Was brachten sie für herrliche, hohe und stabile Bauwerke zu Stande. Im Innern von hunderten von Hohlgängen durchzogen, konnten sie dennoch ein Auto stoppen. Ein Leben retten.

Sie hing fest. Vor ihr der Abgrund. Der Wagen wippte. Die Windschutzscheibe glich einem Spinnennetz, immer noch klebte das Tuch davor. Blutrot. Ihr Oberkörper hing über dem Lenkrad, als sie die Termiten schätzen lernte.

Sie raffte sich auf, griff ihre Umhängetasche, riss das Gris-Gris ab – gegen Unfälle hatte es ja nun nicht so recht genützt – und kletterte aus dem Wagen. Mit wackligen Beinen machte sie einen Schritt den steilen Abhang hinauf, dann noch einen, hinter das Auto, um ihre Reisetasche aus dem Kofferraum zu holen. Schwarze Flecken tanzten vor ihren Augen. Ihr war schwindlig, sie musste sich setzen und hielt sich an einem stachligen Busch fest. Um sie herum drehte sich alles, verrutschte alles, auch das Auto …

Nein, das war real. Mit einem leisen Knacken gab der Termitenbau nach, zerbröselte langsam zu Staub, überrollt von ihrem Renault, der langsam, aber unaufhaltsam in den Abgrund segelte. Er überschlug sich weiter unten mehrmals und ging in Flammen auf. Etwas später hörte sie den Knall. Sie hielt sich krampfhaft an dem Strauch fest. Kleine Dornen bohrten sich in ihre Handfläche. Sie keuchte. Legte sich zurück, schloss die Augen.

Benommen, wie in Trance, sah sie ihre Großmutter vor sich, sie wiegte leicht ihren grau gelockten Kopf und sagte nur: »Ach, ach. Wirklich Glück gehabt!« Sie lächelte, und um ihre hellen Augen zeigte sich ein dichtes Netz von feinen Fältchen.

Nach einer Weile fielen ihr die manikürten Hände des Autovermieters ein, und sie überlegte, was für eine Versicherung sie wohl abgeschlossen hatte. Vollkasko? In jedem Fall keine Lebensversicherung. Sie stützte sich ab und blickte nach oben. Die Straße schien endlos weit weg zu sein. Mit weichen Knien kletterte sie den Hang hinauf. Auf der Schotterstraße war niemand zu sehen. Sie humpelte die Piste entlang. Alles schmerzte, vor allem die Rippen. Sie hatte das Gefühl, jeden Augenblick zu verdursten. Der Durst war schlimmer als alles andere. Sie schleppte sich weiter.

Hinter ihr quietschten Reifen. Ein junger, drahtiger Mann in kariertem Hemd und Jeans sprang aus dem Fahrerhaus des Pick-ups. Tiefe Falten, die von der Nase zu dem breiten Mund verliefen, verliehen ihm einen strengen Ausdruck.

Voller Besorgnis fragte er: »Fehlt Ihnen etwas? Kann ich helfen?«

»Etwas zu trinken!«

Er holte eine Wasserflasche aus dem Auto, sie führte sie an die Lippen und trank gierig, ohne abzusetzen. Wasser rann auf ihr T-Shirt. Sie seufzte auf und dankte ihm.

»Würden Sie mich mitnehmen?«

»Selbstverständlich. Sie sind verletzt! Soll ich Sie in ein Krankenhaus bringen? Hatten Sie einen Unfall?«

Da bemerkte er die brennenden Überreste ihres Autos unten in der Schlucht. Er sah sie bestürzt an.

»Die Bremsen«, erklärte sie tonlos.

»Da haben Sie aber großes Glück gehabt!«

Er fuhr nach Kouandé. Immer wieder schüttelte er den Kopf.

»Sie müssen den Mietwagenhändler verklagen! Das Auto muss in einem schlimmen Zustand gewesen sein. Sie hätten tot sein können!«

Er war voller Mitgefühl. Und das wirkte so aufrichtig, dass es ihr gleich viel besser ging. Ein Labsal für ihre ausgefransten Nerven.

Durch das gleichmäßige Rattern des Wagens und die Mittagshitze wurde sie müde, schlief sekundenweise ein, um gleich wieder hochzuschrecken. Ihr Retter hieß Amadou, stammte aus Mali und arbeitete bei einem Trinkwasserprojekt.

»Die Frauen und Mädchen schleppen die schweren Wasserkanister zehn oder zwölf Kilometer weit, manchmal mehrmals am Tag. Das Wasser ist oft genug auch noch verschlammt und verdreckt. Wir bauen nicht nur Brunnen, sondern zeigen auch, wie man sie sauber hält, ringsum anpflanzt.«

Sie hörte ihn erzählen und fühlte sich wunderbar ruhig.

Dann drang wieder die Stimme von Amadou an ihr Ohr, der erneut auf den Unfall zurückkam.

»Oder kann jemand die Bremsen manipuliert haben? Haben Sie Feinde?«

Der Vodoupriester aus Léma ist zumindest dieser Meinung, fiel ihr ein, und ein Kälteschauer lief ihr den Rücken hinunter.

»Haben Sie einen Computer?«, fragte sie Amadou. »Könnten Sie mir helfen? Ich hab da ein Problem.«

Er konnte. Er war Fachmann und bereitete gerade auf seinem PC eine umfangreiche Statistik über den Wasserbedarf der Region vor.

»Ich habe eine Diskette und muss unbedingt wissen, was darauf ist.«

»Nichts leichter als das!« Amadou lächelte. »Brauchen Sie wirklich keinen Arzt?« Er sah sie immer noch besorgt an.

»Nein. Es geht schon. Danke.«

Was sie brauchte, war eine Dusche, etwas zu essen und mindestens zwölf Stunden Schlaf. Amadou bot ihr das Du und ein Bett für die Nacht an, das sie dankbar annahm.

In seinem Haus mitten in Kouandé, wie alle Häuser aus Hitze abweisendem Lehm erbaut, sprudelte es angenehm kühl aus der Dusche. Das Badfenster ging auf den Nachbarhof, wo Kinder eine alte Fahrradfelge mit einem Stock antrieben, Coladosen kickten, umhertollten. Die Ziegen im Hof meckerten, Hühner gackerten, ein Radio plärrte. Zwei junge Typen waren beide lautstark der Meinung, Recht zu haben. Frauen stampften Hirse, der hölzerne Mörser schlug sein dumpfes Tok, Tok, Tok. Herrlich, am Leben zu sein!

Da plötzlich fiel der Strom aus.

»Passiert hier öfters«, meinte Amadou und zündete die bereitstehenden Petroleumlampen an. Ein vertrauter Geruch, ein flackerndes, gelbes Licht, in dem sie sich geborgen fühlte.

Ein Glück, dass der Kühlschrank mit Benzin betrieben wurde. Wie immer war ihr erster Gedanke gewesen, die Kühlbox mit ihren Filmen darin zu lagern.

Morgen würde Tom kommen. Sie bedankte sich bei Amadou noch einmal für die Gastfreundschaft und zog sich aufs Gästezimmer zurück.

Geweckt wurde sie von einem Husten und Schnauben, einem Röcheln und Spucken. Rotzen. War das etwa Amadou? So ein gepflegter Mann und solche Geräusche! Sie lag wach und horchte. Sie hatte schlecht geträumt. Wieder bedrohte sie der Mann ohne Gesicht. Sie rannte vor ihm davon, eine Straße entlang. Es gab keinen festen Untergrund, sie sackte ein in einer weichen Masse. Vor sich sah sie das Haus der Großmutter, nur konnte sie es nicht erreichen. Die Entfernung blieb immer dieselbe. Wieder sang der Männerchor: Er wird dich töten. Ein beängstigendes Pochen hing über dem Haus. Es dröhnte immer lauter. Sie war froh, dass der Traum zu Ende war.

Das Pochen war immer noch da.

Jemand klopfte laut an das Eisentor am Hof. Erschrocken sah sie auf ihre Armbanduhr. Schon zehn. Sie hatte lange geschlafen. Es klopfte wieder. Jetzt hörte sie eine merkwürdig hohe Stimme kreischen: »Morgen. Morgen. Herein!«

Das Klopfen verstummte, sie stand auf.

Amadous riesenhafter Papagei krächzte noch einmal »Morgen«, machte ein scheußliches Schnäuzgeräusch und fing erbärmlich an zu husten. Da musste wohl jemand lange und schwer erkältet gewesen sein. Und das bei den Temperaturen hier. Sie sah auf das Thermometer. Schon jetzt einundvierzig Grad Celsius im Schatten. Sie fühlte sich gleich noch schlapper.

Amadou hatte einen Zettel, er sei gegen Mittag wieder da, ein Baguette und Marmelade sowie Nescafé auf dem Tisch hinterlassen. In der Stille, die folgte, nachdem der Papagei noch einige unappetitliche Geräusche von sich gegeben hatte, überlegte sie, was zu tun sei.

Die Umhängetasche, ihr einziger Besitz inzwischen, barg wertvolle Schätze. Zunächst befreite sie die Diskette aus ihrer Gris-Gris-Tarnung. Legte sie auf den Tisch. Dann nahm sie sich den braunen Umschlag vor. Holte ein Papier nach dem anderen heraus und breitete die Seiten vor sich aus.

Skizzen, Grundstücke vermutlich. Zwei sprung- und bissbereite Hunde zierten ein Wappen. Ein langer Text war in fremdartigen Schriftzeichen verfasst. Das waren also Geigers wichtige Unterlagen. Sie legte alles ordentlich in den Umschlag zurück.

Amadou kehrte zurück, erzählte von seiner Arbeit und versuchte dabei unauffällig, aber aufmerksam in Adas Gesicht zu ergründen, ob sie den gestrigen Schock einigermaßen verdaut hatte.

Summend sprang sein Computer an, er schob die Diskette ins Laufwerk. Passwort eingeben, forderte der Computer.

»Versuch es mit Elise.« Nichts. »Patrick.« Error. Sie rätselten herum. Versuchten es mit Chamäleon, weil Elise vor kurzem von diesem Tier gesprochen hatte. Sie hatten noch eine Reihe anderer Einfälle. Aber keinen Erfolg.

23

Es ließ sich leicht das Schlimmste ausmalen, wenn jemand nicht ans Telefon ging. Nach endlosem Klingeln warf sie den Hörer auf die Gabel. Wo war Elise?

Dann versuchte sie es bei de Boulanger im Büro. Er war wieder mal nicht da, sie hinterließ die Nummer von Amadou.

Schon an der Tür, kehrte sie noch einmal um, holte die Diskette aus dem Laufwerk und steckte sie wieder in das Gris-Gris hinein. Wirklich das allerbeste Versteck, bewunderte sie Elise. Das Gris-Gris verstaute sie neben *Der Meister und Margarita* und der Fotoausrüstung in ihrer geräumigen Lederumhängetasche.

Sie rief Amadou ein Adieu zu und betrachtete noch einen Moment lang seinen Hinterkopf. Er war schon wieder in seine Berechnungen vertieft. Am liebsten wäre sie zu ihm gegangen und hätte ihn umarmt, aber eine unbestimmte Scheu hinderte sie daran.

Der Ort lag weiß glühend in der Mittagshitze. Nur ein paar Hühner hielten sich im Freien auf, alle anderen Lebewesen hatten sich irgendwo im Schatten versteckt. Der Weg war steinig und steil. Am Rand lag ein metallisch glänzender Stein. Das fehlte noch, dass sie hier Gold fand! Sie hob ihn auf, steckte ihn in die Tasche und sah sich um, ob irgendjemand sie beobachtet hatte. Und vermutlich für verrückt erklärte. Mitten in die Stille krähte plötzlich ein Hahn. An der Kreuzung fand sie das Restaurant Concorde, in dem sie um die Mittagszeit mit Tom verabredet war.

Ein paar Männer saßen herum und tranken Hirsebier aus Holzschalen. Sie schauten auf, erwiderten den Gruß und wandten sich gleich wieder ihren Gesprächen zu. Sie sahen aus, als hätten sie schon immer hier so gesessen.

Früher einmal waren die Bariba ein stolzes Reitervolk gewesen, wirtschaftlich erfolgreich in Landwirtschaft und Viehzucht, mit vielen Arbeitssklaven, den Gando, die sich später in freien Dörfern in der Region ansiedelten. Jetzt schlugen sich die Bariba recht und schlecht mit dürftigen Ackerbauerträgen durch. Immer wieder gerieten sie mit den Halbnomaden aus dem Norden, den Peul-Hirten, aneinander. Das fruchtbare Land war knapp, und wo ein Maniokfeld war, konnte kein Zeburind weiden.

Einmal im Jahr fanden die berühmten Reiterspiele statt, und durch die Staubwolken der dahinjagenden Pferde schimmerten dann Erinnerungen an glanzvollere Zeiten. Griots liefen durch die Gassen und besangen die Heldentaten der Ahnen. Rhythmisch schlugen sie dazu mit einem abgerundeten Holzstöckchen auf eine unter den Arm geklemmte Trommel. Ihre Epen hielten die Vergangenheit am Leben, hier, wo niemand die Geschichte des Volkes schriftlich festgehalten hatte und wo das, was die nachfolgenden Generationen darüber erfahren konnten, nur von dem Gedächtnis der Alten abhing und von der Freude zu erzählen.

Doch nach solchen Festlichkeiten hatte der Glanz ein Ende: Die Griots verstummten, die Reiter warfen ihre Festtagsgewänder und die Lebenslust ab und widmeten sich wieder dem Hirsebier.

Ada trank einen Tee und wartete. Nach einer langen Weile ging sie ein Stück spazieren. Frauen saßen im Schatten und flochten Strohmatten. Sie grüßte, und die Frauen grüßten verhalten zurück. Eine von ihnen hatte ein nur wenige Monate altes Baby an der Brust. Ada musste daran denken, dass die Bariba an den Zähnen eines Kindes feststellten, ob eine Hexe oder ein böser Geist auf die Erde gekommen war. Brachen die Zähne im Oberkiefer zuerst durch, so war das Kind besessen. Ein schlimmes Schicksal, dem man mit aufwändigen Zaubereien zu begegnen versuchte. Wenn sich die Eltern gar nicht mehr zu helfen wussten, legten sie das Hexenkind unter einen schweren Tontopf und überließen es dem Willen der Götter.

»Alle Krankheiten werden sofort geheilt«, versprach ein Schild an einem der Häuser. Oumarou, der Heiler von Kouandé, war im ganzen Land bekannt. Manche hielten ihn für einen großen Wunderheiler, andere für einen Hexer, wieder andere für einen gewieften Schwindler.

Zurück im Concorde. Kein Tom. Es wurde Abend, und sie machte sich auf den Rückweg. Enttäuscht. Vor Amadous Haus blieb sie kurz stehen.

Es war dunkel geworden, wie immer übergangslos, dafür aber absolut. Auch im Haus brannte kein Licht – vielleicht wieder ein Stromausfall. Sie klopfte, doch es kam keine Antwort. Nicht einmal der Papagei schrie sein »Morgen. Morgen. Herein!« Eine gespenstische Stille. Sie wollte umkehren. Da packte sie jemand an der Schulter, und gleichzeitig legte sich ihr fest eine Hand auf den Mund. Sie schrie, lautlos, ihre Knie sackten weg.

Amadou. Er sah bedrohlich aus im Dunkeln, nur das Weiße seiner Augen blitzte. Leise bedeutete er ihr, ihm zu folgen. Er ging voran, um das Haus herum, in den Nachbarhof. Die Großfamilie saß um ein Feuer und unterhielt sich, die Kinder schliefen daneben auf Matten. Freundlich erwiderte man seinen Gruß. Amadou erklärte etwas auf Bariba, und sie kletterten nacheinander durch sein enges Badezimmerfenster, nachdem er es eingedrückt hatte.

Die Taschenlampe beleuchtete ein furchtbares Chaos. Buchstäblich alles war auf den Kopf gestellt. Fotos hingen in Fetzen von den Wänden herab.

Amadou richtete den Lichtstrahl auf den Papagei. Der würde nie wieder husten und kreischen. Er hing im Käfig, ein blutverschmiertes Etwas. Ohne Kopf. Ada fühlte trotz der Hitze Eiseskälte. Oro! Sein Erkennungsmerkmal ist ein abgetrennter Kopf, hörte sie die Stimme von Lazare. Ihr wurde schlecht.

Sie stiegen unter den interessierten Blicken der Nachbarn wieder aus dem Badezimmerfenster heraus und gingen rasch in der Dunkelheit davon.

Vielleicht war ja nur eingebrochen worden, weil jemand beobachtet hatte, dass dort eine Weiße logierte, es also etwas zu holen geben musste. Vielleicht war ja der Papagei nur geköpft worden, weil er etwas Unanständiges gesagt hatte oder der Einbrecher fürchten musste, dass er mit seinem Lärm die Nachbarn alarmierte.

Amadou sah das offenbar anders. Er war in heller Aufregung. Als sie ein Stück gelaufen waren, begann er zu erklären: »Ich habe vor dem Haus auf dich gewartet, weil ich Angst bekommen hatte. Die

Tür war aufgebrochen. Ich hab erst mal auf dich gewartet, damit du den Einbrechern nicht geradewegs in die Arme läufst.«

Sie berührte seinen Arm. »Danke.« Sie klang verstört. »Wer kann denn das gewesen sein? Und warum?«

Amadou zuckte nur mit den Schultern. »Dieser Papagei hat mir einen höllischen Schrecken eingejagt. Hängt da im Käfig wie ein böses Omen. So etwas ist eine letzte Warnung!«

Er reichte Ada ein großes Blatt Papier und richtete den zitternden Taschenlampenstrahl darauf.

> Haben Sie Probleme mit Ihrem Wagen?
> Kommen Sie in die Garage von Mathieu,
> Malanville, 17, Rue des Martyres.

Probleme mit dem Wagen – das war wohl ein böser Witz? Und dann noch in der Straße der Märtyrer!

»Vielleicht sollte ich da wirklich hingehen. Nach Malanville muss ich sowieso.«

»Bist du verrückt? Lass das bloß bleiben!«

Während sie langsam weitergingen, erzählte Ada ihm die ganze Vorgeschichte: von Patrick und Elise, der Diskette in einem Gris-Gris, von den Papieren aus Geigers Schreibtisch und dem toten Gärtner.

»Danach haben sie also gesucht. Das sind Verbrecher!«, flüsterte Amadou.

Sie schüttelte fassungslos den Kopf.

»Glaub es mir. Das ist todernst!«

»Ja, aber was soll ich denn tun?«

»Nichts, bei Allah! Das ist alles viel zu gefährlich!«

Amadou flüsterte immer leiser, als rechne er damit, dass jemand direkt hinter ihnen stünde.

Sie erkannte das Haus, vor dem er stehen blieb, das Haus des Heilers. Ein Hund bellte in der Finsternis, kam nach einem leisen Ruf von Amadou schwanzwedelnd an und jaulte. Amadou kraulte ihm den Kopf und sprach beruhigend in einer seltsam kehligen Sprache auf ihn ein. Als ob er sich selbst besänftigte.

Ein kleiner, alter Mann mit einem zerfurchten Gesicht und scharfem Blick trat aus dem Haus. Er begrüßte sie, als hätte er bereits auf sie gewartet. Dann bat er sie herein, und sie nahmen im Hof auf niedrigen Bänken Platz. Ungefragt holte er Bier und Plastikbecher und stellte alles vor ihnen auf dem schmalen Holztischchen ab. Eine junge Frau, eine von seinen Frauen, wie er sie vorstellte, brachte eine Emailschüssel mit köstlich duftenden Fleischstücken. Nachdem sie sich gestärkt hatten, begann das Gespräch.

Amadou erzählte. Oumarou stellte nur eine Frage: »Wo ist der braune Umschlag?«

Ada sah Amadou verblüfft an. Den hatte sie ganz vergessen. »Der wird wohl verschwunden sein.«

»Haben Sie die Papiere gesehen? Was war darauf?«

Ada bemühte sich, sie zu beschreiben.

Oumarou starrte in die Finsternis. »In der Umgebung wird viel Gold vermutet. Vielleicht sind das die Lageskizzen. Wenn ja, sind die Papiere im wahrsten Sinne des Wortes Gold wert.«

Vielleicht hatte Geiger doch nicht nur Unsinn erzählt.

»Wem gehört das Land hier?«

Oumarou richtete seinen durchdringenden Blick auf Ada. »Der Bodenchef, ein weiser Mann, teilt das Land zu. Für eine festgelegte Zeit, Jahre oder auch Jahrzehnte, erhält es eine Familie, dürfen es Zugezogene bearbeiten oder aber die Erbberechtigten behalten. Die Besitzer pflanzen am Rande Kapokbäume, um so das Terrain zu kennzeichnen. Allerdings entscheidet der Bodenchef nur in Absprache mit dem König. Und da liegt das Problem. Wir haben hier zwei davon. Einen jungen und einen alten Glele, die beide glauben, im Besitz der Macht zu sein.« Er zwinkerte mit einem Auge, als hielte er das Ganze für einen guten Witz.

Amadou und er vertieften sich längere Zeit in eine erregte Diskussion über Landrechte und Hierarchien. Sie verfielen ins Bariba. Dann wieder sprachen sie französisch. Der Heiler wurde immer lauter. Unerwartet ließ er seine Faust auf das Tischchen krachen, dass es wackelte und zusammenzubrechen drohte.

Amadou weihte sie ein: »Seit Jahren herrscht Feindschaft unter den Angehörigen der hiesigen Königsfamilie. Die Anzahl der Könige, Prinzessinnen und Prinzen hat sich in jeder Generation vervielfacht, das Potenzial für Zwistigkeiten ist also beachtlich. Und durch das paritätische Erbrecht wird der Streit um das knapper werdende Land immer erbitterter.«

»Und«, fragte Ada, »wer ist denn nun der Besitzer des Landes mit dem Gold?«

»Nun«, Oumarou wiegte sein Haupt. »das hängt davon ab. Noch wissen wir ja nicht, wo es sich genau befindet.« Er kratzte sich unschlüssig am Kinn. »Das Land gehört eigentlich allen, niemandem allein. Auch das Gold könnte allen zugute kommen. Vielleicht könnten wir damit die Krankenstation ausbauen. Oder einen Brotofen und einen neuer Speicher errichten, besseres Saatgut kaufen, den Jungen eine Ausbildung finanzieren.« Er hielt inne, sah sie verschmitzt an und zwinkerte. Er ist doch ein Schlawiner, dachte Ada.

»Also«, erwiderte sie, »die Gegend wird in Wohlstand erblühen, vorausgesetzt, die blaublütigen Rivalen einigen sich. Und was ist von den Leuten zu erwarten, die jetzt im Besitz des braunen Umschlags sind?«

Der Heiler sah sie wortlos an. Seine Miene verfinsterte sich.

Kurz darauf verabschiedeten sie sich. Oumarou zwinkerte ihr zu. Oder war es doch nur ein nervöser Tick?

Sie wagten sich in Amadous Haus zurück und legten sich sofort schlafen.

Schon mehr als eine Woche war vergangen seit Léma, rechnete Ada nach. Blieben nur noch knapp drei. Drei Wochen bis *es* entschieden war. Wenn der Vodoupriester sich nicht irrte.

Am nächsten Morgen räumten sie notdürftig das Chaos auf. Der Umschlag blieb unauffindbar. Sie warfen die zerfetzten Fotos weg, grübelten über das Passwort nach und beerdigten den Papagei hinter dem Haus.

Sie hatte sich von Amadou eine helle Baumwollhose und ein kurzärmeliges rot kariertes Hemd geborgt und wusch ihre Kleider im Bad zu den anheimelnden Geräuschen aus dem Nachbarhof. Die Sachen hängte sie auf die Leine. In der Saharaluft waren sie binnen kürzester Zeit knochentrocken.

Dann griff sie zum Telefon und wählte Elise' Nummer. Das übliche Ergebnis.

De Boulanger erreichte sie ausnahmsweise sofort. Durch Rauschen und Knattern hörte sie seine wohl vertraute Stimme. Nein, er habe bisher weder von Elise noch von Toni etwas gehört. Aber er kümmere sich weiter.

»Hier ist alles in heller Aufregung. Ein ganz ordentliches Dollar-Sümmchen hat sich in Luft aufgelöst«, erzählte er noch. Gerade wollte sie ihm noch von dem braunen Umschlag und dem Einbruch berichten, da war die Verbindung unterbrochen. Erfolglos versuchte sie es noch einmal und gab dann auf. Nicht, dass er ihr irgendwie weitergeholfen hätte. Trotzdem fühlte sie sich erleichtert. Halb verärgert, halb belustigt über sich selbst legte sie auf.

Die Füße scharrten fast auf der Stelle im Sand, die Schultern kreisten, dann das Becken, immer schneller. In der Hüfte abgeknickt, beugte die kleine rundliche Frau den Oberkörper tiefer, kreiste und zuckte mit dem Unterleib. Gelächter und Gejohle.

Der Tanz als Begrüßung – eine Zeremonie, der sich auch Ada nicht entziehen durfte, wenn sie nicht unhöflich sein wollte. Es hatte bei weitem nicht die Eleganz ihrer Vorgängerin, was sie da bot. Gelinde gesagt. Die Frauen klatschten trotzdem und jubelten.

Als das überstanden war, wischte sie sich den Schweiß von der Stirn und packte ihre Kamera aus. Sie blendete weit ab, um möglichst viel Tiefenschärfe zu bekommen. Die Stimmung auf dem Hof, das butterweiche Klacken des Auslösers, sie fotografierte wie in Trance.

Die Frauen produzierten Erdnussöl und hatten nichts dagegen, dass Ada alle Arbeitsschritte aufnahm: Erdnüsse zerstoßen, den Teig stundenlang in einem ausgehöhlten Stein kneten, kochen lassen, das Öl extrahieren, den Rest backen. Die Frauen berichteten ihr vom Handel mit Erdnüssen, wie teuer der Einkauf war, welche Probleme sie mit den Großhändlern hatten, welche hohen Kosten der Transport verursachte und wie unterschiedlich der Verkaufserfolg je nach Saison war. Ada zuliebe sprachen die Frauen ab und zu französisch, fielen dann aber wieder ins Bariba. Sie lachten lauthals. Es ging um die Männer, erklärte eine von ihnen, nachdem das Gelächter abgeebbt war.

Es wurde dunkel, Ada erhob sich, dankte allen und ließ einen kleinen Obolus in der Gemeinschaftskasse zurück.

»Komm bald wieder!«, riefen ihr die Frauen nach, als sie ging.

Amadou hatte inzwischen seinen Wagen geholt und insbesondere die Bremsen einer gründlichen Prüfung unterzogen. Am nächsten Morgen fuhren sie zu seiner Arbeitsstelle. Der deutsche Projektleiter, er stellte sich umstandslos als Klaus vor, war ein großer, stämmiger Mann mit spärlichem Blondhaar und einem gespaltenem Kinn. Er ließ sich ihre Geschichte in aller Ausführlichkeit erklären, hörte ernst zu. Versagende Bremsen im Atakora, Vodoupriester, die vorher gewarnt hatten, er schüttelte bedenklich den Kopf.

»Halte dich bloß aus solchen Dingen heraus. Das kann ins Auge gehen!«

Immer der gleiche Ratschlag. Wie Amadou vermutet hatte, bot ihr Klaus einen seiner Dienstwagen an, den sie in Malanville beim Partnerprojekt abgeben sollte. Großzügig! Sie bedankte sich herzlich.

Von Amadou verabschiedete sie sich am nächsten Morgen wie von einem guten alten Freund. Geld für die letztendlich durch sie verursachte Verwüstung anzunehmen, hatte er kategorisch abgelehnt. Sie umarmte ihn, und er schrieb ihr zur Sicherheit seine Telefonnummer noch einmal auf ihre Zigarettenschachtel.

»Wir bleiben in Verbindung«, sagte er noch durch das Autofenster und lächelte ihr zu.

»Auf jeden Fall!«

Ada entschied sich für die schwierigere, aber kürzere Route nach Malanville, über Pèhonko. Das Gris-Gris hatte sie wieder an den Rückspiegel gehängt.

Die Piste war miserabel, ganze Teile weggeschwemmt. Nur Sand ringsum, niedrige Büsche, hin und wieder ein Baobab. Die Gegend wirkte niederdrückend, Ada wurde müde. Stundenlanges Holpern. Angestrengt suchte sie im gelblichen, diesigen Licht des Harmattan nach dem Weg. Der wurde immer schmaler und schlechter, der

Verlauf der Strecke war nicht mehr klar erkennbar. Jetzt den Rillen, die rechts entlangführten, folgen oder doch lieber denen nach links?

Unvermutet endete die Piste in einem Dickicht aus Gestrüpp. Wenden war unmöglich, also fuhr sie rückwärts. Rückwärts in den Graben. Sie saß fest. Kreischend drehten die Räder durch. Immer wieder. Es stank nach verbranntem Gummi.

Sie stellte den Motor ab. Mitten in der Wildnis, weitab jeglicher menschlichen Behausung. Die Karte half ihr auch nicht weiter. Sicher zwanzig Kilometer bis zur nächsten Ortschaft. Und keine Ahnung, in welche Richtung.

Kein Dorf, keine kräftige Mannschaft, die ihren schweren Toyota aus dem Schlamassel geschoben hätte. Sie steckte sich eine Zigarette an. Mit Autos hatte sie einfach kein Glück. Dieser Satz spukte in ihrem Kopf herum wie ein Ohrwurm, den sie nicht loswerden konnte.

Außerdem war da ein lautes Kreischen in ihren Ohren. Wohl die Anspannung. Oder die Angst. Wer wartete jetzt in der Garage in Malanville, Rue des Martyres, auf sie? Da bemerkte sie die Affen, die in den Akazienzweigen herumkletterten und sich wohl wegen ihr so aufregten.

Viel zu schnell kam der Abend. Es war unerträglich heiß. Irgendwie fehlte nur noch, dass sich ein Geier auf den Ästen des Baobabs ihr gegenüber niederließ und sie ungeduldig anstierte. Sie hätte sich schon nicht mehr gewundert, wenn sich aus der wie ein dunkler Vorhang herabsinkenden Nacht derjenige herausschälen würde, wer immer es war, der es auf sie abgesehen hatte. Ende der Vorstellung. Sie war erschöpft, müde. Saß zusammengesunken im Wagen und wusste einfach nicht weiter. Nickte kurz ein, schreckte wieder auf. Ein Geräusch. Sie blickte angestrengt hinaus.

25

Er stand so unvermittelt neben dem Wagen im Dämmerlicht, als sei er aus dem Boden gewachsen.

Erleichtert erkannte sie, dass es ein älterer Mann im Boubou war, der sie unter einem hohen weißen Turban anschaute. Liebenswürdig fragte er auf Französisch: »Haben Sie Probleme?«

»Oh ja«, antwortete Ada und zeigte ihm die schräg im Graben festsitzenden Hinterräder. Er fackelte nicht lange. Sammelte Steine, Stroh und Äste, legte sie vor die Hinterreifen, schwang sich trotz seiner Körperfülle behände auf den Fahrersitz und wies sie an, ordentlich zu schieben. Sie schob, was das Zeug hielt. Es half nichts. Er schaufelte die Hinterräder frei, schnappte sich eine Decke vom Rücksitz und legte sie vor die Reifen. Als er anfuhr, quälte sich der Wagen mit einem überraschenden Schlenker aus dem Graben. Sie war beeindruckt. Dankbar holte sie ihre Bierreserven von der Rückbank, und sie ließen sich auf dem Boden nieder, um das Ereignis zu feiern. Er hatte eine Petroleumlampe bei sich, die er jetzt anzündete. Es war ein gutes Gefühl, im gelben Kegel des Lichtes zu sitzen. Rings um sie herrschte tiefschwarze Nacht. Als ob eine Wand aus Dunkelheit sie von allem anderen abschirmte. Nach der Hitze des Tages war der Boden warm wie eine langsam abkühlende Herdplatte.

Wie sie denn hierher gekommen sei, wollte er wissen, wo sie hinwolle und warum.

Gute Fragen!

Ein höhnisches Lachen in unmittelbarer Nähe ließ sie zusammenfahren.

»Hyänen.« Ihr Retter lächelte. »Nur wenige Kilometer von hier ist ein kleines Dorf, da findet sich sicher eine Familie, bei der Sie übernachten können.« Er beschrieb ihr den Weg.

Dann erhob er sich, ordnete seine farbenprächtigen Gewänder, nickte ihr noch einmal freundlich zu und war im nächsten Moment von der Finsternis verschluckt.

Wieder so eine Geschichte, die einem hinterher niemand glaubt, dachte Ada und zündete sich noch eine Zigarette an.

Tatsächlich lag das Dorf ganz nahe. Öllämpchen flimmerten in der Nacht wie Glühwürmchen. Ein Nachtmarkt war im Gange. Einige wenige Stände am Wegesrand boten Maniokwurzeln, Gari und Tomaten, Würfelzucker und Brühwürfel zum Verkauf an. Der Duft aus den Garküchen ließ ihr das Wasser im Mund zusammenlaufen. Sie aß einen der scharf gewürzten Fleischspieße. Ziege? Das Fleisch schmeckte gut, war aber zäh und ledrig. Eine der Marktfrauen sprach Französisch und war erstaunt über ihr Anliegen, aber schließlich bereit, sie gegen ein kleines Entgelt bei sich unterzubringen. Ada verbrachte die Nacht in einer Hütte auf dem Boden aus gestampftem Lehm. Es war dunkel und heiß, neben ihr atmeten Kinder auf Rohrmatten. Über ihr raschelte es in den Balken des unverblendeten Strohdaches. Hoffentlich keine Riesenspinnen. Sie hatte von den so genannten Skorpiontaxis gehört. Tellergroße haarige Spinnen, die weite Sprünge vollführen konnten, auf dem Rücken Skorpione. Neben ihr huschte eine Ratte vorbei. Sie wünschte sich ganz weit weg. Der Nachtwächter machte seine Runden durch das Dorf und beorderte mit seinem eintönigen Singsang und einer melodisch klingenden Glocke die Letzten, die noch palaverten, ins Bett.

Als der nächste Morgen sie mit dem Schaben der Reisigbesen, dem Krähen der Hähne und dem Stampfen der Mörser weckte, lugten kichernde Kinder zur Hütte herein. Es waren wohl die, die neben ihr geschlafen hatten. In dem schräg hereinfallenden Sonnenlicht sah sie sich in der Behausung um. Das ganze Besitztum der Familie waren ein paar Matten, ein Kessel zum Kochen, die traditionellen drei Steine als Herd, ein Mahlstein.

Die Kinder kamen schüchtern näher, fassten sie an und prüften danach verstohlen die Handfläche, ob die weiße Farbe womöglich abgefärbt hatte. Die älteren Kinder waren bei der Arbeit. Mädchen schleppten Wasser und Brennholz, Jungen hüteten Ziegen. Die Kleinsten, immer auf dem Rücken herumgetragen, niemals allein gelassen, schrien oder weinten fast nie. Sie waren Haut an Haut glücklich und zufrieden. Doch sobald sie etwas älter wurden, war die Kindheit fast übergangslos vorüber, und sie mussten mit anpacken. Klaglos befolgten sie alle Anweisungen, Widerspruch wurde nicht geduldet. Kurze Zeit später hatten sie die Gesichter von Erwachsenen.

Sie verabschiedete sich von dem Mann und seinen Kindern, die Frau war mit dem Jüngsten schon auf dem Feld, und fuhr los.

Der Weg führte durch eine endlose ausgedörrte Landschaft in Braun, Grau und Schwarz. Gleißendes Licht, silbrig weiß. Metallisch. Ein Waran kreuzte ihren Weg und verschwand blitzschnell im Gebüsch. Urgetier. Ada fühlte sich wie aus Zeit und Raum herausgefallen. Es schien weder Anfang noch Ende zu geben. Um sie herum nichts als menschenfeindliche Gleichgültigkeit. Die Sonne hatte erbarmungslos verbrannt, was brennbar war. Einmal nahm sie eine kleine Ansammlung von Strohhütten wahr. Wie konnte man hier überleben? Und doch existierten hier Menschen. Der heiße, beißende Harmattan wehte Sand heran. In den Baobabstämmen geisterten die Ahnen.

Dann querte unversehens eine Asphaltstraße die Sandpiste. Erleichtert steuerte sie nach links. Richtung Norden, nach Malanville.

Plötzlich musste sie voll auf die Bremse gehen. Eine Elefantenherde zog gemächlich über die Straße. Kurz blieben die Kolosse stehen, fragten sich vermutlich, ob sie bedrohlich war, entschieden sich dann, sie uninteressant zu finden und weiterzutrotten.

Zwei Polizisten hielten in dieser Einöde Wache. Wahrscheinlich warteten sie auf Lastwagen aus Niger, Mali und Burkina Faso, die an die Küste oder nach Lagos fuhren. Die so genannten Zölle summierten sich für jede Fracht im Laufe der Fahrt auf bis zu einem Drittel des Werts. Und ihr waren die kleinen Geschenke inzwischen ausgegangen.

»Papiere bitte!«

Die beiden Uniformierten blickten neugierig in das enttäuschend leere Wageninnere. Doch so leicht ließen sie sich nicht entmutigen.

»Das ist doch nicht Ihr Wagen! Oder wo steht hier Ihr Name?« Der eine Polizist stieß mit dem Finger auf die Wagenpapiere. Das konnte endlos dauern. Ihr kam der rettende Gedanke.

Möglich, dass sich der Dunstkreis von Gabriels Macht nicht bis hierher erstreckte. Aber einen Versuch war es wert.

»Gabriel weiß Bescheid! Es ist alles in Ordnung. Wenn es irgendwelche Unklarheiten gibt, wenden Sie sich bitte an ihn!« Die Reaktion der beiden war verblüffend. Sie tippten sich kurz an ihre Käppis, wünschten weiterhin gute Fahrt.

Ada legte den Gang ein. Den Spruch würde sie sich merken.

26

Malanville empfing sie mit mörderischer Hitze. Das Licht flirrte, ließ alles weiß oder schwarz erscheinen. Keine Zwischentöne. Der löchrige Asphalt dampfte und klebte, der Horizont zerfloss in der aufsteigenden heißen Luft. Eine Kamelkarawane, hoch beladen mit Brennholz und geführt von zwei blau gekleideten Tuareg, schwankte Richtung Grenze zum Niger.

Ideales Ambiente, um sich mit Verbrechern oder ähnlich netten Zeitgenossen zu treffen. »Kommen Sie in die Garage von Mathieu ...«

Sie fand ein Restaurant, fragte nach dem Telefon und erhielt die nicht unübliche Antwort: »Geht nicht.«

Wo steckten sie denn jetzt, die Leute von der Post? Erst einmal etwas trinken. Sie solle es im Hotel am Ortsausgang versuchen, dort gebe es ein mutmaßlich funktionierendes Telefon, ließ sie der Angestellte wissen. Diese hoffnungsfrohe Botschaft wurde jedoch von einem zweifelnden Kopfwiegen begleitet.

Sie musste die Termine mit den Leuten von de Boulangers Projekt abstimmen. Und außerdem wollte sie wieder versuchen, Elise und Lazare in Cotonou zu erreichen.

Ada ließ das Auto vor dem Restaurant stehen und lief zu Fuß durch den Ort. Garage Mathieu. Vielleicht sollte sie jemanden danach fragen, um dann einen weiten Bogen darum zu schlagen.

Sand wehte durch die Straße wie eine Ankündigung der Sahara: Nicht mehr lange, und ich werde euch unter mir begraben.

Keine Menschenseele. Die Hitze machte sie schwindlig. Ihre Beine fühlten sich an wie Gummi, und sie sehnte sich nach einem schattigen Ort, an dem sie sich ausruhen könnte. Die Fata Morgana eines kältebeschlagenen Glases Mineralwasser, in dem kristallene Eisstückchen klimperten, schwebte vor ihr.

Dann war sie schlagartig hellwach. »Garage Mathieu« stand da über einer Toreinfahrt. Erster Gedanke: schnell vorbeigehen! Dann siegte die Neugier und sie riskierte einen Blick hinein. Die Garage war leer. Ein paar alte, rostige Autoteile warteten auf eine Gelegenheit zum Wiedereinbau. Werkzeuge waren an Nägeln an die Wand gehängt. Es roch nach Öl und Benzin. Rasch ging sie weiter.

Hinter ihr tauchte ein kleiner Mann auf. Dann stand er neben ihr.

»Suchen wir jemanden?«

»Nein«, beschied sie ihn knapp. Verblüfft sah sie ihn an. Sie hatte ihn schon mal gesehen – aber wo?

Sein Atem roch nach säuerlichem Bier. Der Kerl kam unangenehm nah an sie heran, schnitt eine Grimasse und fauchte sie an: »Wo steckt deine Freundin Elise de Souza, sag schon?«

Angewidert versuchte sie, seinen Ausdünstungen auszuweichen, und trat einen Schritt zurück. »Das wüsste ich selber gern.«

»So?« Er grinste und entblößte dabei seine schadhaften Zähne. »Haben wir nicht was, was uns nicht gehört?« Als wolle er einer geistig Minderbemittelten auf die Sprünge helfen, klopfte er mit seinem Zeigefinger an ihre Stirn. Der lange nikotingelbe Fingernagel tanzte direkt vor ihren Augen. »Würde ich doch mal drüber nachdenken. Könntest du sonst bereuen.« Er beugte sich noch näher zu ihr hin und zischte leise: »Oder auch nicht mehr.«

Sie überlegte fieberhaft. Die verdruckste Haltung. Dieser Blues-Brothers-Hut. Jetzt fiel es ihr ein. Ganvié, der Verfolger im Boot, der zappelnde Mann im Netz.

Instinktiv griff sie nach ihrer Tasche und spürte durch das weiche Leder den Stein aus Kouandé. Schön groß, handlich und mit scharfen Kanten. Sie fasste in die Tasche, umklammerte ihn, bereit, ihm den notfalls über den Schädel zu ziehen.

Da näherte sich langsam ein weißer Lieferwagen, schob sich an ihnen vorbei und hielt wenige Meter vor ihr an. PTT, die Post. Ihm entstieg ein hagerer Kerl – der dritte Mann, den sie in Dassa zusammen mit Johannes und Robert beobachtet hatte! Er öffnete die Heckklappe und holte ruhig ein langes Kabel heraus. Zu spät erkannte sie, was geschah, wollte schreien, aber der erstaunlich kräftige Giftzwerg hatte sie auf einmal im Klammergriff. Sie bekam nur ein schmerzhaftes Stöhnen heraus. Blitzschnell hatte der dünne Mann sie gefesselt, sie spürte das Kabel scharf an den Handgelenken einschneiden. Ein brutaler Stoß, sie flog in den Laderaum, die Hecktür fiel ins Schloss, sie hörte das Starten des Motors. Der Wagen preschte los. Sekunden später quietschten die Bremsen, sie wurde nach vorn geschleudert. Kurz konnte sie einen Blick nach draußen erhaschen. Sie waren umringt von Kamelen. Der Wagen beschleunigte, sie rollte über die Ladefläche, schlug gegen die Rücktür, ein jäher Schmerz, dann spürte sie nichts mehr.

Kajalumrandete Augen, dicht über ihr. Sonst war nur schwarzes Tuch zu sehen, das das Gesicht verschleierte, darüber ein Turban. Ein in ein weites, blaues Gewand gekleideter Tuareg beugte sich über sie. Er half ihr, sich aufzusetzen, und löste das Kabel von ihren Handgelenken. Reichte ihr dann einen Beutel aus Ziegenleder, aus dem sie einen Schluck frischen Wassers trank. Er sagte etwas in Tamaschek. Sie verstand es nicht. Dann reichte er ihr die Umhängetasche. Ihre komplette Fotoausrüstung war noch da, stellte sie erstaunt und erleichtert fest. Die schwarze Schachtel mit den Filmen in der Seitentasche, das Notizbuch, Zigaretten, Bulgakow und das Gris-Gris, mit Diskette. Es fehlte nichts.

Nur von den beiden Typen und dem Postauto fehlte jede Spur. Eine Kamelkarawane zog am Ende der Straße entlang, füllte den Horizont aus. Auf den Rücken einiger Tiere schwebten, hoch aufgerichtet, Tuareg dahin.

Sie dankte ihrem Retter auf Französisch, was der nun wiederum nicht verstand. Er schwang sich leichtfüßig auf sein Kamel, das stolz mit ihm davonschritt. Ein Windstoß hob seinen dunklen Schleier, der ihr als ein letzter Gruß zuzuwinken schien.

Sie rieb sich die schmerzende Stirn. Stand leicht schwankend auf und blickte um sich. Die Autowerkstatt war noch in Sichtweite. Dort stand jetzt ein Mann an die Mauer gelehnt und kaute unbeteiligt auf einer Wurzel herum. Sie schleppte sich dorthin zurück. Er fixierte sie, angeödet, zog einen Mundwinkel hoch und spie braunen Saft in weitem Bogen in den Sand.

»Haben Sie die Männer mit dem Postauto gesehen? Die haben mich überfallen!«

Er zuckte mit den Schultern. Seine Miene verriet unendliche Langeweile.

Sie ging benommen weiter. Pochender Schmerz nagte sich von der Stirn aus weiter durch den Kopf hindurch. Ein klarer Gedanke war ausgeschlossen.

Sie stieg in ihr Auto und fuhr zu dem Hotel, das man ihr beschrieben hatte. An der Theke trank sie ein Glas Wasser, in dem sich kleine Wellen bildeten. Was hätte sie gegeben für ein Bier! Oder einen Whisky. Aber hier wachte Allah über die Tugendhaftigkeit und Drogenfreiheit. Zumindest in der Öffentlichkeit.

Sie bestellte ein Zimmer bei einem mürrischen Herrn. Der Vorraum mit der Rezeption hatte vormals hellblau gestrichene Wände, ein paar rohe Holzmöbel standen da herum, die Luft war erstickend.

Ein junger Mann im Sportsdress zeigte Ada ihr Zimmer. Er jagte in seinen Turnschuhen vor ihr die Treppe hinauf, dribbelte auf der Stelle und stellte sich vor: »Maradona!«

Dann öffnete er ihr die Tür und ließ sie vortreten.

»Luxusklasse«, bemerkte er und wies auf das löchrige Moskitonetz, das zu einem Knoten gewunden von der Decke baumelte, und nahm, weiter dribbelnd, das Trinkgeld entgegen. Sie warf sich auf die Matratze, Staubschwaden stiegen auf. Sie wickelte sich in ein stark nach Waschmittel riechendes Laken und bemühte sich lange vergeblich einzuschlafen.

Der Kopfschmerz hatte sich am nächsten Tag in einen dumpfen Druck über der Stirn verwandelt. Unter ihrem linken Auge entwickelte sich ein prächtiges Veilchen. An der rechten Schulter waren Abschürfungen, das T-Shirt klebte daran fest. Als sie sich eine Zigarette anzündete, zuckte der Schmerz von der Schulter bis in die Fingerspitzen. Leise fluchte sie vor sich hin.

Das Telefon funktionierte tatsächlich. Nach einigen schwächlichen Summlauten erreichte sie den Zuständigen des De-Boulanger-Projektes. Sie sprachen die Fotodokumentation durch. In wenigen Sätzen entwarf er ein Bild der Situation, die sie erwartete.

Eine Stunde später fuhren sie gemeinsam los. Emanuel Dossou, ein zierlicher, freundlicher Mann mit fein geschnittenen Gesichtszügen, erzählte ihr lebhaft von seiner Arbeit, während er sich blitzschnell eine Zigarette drehte.

In einem kleinen Dorf in der Nähe des Niger trafen sie die Frauen, die einen Kredit vom Projekt bekommen hatten. Respektvoll, aber herzlich wurden sie begrüßt.

»Mit dem Geld«, so erklärte Emanuel, während sie sich auf Holzschemeln unter einem Mangobaum niederließen und sich mit Wedeln aus Palmblättern frische Luft zufächelten, »ist es eine heikle Sache. Erstens hat es niemand, vor allem nicht die Frauen. Zweitens: wenn doch, dann nie lange. Auf Grund der vielfältigen verwandtschaftlichen Beziehungen sind die Leute verpflichtet, sich gegenseitig unter die Arme zu greifen. Wer mal Bargeld hat, verborgt einen Teil davon, oder er muss etwas zurückzahlen. So entsteht ein unübersehbares Geflecht von gegenseitigen Verschuldungen. Um den mittellosen Frauen dennoch einen Start zu ermöglichen, unterstützen wir wirtschaftlich sinnvolle Vorhaben mit kleinen Krediten. Das ist wirklich erfolgreich.«

Ein wenig selbstironisch lächelnd über seine Ausführungen sah er Ada an, die zuhörte, während sie gleichzeitig die Umgebung wahrzunehmen und das Licht abzuschätzen versuchte.

»Männer investieren meist in groß angelegte Vorhaben, die leicht schief gehen können, während Frauen äußerst umsichtig, aber im richtigen Moment beherzt sind. Und von früh morgens bis spät in die Nacht hinein arbeiten. Sie sind es«, erläuterte er weiter, »die die Familie ernähren, während ihre Ehemänner den Kummer über fehlende Verdienstmöglichkeiten im Palmschnaps ertränken.«

Er lächelte und drehte sich mit wirbelnden Fingern eine neue Zigarette. Dann schlug er die Beine übereinander, stützte einen Ellenbogen auf sein Knie und blies den Rauch aus. Es sah aus, als folge er mit jeder seiner Bewegungen einer Choreografie.

»Winzige Beträge werden sorgsam ins Tuch geknotet, sorgsam wird hin und her berechnet. Und dann wird auch noch eine festgelegte Summe in die Sparbüchse gesteckt, aus der investiert wird.«

Die Frauen erzählten von ihrer Arbeit. Ada fotografierte sie bei der Herstellung von Seife und Kerzen aus den Früchten des Neembaumes, beim Flechten von Grasschmuck und beim Produzieren pflanzlicher Medikamente und Farbstoffe. Emanuel übersetzte, ergänzte, und sie lachten viel.

Ada machte Fotos von der kargen Umgebung, von den Lehmhütten, von den wenigen Utensilien des alltäglichen Lebens, rußigen Töpfen, einfachen Holzmöbeln. Von der Bank, wo die Frauen ihre Kleinstbeträge einzahlten. Der Staubwind hüllte die Gegend am Rande der Sahara, in der kaum etwas zum Wachsen gebracht werden konnte, in ein trübes, trostloses Licht.

Sie wechselte den Film. Sah wieder durch den Sucher, und ihr stockte der Atem. Sie drehte am Teleobjektiv und zoomte den weißen Kastenwagen heran. Jeder Irrtum war ausgeschlossen. Die Post!

Langsam und zäh schälte sich aus nur halb Wahrgenommenem die Erkenntnis: Immer wieder das Auto der PTT! Kurz vor dem Absturz im Atakora hatte sie ein Postauto bedrängt. Hinter Djougou stand es, als der Gärtner tot in Tonis Garten lag. Auch an der Lagune, in der Haartolle trieb, hatte der PTT-Wagen geparkt.

Der Tod kam mit der Post.

Hektisch drängte sie zum Aufbruch. Emanuel sah sie erstaunt an. Dann verabschiedete er sich umgehend und wieder sehr herzlich von den Frauen. Er fragte nicht nach dem Grund von Adas plötzlicher Nervosität, begann rücksichtsvoll ein Gespräch über das Wetter. Hinter ihnen fuhr niemand her. Zumindest entdeckte Ada kein Auto mehr, sooft sie sich auch umsah.

Der Weg zurück in die Stadt führte an einem kleinen Fischerdorf am Niger vorbei. Strohhütten standen um einen Platz herum, in dessen Mitte ein großer Baobab mit ausladenden Ästen alles überragte. Ein blaues Licht ließ sie stutzen, und Emanuel Dossou bremste. Sie stiegen aus und liefen in das Dorf hinein.

»Hier gibt es doch mit Sicherheit keinen Strom«, sagte Ada.

Sie gingen auf das mysteriöse blaue Licht zu. Um einen Fernseher mit Satellitenschüssel, die an einem Ast des Baumes hing, saß das ganze Dorf versammelt. An einem Holzmast waren Solarzellen gen Süden ausgerichtet. Groß und Klein, Alt und Jung starrte auf die Mattscheibe. Ada und Emanuel Dossou stellten sich unbemerkt in die hintere Reihe und verfolgten mit den Fischerfamilien und einigen Tuareg-Nomaden, deren Kamele in der Nähe Gras zupften, eine Folge von *Dallas.* Als kurz darauf in den Nachrichten von der Unterschlagungsaffäre in Cotonou berichtet wurde, schalteten sie ab.

Ada erwachte von einem Hustenanfall und scheußlichem Durst. Der Harmattan machte sich bemerkbar, reizte alle Schleimhäute, drang in jedes Fältchen, trocknete alles aus. Ihre Haut war wie ausgedörrt, papieren, die Haare strohig. Dazu nahm das Veilchen unter dem Auge eine lila Färbung an. Ein Schleier hat schon was für sich, murmelte sie resigniert, als sie in den Spiegel sah.

Der Meinung waren offenbar auch die im Hotel anwesenden Herrschaften – Handlungsreisende und die örtlichen Honoratioren –, die sich zum morgendlichen Tee trafen. Sie würdigten die allein reisende Weiße keines Blickes, begannen aber misstrauisch zu tuscheln, sobald sie nicht zu ihnen hinsah. Draußen waren nur wenige Frauen zu sehen, die tief verschleiert vorbeihuschten.

Heute war Freitag, sie konnte den geliehenen Wagen erst am nächsten Tag wieder zurückgeben. Sich hier noch länger aufzuhalten, war wenig reizvoll. Sie schaffte es nicht, sich auf *Der Meister und Margarita* zu konzentrieren. Ada schlug das Buch wieder zu und beschloss, die Zeit zu nutzen, um einen kleinen Abstecher zum Niger zu machen.

Alte Männer in weißen Gewändern hockten am Wegesrand auf den Fersen und blickten irgendwohin, in die Ferne oder in die Vergangenheit. Der Sand wehte über sie hinweg, hüllte sie ein. Eine alte barfüßige Frau schleppte einen aufgeschnittenen Plastikbenzinkanister auf der Schulter den heißen Weg entlang. Bei jedem Schritt schwappte gelblichbraunes Wasser heraus und lief ihr über die Brust.

In der Nähe des Flussufers stieg Ada aus und betrachtete die Landschaft. Kahl und leer bis zum Horizont. Ein einzelnes kleines Bäumchen in der rissigen Erde wirkte wie der letzte Überlebende einer ausgerotteten Art. Ein junges Mädchen in einem zerfetzten Kleid und mit langen Zöpfen lief in die Ebene hinein. Beim Laufen schwang sie einen Holzstab. Sie lief immer weiter, als wolle sie es bis zum Horizont schaffen, machte große, unregelmäßige Sprünge. Jetzt kam eine Frau angehumpelt. Ihr Alter ließ sich schwer schätzen, so schnell, wie sich hier die Lebenskraft verbrauchte. Sie schleppte ein Bündel trockener Äste auf dem Rücken. Neben Ada angekommen, setzte sie es ab und bedeutete ihr mit Gesten, dass sie eine Säge benötige. Sie wollte anscheinend ihre Äste für das Feuer klein machen. Ada sah nach, und siehe da, im Auto fand sich eine. Sie holte noch ihre Zigaretten heraus und steckte sich eine an.

Als sie wieder hochsah, war der letzte Baum abgesägt. Gebückt schlurfte die Frau heran, das Bäumchen im Schlepptau, gab Ada die Säge zurück und bedankte sich überschwänglich.

Nach kurzer Fahrt erreichte sie das Ufer des Niger.

Der gewaltige Strom floss träge und unbeeindruckt von menschlichen Sorgen durch verbrannte Steppe und menschenleere Wüste, vorbei an den stinkenden Abfallbergen überquellender Großstädte und den Lehmhütten der Fischerfamilien, deren Fang an Leinen getrocknet im Wind klapperte.

Wasservögel flogen kreischend auf, es duftete frisch und war angenehm kühl. Das Licht, hellgelb-golden, war von einer unglaublichen Intensität. Elefanten und Antilopen kamen zum Trinken an den Fluss. Ziegen standen bewegungslos am Ufer herum und glotzten. Ob sie in die Zukunft blickten? Tabaski stand kurz bevor, das Opferfest, und damit das Ende ihres kurzen Lebens.

Urplötzlich sah sie die neuen Konturen in ihrem Leben. Wie bei einem Foto im Entwicklungsbad kamen langsam die Einzelheiten zum Vorschein, gewannen an Schärfe. Vorbei die Zeit der unbeteiligten Distanz. Irgendwie tat es ihr auch ein wenig Leid. Und anstrengend würde es auf jeden Fall werden. Bei dem Gedanken musste sie lachen. Eigentlich fühlte sie sich eher leichter und wie von einer Last befreit.

Das Licht wechselte von Gold über Rosarot zu Dunkelrot. Die Landschaft ringsum glühte. Die Sonne schickte sich an, hinter dem Baobab am Ufer zu versinken.

Als sie zum Auto zurückkam, klebte an der Windschutzscheibe ein Lappen. Rot. Möglich, dass jemand ein wenig Geld verdienen wollte und begonnen hatte, den Wagen zu putzen. Sie setzte sich hinters Steuer und stellte die Scheibenwischer an, die den roten Lappen erfassten und mit ihm den Staub und den Sand hinwegwischten. Sie folgte ihm mit den Augen. Wie bei ihrem Autounfall, ein blutroter Fetzen an der Windschutzscheibe. Ein rotes Stoffstück reichte ihr ein Unbekannter, als sie bei der Explosion verletzt wurde. Ein rotes Tuch lag nach Haartolles Besuch in ihrem Zimmer.

Das rote Tuch. Oros Symbol. Der rote, blutige Fetzen, der als Einziges übrig bleibt, wenn Oro die holt, die sich nicht so benehmen, wie er das für richtig hält.

Warnungen? Drohungen!

27

Als sie am nächsten Tag das geliehene Auto zurückbrachte, stand ein dunkler Peugeot vor dem Verwaltungsgebäude des Projekts. Tom? Gerade wollte sie die Tür öffnen, da wurde sie von innen aufgestoßen, und er stand da. Sie fielen sich in die Arme.

»Endlich! Es tut mir Leid, ich habs nicht geschafft, rechtzeitig in Kouandé zu sein!«

»Ja, das ist mir aufgefallen. Was war denn los?«

»Eine Unterschlagungsaffäre im Ministerium. Meine Londoner Redaktion wollte, dass ich recherchiere.«

»Ah ja.« Ihr fiel wieder ein, wie er schon bei ihrem ersten Gespräch immer wieder von »keine Zeit« geredet hatte.

»Ich habe überall herumtelefoniert, um dich zu benachrichtigen. Aber ...« So einem Lächeln war wirklich schwer zu widerstehen. »Ich musste ein Interview mit Monsieur Diallo machen, du kennst ihn ja. Eine ganz heiße Geschichte, zumal die Pariser Bank, die BIC, zu keinen Kompromissen mehr bereit ist. Erzähl ich dir alles noch ausführlich. Als ich dann drei Tage später in Kouandé ankam, warst du natürlich schon weg. Ich habe mit Klaus gesprochen, er hat mich an Amadou verwiesen, und dann habe ich von all diesen Dingen gehört.« Besorgter Blick, registrierte Ada.

»Neulich im La Verdure habt ihr von einer Explosion im Fotolabor erzählt, gerade als du die Fotos abholen wolltest. Und jetzt dein Unfall, gleich darauf dieser Einbruch. Wie kann das sein? Kannst du mir das alles nicht mal erklären?«

Neulich im La Verdure? Ada musste lachen. Das war doch schon ein halbes Leben her. »Kann ich, aber in Ruhe.«

Kurz entschlossen warf sie ihre Umhängetasche in seinen Peugeot. Sie übergab die Wagenschlüssel einem der Mitarbeiter des Projektes und ließ Grüße an Klaus ausrichten. Der Wagen war voll getankt, gewaschen, und auf dem Rücksitz lag eine Flasche französischer Rotwein als Dank für die großherzige Hilfe.

Als wären sie seit Jahren vertraut, setzten sie die Reise gemeinsam fort. Sie fuhren nach Natitingou: Tom zu einem Interview, sie, um ihre Bilder im libanesischen Fotoladen abzuholen.

Ada setzte sich in eine Bar und stellte fest, dass die Aufnahmen der Papiere aus dem braunen Umschlag viel zu dunkel geworden waren. In Cotonou im Labor würde sie neue Abzüge machen, um mehr aus den Negativen herauszuholen. Aber der dritte Mann war sehr gut getroffen, sicher wäre er zufrieden damit. Das rosa Seidenhemd saß hauteng an der hageren Gestalt, in der Sonnenbrille spiegelte sich das Gesicht von Robert. Der schmale Goldring am kleinen Finger blitzte im Licht.

Später holte Tom sie wieder ab. Er sah sie an, und ihr wurde ganz leicht zu Mute.

»Ich kenne einen Wasserfall hier in der Nähe, hast du Lust hinzufahren? Es gibt dort auch ein Restaurant, wir könnten etwas essen und vielleicht sogar übernachten.«

Ada nickte nur.

Ganz schön lang, fünfzehn Kilometer in unwegsamem Gelände. Es wurde später Nachmittag, als sie die Kota-Wasserfälle erreichten. Sie liefen unter hohen Schirmakazien auf eine Ansammlung roter Lehmhäuser zu, die mit Raphiapalmwedeln gedeckt waren. Kinder standen um einen kleinen Drahtverhau, in dem ein silbrig glänzendes, geflecktes Huhn auf und ab stolzierte.

»Das ist Mathilde«, erklärten sie und warfen dem Huhn Körner zu. Ada und Tom blieben eine Weile stehen und lachten mit den Kindern, die mit abgespreizten Armen den Gang des Huhnes zu imitieren versuchten.

An einer Holzhütte, die wohl in ihrem Leben noch nie mit Farbe verwöhnt worden war, stand »Restaurant«. »Aber sicher können Sie hier essen«, beeilte sich der freundliche Wirt zu versichern. »Was darfs denn sein?«, fragte er, als gäbe es eine seitenlange Speisekarte.

»Was haben Sie zu bieten?«, fragten sie zurück

»Perlhuhn.«

Begeistert stimmten sie zu und ließen sich an einem der einfach gezimmerten Holztische unter freiem Himmel nieder. Der Wirt kam zu ihnen herüber:

»In drei oder vier Stunden ist das Essen bereit.«

»Wunderbar!« Sie ließen sich ihre Enttäuschung nicht anmerken. Hinter dem Haus begann ein schmaler Trampelpfad. Sie kletterten mit knurrendem Magen über Steine und Felsvorsprünge, liefen durch hohes Elefantengras und duftende, weiß blühende Büsche. Hinter sich das Lachen der Kinder. Die hatten Mathilde verlassen und waren neugierig den Besuchern gefolgt.

Hinter einem Hügel blieben sie stehen, überwältigt. Ein Wasserfall rauschte vom Felsen in einen kleinen, stillen See inmitten des blühenden Dschungels. Das Paradies!

Sie kletterten den Felsen hinauf. Oben lag ein weiterer, grün schimmernder See vor ihnen. Sie zogen sich aus und sprangen in das kühle Wasser. Schwammen nebeneinander. Es duftete frisch, irgendwo zwitscherten Vögel. Dann begann Tom, leise zu singen, dicht neben ihr, ein französisches Chanson von der Nachtigall. »Chante, rossignol, chante!« Das Wasser war klar und tief. Sie legten sich auf den Rücken, ließen sich treiben, sahen in den weiten Himmel.

Später saß sie am Ufer, sah zu, wie er aus dem Wasser stieg, betrachtete seinen Körper, seine Bewegungen. Er lachte, griff ihr ins Haar und bog ihren Kopf zurück, küsste sie auf den Mund.

Das Wasser auf der Haut war längst getrocknet, als ihr einfiel, dass sie weder an Giftschlangen noch an die neugierigen Kinder gedacht hatte.

Als der Wirt rief, war es schon dunkel. Sie aßen zähes Fleisch in Sesamsoße.

»War wohl schon etwas betagt, das Perlhuhn.« Ada lachte vergnügt.

Später richteten sie sich im Auto für die Nacht ein. Sie horchten ins Dunkel. Irgendwo heulte ein Schakal, Tom glaubte, einen Löwen brüllen zu hören. Sie verschlossen die Fenster bis auf einen schmalen Schlitz, vergaßen die wilden Tiere und liebten sich lange und ausgiebig. Im Morgengrauen schliefen sie eng aneinander geschmiegt ein.

Gegen Mittag saßen sie, noch beim Frühstück, mit der Familie des Wirtes zusammen. Ein kleines Kind krabbelte vor ihnen im Sand. Sie sprachen nicht viel. Ein schwereloses Gefühl von Harmonie und Ausgeglichenheit lag über allem. Durch das Blätterdach schimmerte mild die Sonne. Von ferne hörten sie das leise Rauschen des Wasserfalls. Die Webervögel lärmten in den Zweigen. Alles war an seinem Platz, hatte das richtige Maß, die richtige Stimmung. Alles war, wie es sein sollte. Als sie abfuhren, winkte ihnen die Familie lange nach.

Die Kinder am Dorfrand spielten mit einem Gecko. Mathilde fehlte.

28

Auf der Weiterreise schaukelte das Gris-Gris wie gewohnt am Rückspiegel. Sie übertrafen sich gegenseitig auf der Suche nach dem Passwort. Ada fing an, die Vorschläge auf einem Zettel zu notieren.

Während der Fahrt loderten Flammen in bedrohlicher Nähe auf. Buschbrand. Weite Flächen waren verkohlt. Überall züngelte und knackte es in den Büschen. Beißender Rauch drang ins Auto.

»Brandrodung, die übliche Methode der Landgewinnung. Ganz schön gefährlich!« Ada sah aus dem Fenster.

»Das wird das Hauptproblem schon in allernächster Zukunft, der Kampf um fruchtbaren Boden«, prognostizierte Tom.

Als sie auf das verlassen wirkende Gelände des Teakholzprojektes rollten, fühlte Ada Beklemmung in sich aufsteigen. Doch zu ihrer grenzenlosen Erleichterung trat Toni Geiger aus dem Haus. Höchst lebendig und schwer verkatert. Seine geröteten Augen waren verquollen, und die hängenden Schultern ließen ihn um ein paar Jahre gealtert erscheinen.

»Halloo!«, begrüßte er sie erstaunt. »Wo kommst du denn her, meine Lebensretterin? Und heute in Herrenbegleitung!«

Wie nicht anders zu erwarten, musste das zunächst begossen werden. Sie nahmen auf den Teakholzgartenstühlen vor dem Haus Platz und stießen mit Whiskey an.

Ada herrschte ihn an: »Wo hast du gesteckt? Was war hier los? Wo ist dein Gärtner?«

Toni, der sich schon wieder nachgoss, nicht zu knapp, meinte mürrisch: »Was für 'n Gärtner? Nie einen gehabt. An meine Pflanzen lass ich keinen ran.«

»An dem Tag, als ich hier übernachtet habe, wo warst du da am nächsten Morgen?«

»Ich bin eben weggefahren. Nach Natitingou.«

Sie beugte sich vor und funkelte ihn an. »Sag endlich, was wirklich war!«

»Also« – mit einer Mischung aus Märtyrermiene und Zerknirschung sah er sie an –, »schon in aller Frühe bin ich zu mir gekommen, ich hatte ja ordentlich einen geladen. Mir fiel der Skorpion ein, da konnte ich nicht mehr schlafen. Ich war vollkommen durcheinander. Irgendwie bin ich in Panik geraten, grundlos. Dann bin ich einfach ins Auto gesprungen und losgefahren. Ich weiß, ich hätte dir Bescheid sagen müssen. Ich bin nach Nati, da kenn ich so ein Haus, da gibts Frauen … Oje!« Er trank und sah gequält zu Ada hinüber.

»Mein Gott, bin ich in Nati versackt, drei Tage nicht mehr aus dem Haus da rausgekommen.« Jetzt schielte er zu Tom herüber, als könne vielleicht wenigstens er ihn verstehen. Männersolidarität.

Tom schaltete sich ein: »Und Sie vermissen niemanden hier bei sich?«

»Nein, wieso? Wen vermissen?« Toni schaute immer noch aus der Wäsche, als würde man ihn martern und solle jetzt endlich damit aufhören. »Hier herrscht ein Kommen und Gehen. Viele sind Wanderarbeiter, die kommen mal vorbei, mal wandern sie weiter.«

Ada sah Tom viel sagend an.

Dann sagte sie zu Toni gewandt: »Du hast mir doch von diesen Unterlagen erzählt. Ich hab den braunen Umschlag aus deinem Schreibtisch mitgenommen. Aus Versehen, auch in Panik. Aber nicht grundlos, denn hier schlich so ein Kerl mit Pistole herum.«

»Was? Ich versteh kein Wort! Warst du etwa noch beduselter als ich? Kerle mit Pistolen. Ha!« Er stieß den Zigarettenrauch durch die Nase aus. »Ich hatte nie braune Umschläge, hab nur weiße. An dem Abend hab ich bestimmt lauter dummes Zeug geredet. Wollte mich wichtig machen, bei dir ankommen. Alles Quatsch!«

Er stand auf, lief umher, leerte ein Glas nach dem anderen.

Später lud er sie noch zum Essen ein, ganz galanter Gastgeber, wie beim letzten Mal. Aber alles war überschattet von seinem merkwürdigen Verhalten, seinem Schweigen, seinen Lügen. Ein vernünftiges Gespräch kam nicht mehr zu Stande. Er legte sich dann bald schlafen.

Ada schlief mit Tom im Gästezimmer.

Früh am nächsten Morgen verabschiedeten sie sich von Toni. Kurz mit ihm allein, versuchte Ada noch, irgendetwas Wahres aus ihm herauszukitzeln. Aber er blieb verschlossen.

»Er hat Angst«, stellte Ada fest, als sie weiterfuhren.

»Ja, aber wovor?«

Sie folgten Tonis Wegbeschreibung und fuhren zu einer Teakholzanpflanzung.

Ada fotografierte die Schonung im Morgenlicht. Die Rinde leuchtete hell, die Blätter fächerten das Licht, und es roch durchdringend nach dem ölhaltigen Holz.

Durch die Zweige hindurch machte sie Aufnahmen von den zarten Bäumchen. Einen kräftigen Stamm fotografierte sie von unten herauf in den Himmel. Auf dem Sandweg zwischen all dem Grün porträtierte sie Holzarbeiter, die Zigaretten mit ihnen rauchten und gerne mit ihren Äxten posierten. De Boulanger würde zufrieden sein.

Später nahm sie noch auf, wie ein hoher Baum gefällt wurde. Krachend und kleinere Bäume mit sich reißend ging er zu Boden. Das Licht war grün, helle Strahlenbündel fielen durch die Zweige. Trotz der drückenden Hitze erweckte das Wäldchen ein Gefühl von Frische. Eine Stimmung wie ein Versprechen auf eine lohnenswerte Zukunft. Sie wollte, dass genau das auf ihren Bildern zu sehen sein würde.

29

Bunt und kreischend empfing sie der Hexenkessel der Großstadt. Auslandspresse und einheimische Tageszeitungen überschlugen sich. »Millionen veruntreut«, wurde getitelt. Die Pariser Banque Internationale de la Coopération drohte mit dem kompletten Einfrieren aller ausstehenden Gelder, wenn der Skandal nicht umgehend aufgeklärt werde. Tom stürzte sich ins Getümmel.

Ada warf ihre Ledertasche im Hotel de la Plage aufs Bett. Ihr Freund, der Gecko, nickte aufgeregt zur Begrüßung, bevor er davonschoss, um sich zur Feier des Tages seinen Festtagsbraten, einen dicken Falter, zu schnappen und einzuverleiben.

Als Erstes rief sie bei de Boulanger an. Nach Paris, auf Dienstreise, lautete die knappe Information seiner Sekretärin, deren Art, nie ein Wort zu viel zu sagen, Ada inzwischen sattsam bekannt war.

Sie wälzte das Telefonbuch. Ging die lange Liste der de Souzas durch. Rief an, fragte, wen immer sie erreichen konnte, nach Elise. Niemand hatte etwas von ihr gehört. Sagten sie. Von Lazare wusste man nur, er sei verreist. Wohin, wie lange? Die Familienmitglieder übertrafen sich gegenseitig mit vollkommen gegensätzlichen Behauptungen.

Ada lief durch Cotonou. Lief durch die Straßen und grübelte.

Irgendwann setzte sie sich auf die hell erleuchtete Terrasse eines kleinen libanesischen Restaurants, zwang sich zur Ruhe und beobachtete das Straßenleben. Über ihr baumelte eine Girlande bunter Glühlämpchen. Wie an fast jeder Straßenecke stand auch hier ein Kickerautomat, an dem ausgelassene Halbwüchsige herumsprangen. Auf dem Buffet warteten süß-sauer eingelegte Fische, schwarze Oliven, in Knoblauch gedünstetes Gemüse und knusprig gebackene Krustentiere. Ada konnte sich nicht dazu durchringen, etwas zu essen, trank nur Weißwein. Sie war mitten im verrufensten Stadtviertel von Cotonou. Die Ladys vom Lustgewerbe schwärmten um die Gaslaternen herum, und eine versuchte, auch Ada abzuschleppen.

»Du wirst Wunderbares erleben! Dinge, von denen du nie zu träumen gewagt hast«, versicherte ihr die langhaarige Schönheit mit kokett aufgeworfenen grellrosa Lippen glaubhaft.

Vor einem heruntergekommenen, unzweifelhaft zweifelhaften Etablissement auf der gegenüberliegenden Straßenseite provozierten unzureichend bekleidete junge Frauen die vorwiegend männlichen Passanten. Eine temperamentvolle, kurvenreiche Dame im hautengen, weißen Minikleid fand besonders regen Zuspruch. In schnellem Takt bat sie ihre Kunden ins Haus, die schon nach wenigen Minuten fröhlich weiter die Straße hinunterschlenderten. Aus der Nachtbar nebenan drang ohrenbetäubende Diskomusik. Neonlicht flackerte aus der offenen Tür.

Da sah sie Johannes. Er hielt eine in ein orangefarbenes winziges Etwas gezwängte große und stämmige Person umklammert, die sich schlangengleich wand und ihre Zähne dicht bei seinem Hals fletschte, als wollte sie ihm gleich das Blut aussaugen.

An der Tür ließ er sich noch einen Kugelschreiber reichen, um eine Strichmarkierung auf dem Etikett der Johnny-Walker-Flasche zu hinterlassen. Dann gab er sie dem Einlasser zurück. Später oder ein anderes Mal würde er sie weitertrinken und vorher kontrollieren, ob kein Schluck fehlte. Er schwankte etwas, hielt aber dennoch seine Beute mit festem Genickgriff und beförderte sie in ein Taxi.

Die Luft stand im Hotelzimmer, schwer und drückend. Nach den Berechnungen des vorausschauenden Vodoumanns aus Léma blieben knapp zwei Wochen. Zwei Wochen, »bis alles entschieden ist«. Was immer das heißen mochte.

Ada hatte nicht die geringste Ahnung, was sie tun könnte. Der Gecko hing solidarisch missmutig an der Wand herum und ließ trübsinnig den Kopf hängen.

Monsieur Alphonse schwenkte wild die Arme, sein Gesicht verhieß, dass er höchst Wichtiges zu melden habe. Sie ging zu ihm.

»Was gibt es?«

Er kratzte sich am Hals, verdrehte die Augen und wiegte bedenklich den Kopf hin und her. Endlich rückte er mit der Sprache heraus: »Sie sollen sich im Kommissariat melden, sofort.«

Genau dazu hatte sie sich entschieden.

Jean-Claude Boya empfing sie wieder mit der kühlen Ausstrahlung eines Mannes, der sich der Tragweite seiner Entscheidungen bewusst ist. Sein grauer Anzug, offensichtlich von einem hervorragenden Schneider, harmonierte ausgezeichnet mit seiner mattglänzenden, schwarzen Haut. Wurden die Beamten neuerdings so großzügig entlohnt? Oder hatte er seine eigenen, ganz speziellen Arbeitsmethoden, überlegte sie, während sie seine goldene Armbanduhr betrachtete.

Mit distanzierter Höflichkeit wies er sie an, auf dem Besucherstuhl Platz zu nehmen.

»Ich hatte Sie eigentlich schon eher bei mir erwartet«, sagte er und zog die Augenbrauen hoch, um den verdeckten Tadel deutlich zu machen.

Das Gespräch fängt ja gut an, dachte Ada. Oder war es ein Verhör?

»Welche Rolle spielen *Sie* eigentlich hier?« Misstrauisch sah er sie an, und seine Augen wurden schmal. »Bei unseren Untersuchungen stoßen wir immer wieder auf Ihre Spur. Haben Sie eine Erklärung dafür?« Wieder ohne eine Antwort abzuwarten, fuhr er fort: »Die Leiche in der Lagune war ein Bekannter von Ihnen. Warum haben

Sie sich nicht sofort an uns gewandt? Oder haben Sie vielleicht die Absicht, ähnlich zu enden? Man hat Sie dort gesehen, an der Lagune. Nichts bleibt hier unbemerkt, zumindest nichts, was *yovo*s betrifft. Weiße, Europäer und Amerikaner«, fügte er hinzu, als hätte sie nicht verstanden. Er klopfte mit dem Bleistift, den er die ganze Zeit in der Hand gedreht hatte, ungeduldig auf der Schreibtischplatte herum.

»Eine weiße Leiche ist eine besondere Leiche. Was das für einen Wirbel verursacht hat! Alle standen hier im Büro und verlangten Aufklärung. Das Telefon ging pausenlos. Die Deutsche Botschaft, Regierungsvertreter … Ein Haufen Ärger.« Er sah aus dem Fenster, als wäre von dort noch weiterer Ärger zu erwarten. Aber dort stand nur eine einzelne Palme und ließ ihre Blätter hängen. Kein Windhauch bewegte die lastende Mittagsglut. Nachdenklich klopfte er nun mit dem Bleistift an seinen makellosen Vorderzähnen herum.

»Heutzutage findet man an jeder Straßenecke Männer, die für ein paar Dollar zu allem bereit sind. Und bei den tausenden von Leuten ohne festen Wohnsitz den aufzuspüren, der unseren Freund in die Lagune befördert hat … keine einfache Aufgabe, wie Sie sich vorstellen können.«

»Warum ist er ermordet worden? Oder war es vielleicht Selbstmord?«

Boya sah sie an, als hätte sie einen geschmacklosen Witz gemacht. »Unwahrscheinlich, dass sich einer selbst ein Fleischermesser vom Dantokpa in den Rücken stößt.«

»Das wusste ich nicht!«

Er kniff wieder die Augen zusammen und fixierte Ada. »Nein? Sie wissen wohl überhaupt nichts? Erzählen Sie mir von Arthur Marquardt!«

»Arthur Marquardt? Wer ist das?«

»Ich bitte Sie! Der Mann in der Lagune. Wo und wann haben Sie ihn zum ersten Mal gesehen? Berichten Sie von Anfang an.«

»Ach so!«, entgegnete sie verblüfft. »Haartolle hieß also Arthur Marquardt.«

»Haartolle?« Der sonst so besonnene Boya drohte die Contenance zu verlieren.

»Also gut, ganz von vorn«, begann Ada zur sichtlichen Befriedigung Boyas, der sich zurücklehnte, sie aber keinen Moment aus den Augen ließ.

»Diesen Menschen, der sich so sorgfältig seine letzte Haarsträhne über die Glatze drapiert hatte, Herrn Marquardt also, habe ich zum ersten Mal in einem Restaurant beobachtet, wenige Tage nach meiner Ankunft hier. Einen Tag später, im Ministerium für Kultur und Zusammenarbeit, ist er mir auf dem Flur begegnet. Nicht lange danach saß er nachts unangemeldet auf meinem Bett im Hotelzimmer, hat mit seinem Schnappmesser vor mir herumgefuchtelt und den Film verlangt, den ich in der Champagner-Bar aufgenommen hatte. Das habe ich Ihnen ja schon erzählt. Kurz darauf sah ich ihn in der Lagune schwimmen. Das ist alles. Nein, halt! An dem Tag, als das Fotolabor in die Luft geflogen war, hat er versucht, mich telefonisch zu erreichen. Allerdings wusste ich damals nicht, dass es sich um ihn handelte, weil mir ja bis heute der Name nicht bekannt war. Für mich war er eben Haartolle.«

Bei der neuerlichen Erwähnung dieses Namens wurde Boya sichtlich ungehalten.

Nachdenklich ergänzte Ada: »Als Patrick de Souza ermordet wurde, stand ein Weißer in der Tür der Champagner-Bar. Später fiel mir ein, dass er das gewesen sein kann. Möglicherweise.«

Sie zog ihre Tasche zu sich heran, holte das Foto heraus, auf dem der sorgfältig gekleidete dünne Mann aus Dassa zu sehen war, und reichte es ihm. »Sagt Ihnen dieser Mensch etwas?«

Befriedigt stellte sie fest, dass der eben noch so kühle Boya in helle Aufregung geriet. Er erhob sich sogar halb vom Stuhl.

»Wo haben Sie dieses Foto gemacht?«

Sie erzählte ausführlich, wie es zu der Aufnahme gekommen war und was sie auf der Terrasse der Auberge von Johannes, Robert und dem unbekannten dritten Mann gesehen und gehört hatte. Dann fuhr sie mit dem Bericht ihrer Erlebnisse in Djougou bei Toni Geiger fort, schilderte, wie sie den Toten im Garten gefunden hatte, der später wieder verschwand, erzählte von dem braunen Umschlag mit den angeblichen Lageskizzen einer Goldader, dem Heiler und dem Streit der Blaublütigen. Vom Zettel, Mathieus Garage, Rue des Martyres. Wie Namen doch oft passten. Sie schilderte ihm den Überfall.

Boya hörte scheinbar gelassen, aber höchst aufmerksam zu, hob dann den Telefonhörer ab und begann schnell und konzentriert auf Fon hineinzusprechen.

Dann sagte er zu Ada: »Madame, diese Geschichte mit dem Gold und dem mysteriösen braunen Umschlag ist immens wichtig. Der Mann, den Sie fotografiert haben, und Ihre Freunde könnten durchaus etwas mit dem Mord an Marquardt zu tun haben.«

»Johannes Berger und Robert Duchamp – mit einem Mord?«

»Wir werden sehen. Falls Sie sich mit Ihren Freunden« – er betonte es sarkastisch – »treffen, lassen Sie sich auf gar keinen Fall etwas anmerken. Tun Sie so, als wüssten Sie von nichts. Das können Sie ja.« Er beugte sich etwas zu ihr vor. »Sie ahnen gar nicht, was Sie für ein Glück gehabt haben! Die große Karawane führt nur einmal im Jahr durch die Sahara. Dass Sie ausgerechnet da hineingeraten sind, hat Ihnen vermutlich das Leben gerettet. Den dünnen Mann mit dem Postauto, den Sie fotografiert haben, kennen wir schon seit langem. John Johnson, Nigerianer. Experte für Gold, Waffen und lautlosen Mord. Genickbruch ist seine Spezialität. Vielleicht kapieren Sie jetzt, mit wem Sie es zu tun haben!«

Sie bestätigte es mit einem Nicken.

»Ich hoffe doch sehr, dass Sie sich in Zukunft aus allem heraushalten! Wir werden uns um alles Weitere kümmern.«

Das hatte sie doch schon mal gehört – wir kümmern uns schon um alles Weitere –, damals aus dem Munde von Monsieur Diallo.

Plötzlich packte sie ein böser Verdacht: Wenn nun der smarte Diallo mit Boya unter einer Decke steckte?

»Gibt es eine Spur des Mörders von Patrick de Souza?«

»Madame, wir arbeiten daran.«

»Und Elise de Souza? Niemand weiß, wo sie ist.« Drängend fügte sie hinzu: »Ich muss sie finden.«

»Sie müssen überhaupt nichts, Madame! Die Toten in diesem gefährlichen Spiel sind manchmal auch weiß. Vergessen Sie das bitte nicht, und halten Sie sich von dieser Familie lieber fern!«

Zum Glück hatte sie die Diskette noch nicht erwähnt. Sie traute ihm nicht. Nicht mehr.

»Aber ich weiß doch, dass John Johnson, dieser Killer und sein hässlicher kleiner Schatten Elise suchen! Die wollen sie doch sicher genauso umbringen wie ihren Cousin!« Ada wurde immer lauter.

Boya sah sie nachsichtig an, erhob sich, nahm galant, aber bestimmt ihren Arm und führte sie zur Tür.

»Machen Sie sich keine Gedanken. Wir kümmern uns darum.«

Schon wieder dieser Satz.

»Wir werden regelmäßig Kontakt zu Ihnen aufnehmen. Bleiben Sie in der Stadt«, warnte er noch, schob sie fast hinaus und winkte kurz mit der Hand, wie um sie wegzuscheuchen.

30

Jean-Claude Boya setzte sich an den Schreibtisch. Er klopfte rhythmisch auf die Tischplatte, eine Melodie, die ihm schon seit Tagen nicht aus dem Kopf ging. Er versuchte, sich zu sammeln, blickte aus dem Fenster. Dann stand er auf, ging zur Tür. Überlegte es sich anders, setzte sich wieder und griff zum Telefonhörer. »Guten Abend. Capitaine Boya hier, Police Judiciaire. Verbinden Sie mich bitte mit Monsieur Diallo. Danke, ja ich warte.« Konzentriert hielt er den Hörer ans Ohr. Dann berichtete er ausführlich.

Es war spät geworden, alle außer ihm waren nach Hause gegangen. Er kam sich in dem kleinen Raum vor wie auf einem Schiff, das auf dem Meer einsam durch die Nacht dümpelt. Diese Stimmung liebte er, Ideen kamen dann von selbst. Auf ein Blatt Papier schrieb er eine Liste von Namen. Arthur Marquardt, Toni Geiger, Robert Duchamp, Johannes Berger, John Johnson. Dann fügte er hinzu: Die Glele-Könige und Oumarou, der Heiler von Kouandé. Er setzte den Namen Ada Simon noch daneben, versehen mit zwei Fragezeichen. Dann strich er Arthur Marquardt.

Als das Telefon schrillte, nahm er sofort ab, als hätte er das Klingeln vorausgeahnt.

»Mein lieber Freund.« Noch nie hatte Diallo ein Gespräch so begonnen. »Wie es aussieht, hat Arthur Marquardt diese Unterlagen über die Goldfunde im Atakora im Ministerium kopiert. Eine unglaubliche Angelegenheit. Das hat natürlich ein Nachspiel. Wie die Unterlagen dann von ihm ausgerechnet zu Geiger gelangt sind, ist noch unklar. Vielleicht hat der sie ihm abgekauft, um sich von dem Gold einen eigenen Harem zu finanzieren. Aber dann kam John Johnson und hat ihm gezeigt, wie es enden kann, wenn man allzu eigenmächtig handelt. Der Mord an dem Wächter war eine letzte

Warnung an Geiger, und die Leiche hat er dann verschwinden lassen. Vermutlich wieder ein Fall Kodé.«

»Gut möglich.« Boya wusste, was er meinte. Das heilige Krokodil von Kodé. Immer hungrig. Perfekt, um jemanden spurlos verschwinden zu lassen. Er strich auch den Namen Toni Geiger von der Liste.

»Geiger wird jedenfalls seinen Whiskyvorrat aufstocken und sich nie wieder mucksen.«

Jean-Claude Boya traute seinen Ohren nicht. Dieser sarkastische Tonfall und solch eine laxe Ausdrucksweise! Ein anderer Diallo. Was hatte ihn so verändert?

»Gut möglich, dass John Johnson den braunen Umschlag dann in Kouandé gefunden hat. Jetzt ist die Frage, was er damit vorhat. Wir müssen abwarten und ihm auf der Spur bleiben. Nicht einfach. Der Mann ist gefährlich und schwer zu beschatten.«

Boya fiel schlagartig die drohende Versetzung ein. Wenn dieser Fall solche Ausmaße annahm, mussten Ergebnisse her, die Ermittlungen durften nicht mehr weiter ins Leere laufen. Er legte den Hörer auf und sah lange vor sich hin.

Dann brütete er wieder über seiner Liste. Von Arthur Marquardt zog er eine Linie zu Geiger, von ihm zu John Johnson. Der Weg des braunen Umschlags.

Als wieder das Telefon durch den stillen Raum schrillte, war er noch so in Gedanken versunken, dass er regelrecht zusammenfuhr.

»Was? In Ordnung. Bin sofort da.«

Das billige Hotel in Cadjehoun war gar nicht weit weg von seiner Wohnung. Grace Jones röhrte aus den Lautsprechern der kleinen Bar davor, im flackernden Licht der Petroleumlampen redeten und lachten ein paar Männer und Frauen.

Er ging hinein. Ein Uniformierter lehnte an der Rezeption und rauchte eine Zigarette. Als er Boya ankommen sah, trat er die Kippe auf dem von Sägespänen bedeckten Fußboden aus und bedeutete ihm mit ehrerbietiger Geste zu folgen. Es roch durchdringend nach einem Desinfektionsmittel. Der Polizist war so groß, dass er sich bücken musste, um durch die Tür zu treten.

Boya folgte ihm in das schäbige Zimmer. Von der Decke baumelte eine nackte Glühbirne. Der Arzt war über das Bett gebeugt, richtete sich jetzt auf und wandte sich ihm zu.

Die beiden Männer begrüßten sich kurz. Sie schätzten sich gegenseitig, hatten aber nur gelegentlich beruflich miteinander zu tun.

»Ein grässlicher Anblick, so etwas habe ich lange nicht mehr gesehen.«

Der Körper lag gekrümmt auf der Seite, die Beine angezogen wie ein Fötus. Der Kopf fehlte. Blut überall, das Laken rot durchtränkt, auf dem Fußboden eine große Lache.

Er blickte den Arzt an. »Was meinen Sie?«

»Oro«, antwortete der tonlos. »Vielleicht ergibt die Obduktion noch etwas.«

Der lange Polizist bückte sich, sah unter das Bett, stöhnte kurz auf und rannte würgend aus dem Zimmer. Von draußen hörte man ihn sich übergeben. Boya betrachtete den Fund. Unter dem Bett lag der bleiche Kopf, sauber abgetrennt, die Haare blutverklebt.

Von der Bar her drang das aufgekratzte Lachen einer Frau zu ihnen herein. Der Polizist war in das Zimmer zurückgekehrt, noch grünlich im Gesicht. Er riss sich zusammen, zückte eilfertig seinen Block und nahm das Protokoll auf:

Montag, 18.12., 20 Uhr; Hôtel L'Aventure, Rue de l'Étoile Rouge. Männliche Leiche, ca. dreißig Jahre, Todesursache: Kopf vom Rumpf getrennt.

Dem Ausweis entnahm er den Namen: Robert Duchamp, Franzose.

Als Boya Stunden später wieder an seinem Schreibtisch saß, nahm er sich erneut die Liste vor.

Er strich den Namen Robert Duchamp und zog einen Kreis um den Namen John Johnson.

Ada lief im Hotelzimmer hin und her. Die Diskette hatte sie als Amulett ans Kopfende des Bettes gehängt. Hier war sie vorläufig sicher. Niemandem würde es an diesem Ort ungewöhnlich vorkommen. Alltägliches übersieht man. Wie im Auto würde auch hier keiner auf die Idee kommen, das verzauberte Gris-Gris anzurühren – so hoffte sie jedenfalls.

Sie erinnerte sich an ihr Versprechen, das sie Marguerite von der Frauengruppe in Bogou wegen der Mühlen gegeben hatte.

Im edlen Büro jener internationalen Organisation, die für die Geschenke in Bogou und Umgebung verantwortlich war, erklärte Ada der zuständigen Chefin, dass keine einzige der aufgestellten Mühlen in der Gegend mehr funktionierte. An Ersatzteile, Ausbildung oder daran, bei Gelegenheit einfach mal wieder vorbeizuschauen, hatte niemand gedacht. Die Chefin hob irritiert ihre zu einem dünnen Strich gezupften Augenbrauen und wies jede Verantwortung von sich. Sie habe ihre Vorgaben erfüllt. Mühlen aufgestellt. Und Schluss.

Ada war wütend. Sie stand auf und wollte die Tür hinter sich zuschlagen. Aber dank der Schließautomatik war alles, was sie erreichte, nur ein vornehmes »Flupp«.

Am nächsten Nachmittag fuhr sie zu Roberts Firma, in der sich das Fotolabor befand. Der lächelnde Wächter händigte ihr den Schlüssel aus. Unter herabhängenden Lidern blinzelte er und wusste sogar noch ihren Namen. Genüsslich sog er an einer enormen Havanna. Zigarrenqualm hing über seinem Kopf wie ein Heiligenschein.

Ein Schatten huschte am Ende des Flures entlang. So ein eifriger Mensch – der in der Mittagspause durchmachte.

Sie schaltete das Licht im Labor an, verschloss sorgfältig die Tür und machte sich daran, die Negative der Papiere aus Geigers Umschlag zu entwickeln.

Ihr ging dieses »Wir kümmern uns darum« von Boya nicht aus dem Kopf. Vielleicht war es sicherer, wenn sich doch auch noch andere kümmerten.

Die Hitze in dem kleinen Raum war barbarisch. Sie beeilte sich.

Da hörte sie hinter sich ein leises Knacken.

Alarmiert fuhr sie herum. Die Türklinke bewegte sich, jetzt rüttelte jemand daran. Sie versteinerte. Wieder bewegte sich die Türklinke.

Der unbekannte Besucher entfernte sich, öffnete mehrere benachbarte Türen, kehrte zurück, schritt jetzt auf und ab. Nun ein Rascheln. Der kleine Raum schien noch enger zu werden, die Wände näher zu rücken. Sie sah sich um. Sie wusste ja, dass es keinen zweiten Ausgang gab. Hier kam man nicht raus. Ihre Sachen klebten am Leib, sie riss an den Knöpfen ihres Hemdes, keuchte. Ein kratzendes Geräusch, als wenn ein Streichholz angerissen würde. Noch ein so genannter Chemieunfall. All diese Papiere hier werden lichterloh brennen. Sie glaubte, schon das Fauchen um sich schlagender Flammen zu hören. Es roch nach Qualm.

Da entfernten sich die Schritte hastig, sie waren nun auf der Treppe nach oben zu hören. Kurz wartete sie. Dann stopfte sie alle Negative und die entwickelten, zum Teil noch nicht ganz getrockneten Fotopapiere in ihre Tasche. Horchte wieder. Nichts.

Sie drehte den Schlüssel um. Riss die Tür auf und rannte los. Sie rannte, bis sie den freundlichen Wächter entdeckte. Schrie ihn an: »Wer ist hier?«

Der riss erschrocken die Augen auf, breitete ratlos die Hände aus. »Niemand. Nur Herr Berger, der wollte Sie besuchen.« Er nahm seine qualmende Zigarre wieder auf.

Sie stürzte auf die Straße. Auf der anderen Seite sah sie Johannes' Dienstwagen. Dazwischen rollten Autos voller Ziegen und Schafe vorbei, deren Beine zum Teil aus den geöffneten Fenstern ragten. Mopeds, mit Leuten besetzt, die ein Schaf über die Schulter gelegt trugen wie einen kostbaren Nerz, knatterten vorüber. Tabaski, fiel ihr ein. Das Opferfest. Jetzt wurde geschlachtet. Kein schönes Omen. Endlich hielt ein junger Typ mit seiner flatternden gelben Jacke an und fragte, wohin. Zum Markt, schnell, rief sie ihm zu, das Erste, was ihr einfiel.

Doch Johannes stand schon neben ihr.

Sie holte tief Luft. »Was willst du? Warum verfolgst du mich?«

Er sah sie nur an. Dann schüttelte er den Kopf. »Warum musst du eigentlich ständig Sachen machen, die dich nur in Schwierigkeiten bringen? Zeig doch mal die Urlaubsfotos, die du gerade entwickelt hast.«

Sie baute sich vor ihm auf. »Hast du Marquardt umgebracht?«

Johannes antwortete in seiner gewohnt selbstsicheren Art: »Wie kommst du denn darauf? Wieso soll ich den Typen ermorden? Nein, den hat ein anderer auf dem Gewissen. Tut mir Leid, Lady.«

»Was ist eigentlich los? Was macht ihr für Geschäfte? Du und Robert?«

»Gold, mein Schätzchen! ... Unser Freund hatte geahnt, dass du die Unterlagen abfotografiert hast, und die sind nicht für dich bestimmt. Am besten, du rückst jetzt alles raus. Er besteht darauf, ansonsten ...« Den Rest des Satzes ließ er drohend in der Luft hängen. Er wischte sich den Schweiß von der Stirn. Sein Hemd war völlig durchtränkt.

»Langsam. Noch mal langsam«, sagte Ada.

Er packte sie am Arm. »Informationen gegen Fotos, okay?«

Sie stiegen in seinen Wagen und fuhren zum Meer. Dort liefen sie lange am Strand hin und her. Bis sie die Hintergründe kannte.

31

»Dieser Job im Ministerium ist ja ganz okay. Aber so was ist befristet. Und richtig Geld verdient man als Amtsschimmel auch nicht. Da hab ich mich schon mal nach neuen Betätigungsfeldern umgesehen. Einen gewissen Standard braucht der Mensch.« Er kickte einen Stein in die Brandung. »Und da tauchte dieser Mann auf. John Johnson. Experte für Gold und Diamanten. Er kannte sich aus, hatte seine Erfahrungen in Sierra Leone gemacht. So einer kommt immer durch. Da tun sich für mich ganz ausgezeichnete Verdienstmöglichkeiten auf. Ein Job auf Dauer, wo findet man so was heute noch.«

»Mit Pensionsanspruch? Johannes, das kann doch nicht dein Ernst sein! Der Mann ist ein Verbrecher!«

»Verbrecher, so ein Blödsinn! Das ist ein Geschäft wie jedes andere auch.«

»Was ist dein Part bei dem Geschäft?«

»Ich kann dir nur sagen, dass der gute Monsieur Diallo ein klitzekleines bisschen Dreck am Stecken hat. Und weil ich eine Nase für solche Dinge habe, habe ich ihm einen Vorschlag gemacht. Eines Abends steckte dann ein Schlüssel in einem Safeschloss, der dort unter keinen Umständen unbeaufsichtigt stecken darf.«

»Das waren dann wohl die geheimen Unterlagen über die Goldfunde im Atakora.«

»Chapeau, Madame, so ist es. Allerdings hatte auch dieser Geiger so seine Mittel, an eine Kopie zu kommen. Aber der hatte nicht lange was davon. Dafür hast du dann ja gesorgt.«

Johannes blieb stehen, um sich eine Zigarette anzustecken.

»Was war mit Arthur Marquardt?«

»Der hat krumme Dinger gedreht. Frag mich nicht, welche. Keine Ahnung. So einer endet schon mal als Wasserleiche.«

»Warum wollte er meinen Film aus der Champagner-Bar?«

»Das weiß der, der ihn in die Lagune geschmissen hat.«

»John Johnson?«

»Ich war es jedenfalls nicht. Aber Leid tut es mir um den Schwachkopf auch nicht.«

Es war sinnlos. Trotzdem ließ sie nicht locker. »Wer hat Patrick auf dem Gewissen?«

»Auch da fragst du den Falschen. Was soll ich denn damit zu tun haben?«

»Weißt du eigentlich, dass du beschattet wirst?«

»A!«, ahmte er den hiesigen Überraschungslaut nach. »Wo sind sie denn, die Herren Aufpasser von der Polizei?« Er wies über den menschenleeren Strand. »Beim Hirsebier oder bei der Siesta mit der Nachbarin? – Dürfte ich jetzt um die Fotos und die Negative bitten?«

Er nahm den Umschlag an sich und lüftete einen imaginären Hut. »Und nun: Adieu! Vielleicht hörst du ja noch mal von mir.«

Er sprang in seinen Toyota und warf ihr noch eine Kusshand zu.

Am Hoteleingang stand wie immer der Bettler mit den Holzkrücken und hielt ihr die geöffnete Handfläche hin. Sie hatte keine Münze parat und schüttelte den Kopf.

»Nächstes Mal«, vertröstete sie ihn.

»Falls es ein nächstes Mal gibt«, entgegnete er ruhig.

Der Satz hallte nach.

In ihrem Zimmer glaubte Ada eine Veränderung zu spüren. Das Zimmermädchen war da gewesen, alles war aufgeräumt, aber irgendetwas kam ihr anders vor. Das Gris-Gris hing über dem Bett. Aber es hing schräger als vorher. Der Gecko legte den Kopf schief, als wollte er ihr überlegen helfen. Sie nahm es ab. Erleichtert fand sie die zugenähte Stelle unversehrt. Sie würde sich etwas Neues einfallen lassen müssen. Kurz entschlossen öffnete sie die Naht, fischte die Diskette heraus und wickelte sie in ein Stück Zeitung. An den Ecken machte sie Klebestreifen fest, ließ diese am Rand überstehen.

Sie trat in die Bar an der nächsten Ecke. Das junge Mädchen hinter dem Tresen tat so, als gehöre sie eigentlich gar nicht dazu, und fuhr fort, sich die Nägel zu lackieren.

»Arbeiten Sie schon lange hier?«

Das Mädchen sah sie an, als hätte sie es mit einer Geisteskranken zu tun, die unter Umständen gefährlich werden könnte. »Schon immer«, war die präzise Antwort.

Als sie sich endlich bequemte, nach ihren Wünschen zu fragen, legte Ada einen größeren Geldschein auf den schmierigen Plastiktisch und bat sie, ihr einen Fleischspieß zu holen. Niemand war um diese glühende Mittagsstunde unterwegs. Selbst die dürren, gelblichen Hunde, die sonst hier überall nach Fressbarem herumstöberten, lagen im Schatten und stellten sich tot.

An der Wellblechwand hing ein Plakat, das das etwas aufgeschwemmte Gesicht des Präsidenten unter der beninischen Flagge zeigte. Ada stieg auf einen Stuhl und schob das flache Papier mit der Diskette dahinter. Die Klebestreifen drückte sie fest an die Wand. Niemand würde in den nächsten Jahren auf die Idee kommen, es abzuhängen. Es sei denn, es fände ein erfolgreicher Putsch statt.

Das Ganze war schnell und unauffällig geschehen. Als das Mädchen mit dem Fleischspieß zurückkam, bestellte Ada noch eine Zitronenlimonade dazu.

Zurück im Hotel, fragte sie Monsieur Alphonse nach neuen Nachrichten. Und wie fast immer zuckte er in gespieltem Entsetzen die Schultern, hob Augen und Handflächen gen Himmel und rief: »Mon Dieu, wo steckst du nur? Diese Frau da wartet auf ihren Liebsten. Kannst du sie ewig warten lassen? Was tust du nur den lieben langen Tag?« Er drohte mit erhobenem Zeigefinger in Richtung Hallendecke, zwinkerte ihr zu und sagte leise: »Auf Männer darf man sich niemals verlassen. Niemals.« Dann drehte er sein Radio lauter. Der beliebte Hit aus Zaire »Où est Mathilda, Mathilda? Je cherche Mathilda …« schepperte durch die Hotelhalle.

32

Gedankenverloren ging Ada die Straße entlang. Vor ihr stoben die Menschen auseinander, als wäre ein Geist zwischen sie gefahren.

In kostbare bunte und goldverzierte Gewänder gekleidet, mit Kopfbedeckungen aus Kaurimuscheln kamen die Wiedergänger daher. Mit einer langen Peitsche unterstrich ein vor ihnen herumhüpfender Gehilfe ihre Geldforderungen. Kaum jemand wagte, sich dem zu widersetzen, und es klingelte ordentlich in dem perlenbestickten Stoffsäckchen.

»Die Wiedergänger«, erinnerte sich Ada an die Erläuterungen des Vodoupriesters aus Léma, »sind Verstorbene, die zurückkehren, um uns zu sagen, was zu tun ist. Wenn du sie siehst, achte darauf, sie nicht zu berühren, denn das würde deinen Tod bedeuten!«

Ada blieb in respektvollem Abstand. Und wünschte sich, dass sie ihr sagten, was zu tun ist.

Sie erreichte den schattenlosen, sandigen Vorplatz der Uni. Keine Menschenseele begegnete ihr.

»Ich habe die Vermisstenanzeige aufgegeben.« Der Dozentin, einer warmherzig und mütterlich wirkenden Kollegin von Elise, stand Resignation ins Gesicht geschrieben. »Alle hier machen sich große Sorgen. Von heute auf morgen ist sie nicht mehr erschienen. Elise ist immer so zuverlässig. Dass sie mal ein Seminar versäumt, das gibt es gar nicht. Gab es nie, bisher«, verbesserte sie sich betrübt.

Sie fasste Adas Hand. »Viele suchen sie. Gerade gestern fragte auch ein Mann nach ihr. Ich kannte ihn nicht.« Ihre Augen schwammen auf einmal in Tränen. Sie schüttelte den Kopf, ihre Stimme versagte. Sie räusperte sich schließlich und brachte heiser heraus: »Wir wollen weiter hoffen. Gott wird ihr helfen.«

Wenig später betrat Ada den Laden von Papa Paul. Die Schussspuren waren längst beseitigt, und das übliche Durcheinander von Lebensmitteln und Gemischtwaren staubte in den Glaskästen und auf dem Tresen vor sich hin. Heute saß kein Kerl mit dem Gesicht einer Bulldogge auf einem der Plastikstühle. Die Bar war leer.

Papa Paul schien ihr, wenn das überhaupt möglich war, noch zerfurchter als zuvor. Sie begrüßten sich herzlich, und Ada setzte sich auf einen der Barhocker ihm gegenüber.

»Wie ist es dir ergangen, Ada?«, fragte er und sah dabei so aus, als kenne er alle Geschichten, die sie je erlebt hatte, und die, die sie noch erleben würde, und frage nur, weil er die therapeutische Wirkung des Gespräches schätzte.

Sie erzählte ihm in Stichpunkten alles, was vorgefallen war, rührte derweil etwas Milchpulver in den Kaffee, den er ihr eingegossen hatte. »Was hat Patrick nur herausgefunden, dass er deshalb sterben musste?«

»Tja, das Gleiche hat mich gestern Tom gefragt. Ich kann es dir nicht sagen. Vielleicht hat er im Rahmen seiner Forschungsarbeiten am Ministerium etwas entdeckt, wer weiß? Mit Diallo kam er gar nicht gut aus. Aber das dürfte eher private Gründe gehabt haben.« Papa Paul sah sie mit mildem Blick an. »Es gibt da ein Problem. Falls man Liebe als Problem bezeichnen will. Elise liebt diesen Diallo. Der ist aber verheiratet. Wahrscheinlich will er nicht mit einer Scheidung seine Karriere gefährden. Elise wiederum würde den Status einer Zweitfrau nie akzeptieren. Patrick hat diese Affäre missbilligt, die ganze Familie ist empört.«

Ada sah auf. »Ah so!«, entfuhr es ihr. Nach einer Weile fragte sie ihn: »Ob er denn weiß, wo Elise ist?«

Papa Paul zuckte mit den Schultern, schüttelte dann den Kopf. »Früher einmal hat Elise gesagt, falls sie mal untertauchen müsste, würde sie zu ihrer Großmutter in Ouidah gehen. Frag beim Wächter des Dangbé-Tempels nach, und grüß ihn von mir! Er kann dir vielleicht weiterhelfen. Aber Ada –«, Papa Paul sah sie eindringlich an, »sei vorsichtig! Die Familie de Souza ist weit verzweigt, nicht alle Mitglieder sind Elise freundlich gesonnen.«

Im Hotel lag eine Nachricht für sie:

> Liebste Ada, es tut mir so Leid, dass ich dich nicht sehen konnte! Hatte dringend in Ouagadougou zu tun. Heute muss ich zu meiner Redaktion nach London. Bis ganz bald, vergiss mich nicht, und vor allem: Sei vorsichtig!!!
> Ich küsse dich, Tom.

Ganz bald! Seit sie in der Stadt war, hatte sie ihn nicht mehr gesehen. Sie fragte sich, warum er Nachforschungen bei Papa Paul angestellt hatte, ohne sich bei ihr zu melden. Hatte er sie angelogen? Und wenn ja, warum? War denn gar nichts so, wie es auf den ersten Blick schien? Oder war es nur ihr Blickwinkel, der sich veränderte?

33

Rund eine Woche noch – gemäß der Vorgabe des Vodoupriesters, rechnete sie auf der Fahrt nach Ouidah nach.

Am Straßenrand war wieder ein Tiermarkt im Gange. Jungen priesen junge Hunde und Katzen, die sich winselnd und miauend ihren Händen zu entwinden versuchten, als besondere Delikatessen an. Andere hielten kleine Krokodile und Echsen am Schwanz hoch. Gestreifte Waldhörnchen baumelten unversehens vor Adas Windschutzscheibe. Zappelnde Warane und tote Buschratten wurden grinsend angeboten. Die feuchte Luft war mückengesättigt. Es grünte, wucherte und spross, dass man förmlich dem Wachsen zusehen konnte. Bananenhaine am Straßenrand wurden von Palmölplantagen abgelöst. Tomaten und getrockneter Fisch lagen säuberlich gestapelt am Straßenrand zum Verkauf ausgebreitet. Maniok trocknete auf dem heißen Asphalt. Ada umfuhr in Kurven die leuchtend weißen Knollen. Die Frauen winkten ihr zu.

Sie ließ die Autofenster offen, um sich von dem Durchzug abkühlen zu lassen. Eine schwere, würzige Mischung wehte herein.

Unanständig, hatte einmal jemand den Geruch Westafrikas genannt. Sie gab ihm Recht.

In Ouidah kannte sie sich ganz gut aus und fuhr zielgerichtet ins Zentrum.

Die führenden Intellektuellen des Landes kommen alle aus Ouidah, hatte ihr Patrick einmal erzählt. Wie er selbst.

Sie geht mit Patrick die Straße entlang.

»Hier«, sagt Patrick, »hat die De-Souza-Familie ihre Wurzeln. Aus Brasilien kam Francisco Felix de Souza in das damals portugiesische Fort Ouidah. Er war halb Portugiese, halb Afrikaner, ein Teil seiner Vorfahren stammte von hier.« Er sieht sie an. »Von einer direkten Linie von ihm zu meiner Familie kann aber keine Rede sein. Immerhin hatte er um die achtzig Söhne, die Töchter wurden nicht gezählt.« Fast klang es, als meinte er sich verteidigen zu müssen. »Er war es, der aus Ouidah das Menschenhandelszentrum schlechthin machte. De Souza war der engste Vertraute von König Guézo. Von ihm bekam er sozusagen das Monopol für den Sklavenhandel. Wenig später war er der reichste Mann Westafrikas.«

Patrick führt sie zum Fort, der Gedenkstätte Francisco de Souzas. »Hier ist er 1848 gestorben. Er wurde, wie damals so üblich, in seinem Zimmer bestattet.«

»König Guèzo, war der wirklich so grausam?«

»Das schon. Seine berüchtigte Elitetruppe bestand aus viertausend Frauen. Die Amazonen. Aber er war auch ein cleverer Geschäftsmann. Als der Sklavenhandel nicht mehr florierte, machte er aus dem Palmölhandel einen lukrativen Wirtschaftszweig. Bei der Geburt eines Kindes wurde es Brauch, eine Ölpalme zu pflanzen. Er hat den Ackerbau gefördert und neue Pflanzen eingeführt. In seinem Palast lebte er mit tausenden seiner Leute und seinen achthundert Frauen. Einundvierzig von ihnen wurden bei seinem Tod lebendig mitbestattet. Einundvierzig – vielleicht ist dir diese Zahl schon mal begegnet? Es ist die magische Zahl des Vodou.«

Und ob – täglich! Die 41, ihre Zimmernummer im Hotel de la Plage, immer wenn sie in Cotonou ist.

Patrick doziert weiter. Seine Stimme ist scharf und schneidend, als wolle er die Verantwortlichen nun endlich für das vierhundert Jahre andauernde Ausbluten seines Landes zur Rechenschaft ziehen.

»Hier von Ouidah aus wurden die Schiffe mit den Sklaven beladen. Viele haben den Tod vorgezogen und sich ins Meer gestürzt. Die Kranken und Schwachen wurden in eine Grube gestoßen und lebendig begraben.«

Patrick zeigt Ada das »Tor ohne Wiederkehr«, ein Denkmal, das vor dem offenen Meer steht.

»Neunmal mussten die Männer den ›Baum der Wiederkehr‹ umrunden, siebenmal die Frauen und Kinder. Dieser Ritus sollte sie die Heimat, ihre Kultur und ihre Familie vergessen lassen. Sie aller Hoffnung berauben. Im ›Haus von Zomai‹ mussten sie zusammengepfercht im Dunkeln vegetieren, um auch noch ihre Orientierung und ihren Mut zu verlieren.«

In den Palmenhainen am Straßenrand rosten Straßenkreuzer vor sich hin. Portugiesische und französische Kolonialbauten verfallen in sehenswerter Morbidität in der salzigen Luft.

An der Straße von Ouidah ans Meer, auf der sich hunderttausende entlanggeschleppt hatten, um auf Schiffe verladen zu werden, sind bizarre Skulpturen von Vodougöttern aufgebaut.

»Der Vodou hat den Menschen Halt und Kraft gegeben. Deshalb wurde streng darauf geachtet, dass keine Priester des Vodou auf die Schiffe kamen. Aber den Vodou selbst konnte niemand stoppen. Nachts wurde er auf den Plantagen der Neuen Welt lebendig.«

Patrick und sie sind bei einem Hotel am Strand angekommen, an den die gefährlichen Brecher knallen. Sie setzen sich in eine Rundhütte. Patrick spricht noch länger. Wenn er einmal beim Anklagen ist, hört er so schnell nicht mehr auf. Doch dann vergisst er die Leiden der Sklaverei. Er lächelt Ada an, verträumt, seine Stimme wird schwärmerisch, seine Kommentare werden zu milden Botschaften an das Schöne und Gute.

Der Ort war still. Weiße Fahnen, Symbole des Vodou, hingen schlaff über den Strohdächern und Wellblechhütten. Weiß – die Farbe der Unsterblichkeit. Und die Farbe des Todes. Die Schwüle legte sich wie ein erstickendes Tuch über sie. Das Leben schien vollständig zum Erliegen gekommen zu sein. Selbst die normalerweise ewig wispernden Palmwipfel standen still. Geckos lagen unbeweglich auf glühenden Steinen. Ermattet und schweißüberströmt suchte sie nach einer Bar, um irgendetwas zu trinken, traf aber nur auf Mauern und geschlossene Fensterläden. Einsam stand ein weißer Renault-Kastenwagen der PTT am Marktplatz. Er war leer. Ada sah sich um. Sie dachte an die Formulierung Boyas: »Experte für lautlosen Mord.« Vielleicht warteten sie ja ab, bis sich eine günstige Gelegenheit ergab. Irgendwie erschien ihr das aber in der brütenden Hitze von Ouidah unwahrscheinlich. Zum Töten war es einfach zu heiß.

Beim Dangbé-Tempel gegenüber der katholischen Kathedrale stieg sie aus. Ein älterer Mann trat aus der unspektakulären, weiß getünchten Rundhütte. Er war zwei Köpfe kleiner als Ada. Feine Narben zierten Stirn und Wangen, auf der Oberlippe trug er ein schütteres Bärtchen. Mit gedämpfter Stimme fragte er sie, ob sie hier sei, um die berühmten Pythonschlangen zu sehen.

Ada schüttelte den Kopf. »Ich komme eigentlich zu Ihnen, weil jemand verschwunden ist. Eine Freundin von mir.«

»Nichts, was einmal existiert hat, verschwindet. Leben und Tod sind eins.«

»Man sagte mir, Sie könnten mir weiterhelfen.«

Er ging ihr in den Innenhof voran, ohne sie aussprechen zu lassen. Ada blieb nichts übrig, als ihm zu folgen. An der Wand der Hütte leuchtete das Gemälde einer Pythonschlange in den Farben des Regenbogens.

»Sehen Sie, dies ist Dan, die große Schlange oder der Regenbogen, der sich wie eine Python um die Erde legt und sie zusammenhält. Dan ist die kosmische Energie, die Verbindung zwischen Himmel und Erde. Er dient den Göttern, selbst handeln kann er nicht. Doch keiner kann handeln ohne ihn.«

»So wie ich gerade nicht ohne Sie«, beeilte sich Ada einzuwerfen. »Ich muss Ihnen erklären, wie es zusammenhängt.«

»Alles hängt zusammen, alles gleicht sich wieder aus. Dan hat Anteil an Erde und Wasser, da wo die Schlangen leben, aber auch an der Luft, wo der Regenbogen leuchtet. Da er also fast überall ist, ist er der Gott der Händler. Überall kann etwas erworben werden, Geld und Gold. Aber überall kann es auch wieder verloren gehen.«

»Ja. Und ich suche …«

Er hob Ruhe heischend die Hand und ging in die Rundhütte. Mit einer Riesenpython um den Hals gelegt, wie einen Schal, kam er wieder heraus. »Voilà, da ist sie!«

»Ich soll Sie von Papa Paul grüßen, er sagte, Sie könnten mir einen Hinweis geben.«

Sogleich nahm er auch dieses Stichwort wieder auf und antwortete: »Alles ist Geben und Nehmen. Nur Gbedoto, die göttliche Ursache des Universums, ist aus sich selbst heraus entstanden. Mithilfe von *âce,* der schöpferischen Energie, erschafft sie sich ständig neu. Die Welt ist wie eine Kalebasse, es gibt kein Oben und kein Unten. Es gibt keine Trennung zwischen Realem und Übersinnlichem, zwischen Menschlichem und Nichtmenschlichem. Alles ist beseelt.«

»Wo ist Elise de Souza?«, platzte sie jetzt heraus, alle Höflichkeit über Bord werfend.

Er sah sie misstrauisch an. Endlich hatte sie seine ganze Aufmerksamkeit.

»Sagen Sie es mir bitte! Papa Paul schickt mich.«

»Warum sagen Sie das nicht gleich!« Er führte sie aus dem Tempel.

Ada blickte schnell die Straße entlang. In beiden Richtungen niemand.

Sie gelangten zu einer Hütte am Ende des Dorfes. Der Tempelwächter klatschte in die Hände, und aus der Tür heraus schlurfte eine gebeugte Alte. Nachdem er der Frau etwas in Fon erklärt hatte, verschwand er ohne ein weiteres Wort.

Gleich darauf trat ein großer, älterer Mann heraus. Um die Hüfte geschlungen trug er ein weißes Tuch. Sein mit Narben bedecktes Gesicht wirkte Furcht einflößend. Barsch fragte er: »Was suchen Sie hier?«

»Elise de Souza, ich bin eine Freundin von ihr«, erklärte sie ihm. »Aber wer sind Sie?«

»Ein Verwandter.«

»Ist sie bei Ihnen?«

»Sie war hier, ist es aber nicht mehr«, sagte er abschätzig.

Wahrlich eine erschöpfende Erklärung. Mit knapper Geste bot er ihr an, auf den Rohrstühlen vor der Rundhütte Platz zu nehmen.

Die alte Frau war wie vom Erdboden verschluckt. Er stellte ein Glas Limonade vor sie hin. Schweigen. Er sah sie durchdringend an. Ihr Kopf war leer, hohl wie eine Kalebasse. Das Schweigen hielt an, als wäre es zwischen ihnen ausgemacht. Unmöglich, jemanden mit diesem Ausdruck im Gesicht zum Reden zu bringen. War er ein

Juju-Mann, ein Zauberer, Meister der Hypnose und Fachmann für schwarze Magie und tödliche Gifte? Wenn ja, musste er ein gefragter Mann sein. Ada hatte eine Menge über schwarze Magie zu hören bekommen. In jedem zweiten Dorf, schien ihr. Ein Bankangestellter war für seine Unterschlagungen auf diese Weise bestraft worden, ein Polizeichef für seine Untreue, und ein Pferd musste sterben, weil missgünstige Nachbarn kein Pferd hatten. Jeder, der etwas gegen einen anderen hatte, konnte einem Juju-Mann in die Gorillapfote flüstern.

Ada hatte versäumt, sich mit geeigneten Mitteln gegen schwarze Magie zu wappnen. Eine Dummheit, ärgerte sie sich jetzt. Fast jeder gibt hier für eine solche Absicherung ein kleines Vermögen aus.

Sie griff dann nach dem Glas. Nach einem winzigen Schluck stellte sie es ab. Hatte die Limonade nicht einen bitteren Beigeschmack?

»Wo gibt es eine Toilette?«

Er wies auf eine halbhohe Lehmmauer. Dahinter war ein Loch in der Erde. Es stank erbärmlich, und ihr schwindelte. Alle Gruselgeschichten, die ihr je zu Ohren gekommen waren, stellten sich jetzt ungerufen ein: Ein Grasbüschel unter dem Kopfkissen reicht, wenn es entsprechend präpariert ist, um den darauf Schlummernden unvermutet vom Blitz erschlagen zu lassen. Ein Pülverchen, unbemerkt in die Tasche gestreut, und die Person verbrennt, selbst dann, wenn jemand zur Stelle ist, das Feuer zu löschen. Ein böser Blick, und der so Angestarrte sinkt leblos zu Boden. Ein simpler Grashalm im Glas, und wer daraus trinkt, windet sich in tödlichen Krämpfen. Unfälle auf schnurgerader Straße, Wirbelstürme aus heiterem Himmel, mysteriöse Krankheiten mit schnellem, tödlichem Ende. Niemand wundert sich über diese Dinge, die täglich passieren. Wieso sollte ich dann daran zweifeln?, dachte Ada. Zurzeit zweifelte sie sogar immer weniger.

Als sie auf die Terrasse zurückkam, saß der Mann in gleicher Haltung da und sah sie an. Sein Blick wirkte so starr, als wollte er sie hypnotisieren. Vielleicht gelang es ihm sogar.

34

Es war Nacht, als sie wieder zu sich kam. Sie war allein.

Ada stand benommen auf. Im diffusen Licht sah sie ein am Boden liegendes Tuch. Es strömte einen süßlichen Geruch aus. Sie stieß es zur Seite. Ihr schwindelte. Sie stolperte von der Hütte weg, da glaubte sie, ein Wimmern zu hören. Sie drehte sich um, ging zurück, und wieder hörte sie das seltsame, klagende Geräusch. Im Innern der Hütte lag ein Mensch am Boden.

Als sie näher trat, erkannte sie Elise. Schrie auf, stürzte zu ihr, half ihr hoch. Elise war schweißüberströmt und stöhnte erneut. Ada beugte sich zu ihr, sagte ihren Namen. Keine Reaktion. Ihre Augen waren verdreht und wirkten verschleiert, ihr Körper wie leblos, der Pulsschlag verlangsamt. Ada schleppte sie aus der Hütte, Elise' Beine sackten immer wieder weg. Sie versuchte, sie zu ziehen, aber ihr drehte sich der Kopf. Nach einigen Schritten gab sie auf.

Sie legte Elise vorsichtig am Wegesrand nieder, viel zu nah an dem Haus des Narbengesichtigen, doch sie hatte keine Wahl.

»Ich komme gleich wieder«, wiederholte sie mehrmals, rannte los, musste aber oft innehalten und Atem schöpfen. Ihr war noch immer elend zu Mute. Endlich kam sie zum Tempel. Der Peugeot schimmerte im fahlen Mondlicht. Irgendwo jaulte ein Hund. Sie startete und fuhr los. Zitterte vor Angst, dass Elise wieder verschwunden sein könnte, wenn sie zurückkam.

Endlich war sie bei der Stelle, wo sie Elise zurückgelassen hatte. Niemand. Ihr wich das Blut aus dem Kopf. Da entdeckte sie Elise, an einen Baum gelehnt. Ada stieg aus und half ihr ins Auto. Auf dem Sitz sackte Elise zusammen. Ada versuchte ihr aus der Wasserflasche etwas einzuflößen. Im Rückspiegel blitzte ein Licht auf. Schnell knallte sie die Autotür zu und startete mit kreischender Kupplung.

Sie raste in Richtung Hauptstraße. Auf dem Nebensitz regte sich Elise. Sie murmelte etwas. Ada verstand es nicht.

»Ich bringe dich nach Cotonou ins Krankenhaus«, sagte sie, zu ihr hinübergebeugt.

Elise sagte wieder etwas. Ada hielt das Ohr dicht an ihren Mund.

»Halt an dem großen Bambus«, konnte sie mühsam verstehen.

Im Schimmer der ersten Dämmerung erkannte Ada den Bambus. Sie hielt, stieg aus und öffnete die Beifahrertür. In der frischen Morgenluft kam Elise etwas zu sich. »Der Konvent. Sie können helfen.« Sie wies mit der Hand auf eine Ansammlung strohgedeckter Lehmhütten, eingezäunt mit Palmwedeln, über denen eine weiße Fahne am Mast herabhing. »Hol Adeline.«

Ada ging durch ein schmales Tor zwischen den stachligen Palmwedeln hindurch und klatschte in die Hände. Nach einer Weile schritt eine alte, weiß gekleidete Dame heran. Gang und Haltung strahlten Autorität aus. Sie war mit einer langen Kette aus Kaurimuscheln behängt und sprach Ada in Fon an.

»Adeline?«, sagte Ada fragend. »Elise ist hier, sie will zu Adeline.« Die alte Frau zeigte keinerlei Regung, drehte sich wortlos um und ging in eine der Lehmhütten zurück. Kurz darauf kam ein zartes Mädchen mit ebenmäßigem Gesicht auf sie zu. Blauweiße Perlenketten hingen in mehreren Reihen um ihren Hals. Sie wirkte fast wie eine überirdische, durchsichtige Erscheinung.

»Sprichst du Französisch?«

Die junge Frau nickte, fragte ungeduldig: »Was ist mit Elise?«

»Sie ist im Wagen, komm schnell!«

Sie liefen hinaus. Elise ließ sich heraushelfen, beide stützten sie und brachten sie hinein. Im Innern der Hütte war auf dem gestampften Lehmboden eine Strohmatte ausgebreitet, darauf wurde sie gebettet. Jetzt begann Adeline mit unerwarteter Bestimmtheit Anweisungen zu geben, die sich als ausgesprochen sinnvoll erweisen sollten. Rings um sie her verfielen alle in eifrige Geschäftigkeit.

»Geh und fahr deinen Wagen nach Cotonou. Du wohnst doch in Cotonou?«

Ada nickte.

»Stell ihn vor deinem Hotel ab, gut sichtbar. Dann nimmst du ein Buschtaxi nach Abomey. In der Werkstatt an der Kreuzung fragst du nach Thierry. Er soll dich hierher zurückbringen. Achte darauf, dass dich niemand sieht, niemand deinen Weg verfolgen kann.«

Ada fragte nicht weiter. Adeline drängte zur Eile. Elise winkte ihr zum Abschied kurz mit matter Hand zu, versuchte ein Lächeln.

Draußen stieg Ada im milchigen Morgenlicht ins Auto. Niemand war auf der Straße. Über ihr krächzte eine Krähe. Eine Hexe, das war ihr sofort klar. Die nehmen ja bekanntlich gerne die Gestalt von Krähen an. Sie stutzte einen Moment. Begann sie nun schon, all diese Mythen und den Aberglauben für bare Münze zu nehmen? Eine Folge der Limonade?

Sie fuhr durch die morgendlichen Straßen. Viele Leute waren schon geschäftig, riefen sich Scherze zu. Sie genossen die noch kühle Luft und den ersten Kaffee. Auch der Lottoscheinverkäufer war schon gut im Geschäft. Der Morgen war die Zeit der Zuversicht.

Noch in Gedanken versunken, bemerkte sie im Rückspiegel einen sich nähernden Wagen. Weiß.

Aufgeschreckt gab sie Gas, versuchte das Auto abzuhängen. Die Post! Das kleine Kastenauto näherte sich mit erstaunlicher Geschwindigkeit und blieb dann in gleich bleibendem Abstand hinter ihr. Angespannt klammerte sie sich am Lenkrad fest, ihr Magen krampfte sich zusammen. Sie waren also weiter hinter ihr her. Adelines Anweisung aufzupassen hatte seine Berechtigung. Woher konnte sie das wissen – nun ja, sie war eben eine Vodousi. Ada fuhr mit erhöhter Geschwindigkeit weiter und drehte die Klimaanlage hoch. Doch dann stellte sie erschrocken fest, dass der Zeiger der Benzinuhr gegen null tendierte. Sie musste sofort zur nächsten Tankstelle! Dabei fiel ihr ein, dass es schon seit ein paar Tagen nur an wenigen Tankstellen in den großen Städten Benzin gab. Ob Streik oder Krise in Nigeria, keine Ahnung. Schnell drosselte sie die Klimaanlage, die verbrauchte zu viel. Ihre Hände rutschten vom Lenkrad, in kürzester Zeit waren sie schweißnass geworden. Das Auto hinter ihr folgte in gleich bleibendem Abstand.

Noch achtzig Kilometer bis Cotonou. Bis dahin reichte das Benzin nicht. Schweiß lief ihr in die Augen und behinderte die Sicht. Sie zwinkerte und verfluchte ihre Nachlässigkeit. Da sah sie einen der Schwarzhändler am Straßenrand mit einem Schlauch winken. Neben ihm standen einige Rotweinflaschen und Glasballons mit dem dringend benötigten Stoff. Kurz entschlossen bremste sie, hielt direkt neben ihm. Der Verkäufer lachte sie erfreut an und schraubte bereits am Tankverschluss, als das weiße Auto herankam und – vorbeifuhr.

Ein überfülltes Buschtaxi in bedrohlicher Schräglage. Hälse reckten sich heraus, um einen Blick auf die weiße Frau zu erhaschen.

In Cotonou stellte sie das Auto wie geheißen auf den Parkplatz vom Hotel de la Plage, machte sofort kehrt und lief um die Ecke in Richtung Fischmarkt. Niemand folgte ihr.

35

Ada stoppte ein wunderbarerweise leeres Taxi.

»Abomey!«, rief sie dem Fahrer zu. »Ich nehme alle Plätze.«

Der drehte sich um, spie sein Zahnhölzchen aus dem Fenster, in dem früher wohl einmal eine Scheibe gesessen hatte, und stellte fest: »Abomey kostet extra.«

»Wieso das?« Sie hatte jetzt keine Nerven für eine Preisverhandlung, die sich bis zu den Lebensverhältnissen der einzelnen Familienmitglieder der Großfamilie hinziehen konnte.

Doch dieser Taxifahrer hatte ein anderes Argument. »Die Straße nach Abomey ist teilweise wegen Bauarbeiten gesperrt, wir müssen Umleitungen fahren.«

Alle Straßen waren teilweise wegen Bauarbeiten gesperrt, das konnte sich mitunter über Jahre hinziehen.

Zu seiner völligen Verblüffung fragte sie nur: »Wie viel?«

Er sah sie kurz an und nannte dann eine Fantasiesumme. Sie reichte ihm wortlos etwas Geld. Er zählte durch und verlangte mehr. Sie legte noch etwas dazu und drohte gleichzeitig, die Polizei zu holen, wenn er nicht sofort losfahre. Er steckte sich ein neues

Holzstäbchen in den Mundwinkel und legte krachend den Gang ein. Der klapprige Peugeot machte einen Satz, und sie wurde in die Rückpolster gepresst. Aus dem Radio kreischte Angélique Kidjo »Ahiijoo!!« Ohne jedes Gefühl für Gefahr überholte der Fahrer, dem sie leichtsinnigerweise auch noch zugerufen hatte, er solle sich beeilen, pfeifend und singend schwankende, hoch beladene Lastwagen links oder auch rechts. Erstaunlicherweise kamen sie heil in Abomey an.

Bei einer Straßenköchin kaufte sie in Bananenblätter gewickelten Maisbrei, den sie im Weiterlaufen mit den Fingern aß. An der Kreuzung entdeckte sie schließlich die Werkstatt, vor der Mopeds und schrottreife Autos herumstanden. Sie ging geradewegs hinein. Gleich der Erste, den sie ansprach, war Thierry. Ein junger Bursche mit einem ernsten Gesicht.

Er wischte sich die öligen Finger an einem schmutzigen Lappen ab, schob eins der Mopeds aus der Garage und bedeutete ihr, sich hinter ihn auf den Sitz zu schwingen. In einem Seitenweg am Ortsausgang stand ein Renault bereit.

Schnell lief Ada in den Hof hinein.

In der geräumigen Hütte saß Elise, schon sichtlich erholt, aber noch immer völlig verändert. Ihre sonst so selbstbewusste Lockerheit war einer angespannten Angst gewichen. Adas Herz krampfte sich zusammen.

»Elise«, sagte sie leise. »Was ist mit dir? Was ist passiert?«

Elise schüttelte nur den Kopf.

Adeline erklärte: »Man hat sie verhext. Jetzt kann nur ein Azongbeto helfen. Ein Heiler, der die vom Hexenzauber Befallenen befreien kann.« Ernst sagte sie zu Ada: »Nur Eingeweihte dürfen den Konvent betreten. Niemand darf erfahren, dass du hier bist.«

Junge Mädchen, nur mit Tüchern um die Hüfte bekleidet, kamen herein und brachten Kräuter und Gräser, die auf einen Haufen geschichtet wurden. Vor der Hütte hatte jemand ein Feuer entfacht, die kleinen Äste knackten leise in den Flammen. Es wurde still. Auf einmal waren Ada und Elise allein.

»Hat man dir Drogen gegeben?«

Elise setzte sich mühsam auf. »Ada«, begann sie leise. »Ich habe furchtbare Angst bekommen. Patrick hat im Ministerium etwas aufgedeckt. Deshalb ist er ermordet worden. Die Mörder haben seine Aufzeichnungen gesucht, auch bei mir. Als ich eines Abends nach Hause gekommen bin, war alles durchwühlt. Ständig ist mir jemand gefolgt. Ich habe Drohungen erhalten.«

Welcher Art die waren, sagte sie nicht, aber Ada sah sie unter ihrer dunklen Haut blass werden, während die Erinnerung hochkam.

Elise lehnte sich erschöpft zurück und schloss die Augen. Ada glaubte schon, sie wäre eingeschlafen, da sprach sie weiter. Ihre Stimme blieb leise und bedrückt.

»Ich liebe Diallo, aber er will sich nicht scheiden lassen. Und auch meine Familie stemmt sich dagegen.« Sie sah Ada an. »Alte Rivalitäten, eine Familienfehde. Wegen so etwas hat es früher Tote gegeben. Heute versuchen sie es mit anderen Mitteln, zum Beispiel, jemanden im Amt politisch unglaubwürdig zu machen, ihn als bestechlich erscheinen zu lassen und Ähnliches. Der De-Souza-Clan – ich bin nicht stolz darauf, dazuzugehören.«

»Was war weiter?«

»Ich bin weggefahren, habe mich bei meiner Großmutter versteckt. Irgendwie haben sie es mitbekommen. Sie haben diesen Onkel von mir geschickt, er ist einer der großen Juju-Männer der Region.«

»Hat er Narben im Gesicht?«

»Ja. Und er hat es erkannt.«

»Was hat er erkannt?«

»Er hat entdeckt, dass ich eine *âce* bin, eine Hexe.«

»Elise, das ist doch Unsinn!«

»Du kannst so etwas nicht wissen, aber es ist so. Die roten Augen haben es angezeigt.«

Ada sah, dass Elise unter einer Bindehautentzündung litt.

»Es ist ein Zeichen der Hexen. Vielleicht eine Strafe dafür, dass ich dieselben Ziele wie Patrick verfolge. Sie bedienen sich der schwarzen Magie. Es ist unmöglich, dagegen anzukämpfen. Wenn sie dich von einer Sache abhalten wollen, bleibt dir keine Wahl als dich unterzuordnen. Sonst töten sie dich.«

»Elise, du bist nicht verhext«, beschwor Ada sie.

»Du ahnst nicht, wie leicht das passieren kann. Die Hexenkraft kann überall auf dich lauern. Wenn eine Hexe stirbt, dann warten die ihr innewohnenden Kräfte darauf, auf jemand anderen übertragen zu werden. Entweder es geschieht durch Zufall, wenn du etwas isst oder etwas vom Wegesrand aufhebst. Oder aber die Hexenkraft fährt mit Absicht und aus einem bestimmten Grund in dich. Sie zwingt dich, Dinge zu tun, die du nicht tun willst. Du handelst gegen dich selbst und gegen deinen Nächsten. Du wirst ein Teil der Un-Welt. Darum musst du vor dir selbst geschützt werden.« Elise seufzte tief. »Nachts versammeln sich die Hexen. Treffen sich auf Bäumen, treiben es mit Tieren. Sie feiern Orgien, bei denen Kinder geopfert werden.« Sie erschauerte.

»Aber das hast du doch nie mitgemacht, oder?«

»Du selbst bemerkst es doch nicht. Hexen attackieren die, die sie lieben. Ihre Familie und Freunde. Die erwachen eines Morgens und sind blind, stumm, lahm, unfruchtbar. Sie bekommen Anfälle von Diebeslust, Trunksucht oder Impotenz, ohne ersichtlichen Grund. Alles, was ungut ist, kommt von den Hexen. Man muss sie töten, verbrennen, zumindest aus dem Dorf jagen. Es sei denn, eine Zeremonie befreit dich davon, wenn du befallen bist.«

Ada ergriff ihre Hand und drückte sie. Lange Zeit schwiegen sie.

Schließlich sagte Elise leise: »Ada, ich muss dir etwas gestehen.«

»Ja?«

»Du hast die Aufzeichnungen, die sie suchen. Sie sind bei dir!«

»Ich weiß«, behauptete Ada. Ganz sicher war sie sich allerdings bis jetzt nicht gewesen.

Bestürzt fragte Elise: »Hast du etwa das Gris-Gris geöffnet? Wie konntest du das tun!«

»Ich hatte auf einmal das Gefühl, etwas Wichtiges, das ich wissen muss, stecke da drin. Und so habe ich die Diskette gefunden.«

»Ich war sicher, dass sie bei dir keiner finden würde. Aber ich konnte es dir nicht sagen. Wenn du es gewusst hättest, hätte es dir jeder angemerkt, und dann wäre es gefährlich geworden.« In Elise' Stimme lag Selbstvorwurf.

»Ich habe wohl eine magnetische Anziehungskraft auf geheime Unterlagen und Schwierigkeiten jeder Art«, sagte Ada, und beide lachten. Als sie dann von Kouandé, dem Papagei, dem Zettel und dem Überfall erzählte, wurde Elise wieder ernst.

»Wir müssen jetzt schnell handeln«, sagte sie bestimmt und setzte sich auf. »Seit einer Weile weiß ich nicht mehr, was ich von Diallo halten soll. Er trennt sich nicht von seiner Frau, dabei schwört er, mich zu lieben. Ich vertraue ihm nicht mehr. Deshalb habe ich ihm nichts von der Diskette gesagt und sie stattdessen dir mitgegeben. Ich wollte Zeit gewinnen und eine Weile untertauchen. Aber dann hat meine Familie den Juju-Mann ins Spiel gebracht.« Elise sah sie forschend an, ob sie ihr auch folgen konnte.

Ada nickte und wartete auf die Fortsetzung.

»Patrick hat mir, wenige Tage bevor er ermordet wurde, diese Diskette gegeben. Er war beunruhigt, ahnte, dass er schon lange beschattet wurde. Vielleicht wusste er sogar, dass ein Anschlag auf ihn geplant war. Mir hat er nur gesagt, ich soll gut auf die Diskette aufpassen. Sonst nichts. Er wollte mich nicht gefährden.« Elise griff nach Adas Hand. »Ich wollte dich auch nicht gefährden. Verzeih mir! Ich habe jedenfalls das Gris-Gris trotz der Diskette richtig weihen lassen. Es ist ein wirksames Gris-Gris, glaub mir!«

Ada nickte. »Natürlich, du siehst doch, dass ich noch lebe.« Sie lachten beide.

»Wer will denn nun die Diskette haben?«, fragte sie Elise.

»Der Mörder von Patrick natürlich.«

»Und wer ist das?« Ada wunderte sich selbst über den dringlichen Tonfall, den sie unbewusst angenommen hatte.

»Ich weiß es doch auch nicht.« Elise antwortete leise und zornig. Sie kam wieder zu Kräften.

»Was war mit dir und Johannes? Was weißt du über das Atakora-Gold?«

Elise winkelte die Ellenbogen an und stützte den Kopf in beide Hände. Ihre Augen blitzten. »Mit Johannes wollte ich von Diallo loskommen. Es ist mir nicht gelungen. Johannes ist ein schwacher Mensch.« Sie verfiel in Schweigen, sann vor sich hin. Schließlich sprach sie weiter: »Das Gold, ja. Diallo hat davon erzählt. Irgendwer will da ein krummes Ding drehen.«

»Und was haben sie jetzt hier mit dir vor?«

»Sie werden eine Zeremonie durchführen, die mich von dem Hexenzauber heilt. Dafür holen sie den Azongbeto. Es wird eine Zeit lang dauern. Dann bin ich gereinigt. Wo hast du die Diskette versteckt?«

»Sie ist in Sicherheit. Ich sage dir lieber nicht, wo, bevor die Zeremonien hier beendet sind. Sonst erfährt es womöglich noch der Juju-Mann.«

»Den lässt man hier nicht herein.«

Adeline kam mit einer dampfenden Schüssel in die Hütte. Sie setzte sich zu ihnen. Gemeinsam aßen sie Reis mit Soße und tranken Tee. Die Stärkung war nötig.

Elise legte sich hin und schlief endlich ein.

Adeline saß mit gekreuzten Beinen in kerzengerader Haltung neben Ada. Zart, schwerelos, wie über alles erhaben.

»Lebst du schon lange hier?«, fragte Ada leise.

»Seit vielen Jahren. Als ich sechs wurde, habe ich mein Zuhause verlassen, ich wurde ausgelöscht, bin gestorben. Ich durfte mit niemandem reden, meine Eltern und Freunde nicht sehen und musste lernen. Die Rituale des Vodou, Töne, Sprache, Rhythmen. Bei der Initiation wurde ich neu geboren. Jetzt bin ich Vodousi, Gemahlin der Vodougötter. Ich befolge ihre Vorschriften. Die Götter und Geister sind immer da, immer um uns herum. Sie sind die Vermittler zwischen sichtbarer und unsichtbarer Welt.«

Von draußen drangen Stimmen herein. Nackte Füße liefen über den Sandboden, scharrend wurden schwere, eiserne Kessel vorbeigezogen. Irgendwer wimmerte leise, angstvoll. Durch die offene Tür waren flackernder Feuerschein und vorbeihuschende Schatten zu sehen. Ada war, als werde es immer heißer, als würde sie zu glühen beginnen, obwohl die Sonne längst verschwunden und die Nacht hereingebrochen war.

»Was passiert jetzt mit Elise?«, fragte Ada. »Wird sie Ratschläge von den Göttern erhalten?«

»Elise braucht keinen Rat. Denn ihr Schicksal ist lange festgelegt.«

»Unabänderlich? Kann denn niemand etwas tun?«

Adeline schwieg. Dann lenkte sie Adas Blick zur hinteren Ecke der Hütte. Im Halbdunkel konnte sie eine Gestalt erkennen. Ein winziger Kopf mit geschwungenen Hörnern, ein plumper, großer

Körper und ein riesenhaft herausragender Penis. Verklebt mit Blut und einer breiigen, grün schimmernden Masse, bestückt mit Kieferknochen und kleinen Hautfetzen.

»Er schon. Legba. Er ist mein Gott. Er hat dunkle und lichte Seiten, kann uns Gutes oder Schreckliches tun. Der Zufall ist sein Prinzip. Seine Beine sind verschieden lang, denn mit einem steht er im Himmel, mit dem anderen auf der Erde. Nur über ihn kannst du die anderen Götter erreichen. Er ist ihr Ohr. Wenn du mit ihm ins Reine kommst, kannst du dein Schicksal wenden.«

Ada warf einen besorgten Blick zu der schlafenden Elise hinüber. »Wird sie wieder gesund werden?«

»Durch die Zeremonie wird sie von der Besessenheit befreit.«

Beide schwiegen jetzt, warteten. Die Vorbereitungen zogen sich hin. Die Hitze war erstickend. Ada lief am ganzen Körper der Schweiß herunter. Ihr war, als sei jemand hereingekommen, ein Luftzug, sie drehte sich um. Doch da war nur Legba. Zu allem Möglichen bereit. Sein Mund schien zu lächeln.

»Der Juju-Mann, ihr Onkel, ist schuld. Er hat sie verhext, er sollte ihr die Liebe zu Diallo austreiben.«

»Wie hat er sie in seine Gewalt bekommen?«

»Er ist der mächtigste Zauberer der Region. Wer die Technik der Magie beherrscht, kann für Gesundheit und Glück sorgen, oder auch Böses tun. Der Juju-Mann bedient sich der schwarzen Magie, er ist gefährlich.«

»Und das funktioniert wirklich?«

»Selbst Politiker nehmen ihre Hilfe in Anspruch. Und die Zauberer werden nur bei Erfolg bezahlt.«

»Werden sie reich dabei?«

»Es sind die reichsten Männer des Landes.«

36

Anschwellendes Stimmengewirr drang herein. Rufe, tappende Füße, rhythmisches Klatschen. Der Azongbeto war eingetroffen. Ein älterer, eher unscheinbarer Mann mit faltiger Lederhaut und gebückter Haltung trat durch die Tür. Nicht sehr groß, knochig, mit sehnigen Armen und einem roten Lendenschurz. Nie hätte Ada seinen Beruf erraten, wenn sie ihm draußen begegnet wäre. Nur das ehrerbietige, fast furchtsame Verhalten aller Anwesenden ließ auf seine Bedeutung schließen. Zwei junge Mädchen trugen eine Schüssel voller stark duftender Kräuter herein und stellten sie auf dem Boden ab. Der Azongbeto begann in einer Ada unverständlichen Sprache vor sich hin zu murmeln. Elise' Oberkörper und Gesicht wurden mit einer gelben Paste eingestrichen. Draußen dröhnten die Rhythmen der Trommeln durch die Nacht, immer lauter und fordernder.

Jetzt wurde die Zeremonie auf dem Hof fortgesetzt. Alte Frauen und Männer saßen im Kreis. Die Trommeln wurden schneller, wilder, ekstatisch. Sie zerhackten die Luft in kleine, vibrierende Stücke. Eine alte Frau in einem ausgefransten Rock begann zu tanzen. Sie bewegte die Arme wie ein Vogel seine Flügel, als wolle sie gleich abheben und hinauf zu den Göttern und Geistern fliegen. Die Füße scharrten, ohne dass sie angehoben wurden, in winzigen Schritten auf dem Boden. Ihr Unterleib kreiste immer schneller und schneller, sie beugte den Oberkörper vor wie eine Einladung an einen Gott, sie von hinten zu bespringen. Dann verdrehte sie die Augen, bis nur noch das Weiße in ihnen zu sehen war. Sie war in Trance. Ein Gott war in sie eingefahren, vielleicht auch ein Ahne. Ihr Gesicht nahm den Ausdruck ekstatischer Freude an. Kurze Schreie entfuhren ihrem verzerrten Mund.

»Djagli hat sie in Besitz genommen. Das ist der Gott, der vor

Hexen und bösen Geistern schützt. Die Zeremonie bewirkt, dass Elise in Zukunft nichts mehr passieren kann«, flüstere Adeline.

Ada verspürte eine lähmende Müdigkeit. Sie ging in die Hütte und schlief sofort auf der Strohmatte ein.

Mitten in der Nacht wurde sie von Elise geweckt.

»Wir müssen weg«, flüsterte sie so bestimmt, dass Ada sich ohne viel Federlesen erhob und schlaftrunken mit hinauswankte. Draußen empfing sie die Kühle der Nacht und ein Sternenhimmel, wie man ihn nur bei Neumond erlebt. Adeline brachte sie zum Tor.

»Ich werde dich nie vergessen!« Ada fiel zu ihrer eigenen Verwunderung der Abschied jetzt schwer.

Thierry stand bereit wie ein guter Geist. Trotz der nachtschlafenden Stunde blickte er besorgt die Straße auf und ab. Ada und Elise stiegen hinten ein. Sie sausten durch die Nacht über leere Straßen nach Cotonou.

Ruckartig trat Thierry auf die Bremse. Eine Prozession. Eine seltsame, mit Blättern geschmückte und weiß gepuderte Gesellschaft bewegte sich auf sie zu. Mit Palmblattwedeln bedeckt, kamen Männer des Weges, die merkwürdige Holzstücke oder Metallteile bei sich trugen. An einem flatterte ein dunkles Tuch. Elise packte Ada am Arm und riss sie mit sich auf den Boden des Wagens.

»Sie dürfen uns nicht sehen«, raunte sie. »Es ist Neumond!«

Wären wir doch endlich in Cotonou, wünschte Ada, diese Geister und Kulte fingen an, ihr lästig zu werden. Doch wie zur Strafe für solch frevelhaften Gedanken ließ sie ein schriller Ton zusammenzucken.

»Oros Hund!«, flüsterte Elise.

Oro!

Das gellende Geräusch ging Ada durch Mark und Bein. Eng an Elise gepresst wiederholte sie sich gebetsmühlenartig: Es geht vorbei, es geht gleich vorbei.

Da veränderte sich der Ton und wurde zu einem tiefen Brummen. Elise begann zu zittern und krallte sich in Adas Arm, sodass sie vor Schmerz beinahe aufgeschrien hätte. Die Prozession kam näher und näher.

Und zog vorbei. Der beängstigende Brummton wurde leiser und erstarb. Die Größe ihrer Erleichterung machte ihr erst das wahre Ausmaß des ausgestandenen Schreckens bewusst. Schließlich richtete sie sich wieder auf.

Elise kauerte immer noch am Boden. Endlich hob sich ihr Kopf. »Dieser Ton lässt Hexen sterben!«, sagte sie tonlos.

»Na siehst du.« Ada lachte erlöst.

»Ja. Die Zeremonie war erfolgreich.«

Thierry drehte sich zu ihnen um. »Wir haben unglaubliches Glück gehabt. Frauen, die Oro sehen, müssen sterben.«

»Was ist Oros Hund?«, fragte Ada. Sie atmete tief durch und versuchte, die Beklemmung abzuschütteln.

»Oros Emblem. Das Schwirrholz erzeugt den hohen Ton. Was wir danach gehört haben, das Brummen, war Oro selbst.«

Thierry sah jetzt noch ernster aus als sonst. Sachlich erklärte er: »Jemand wird sterben.«

Am Hotel de la Plage setzte er sie ab.

»Du kommst besser mit mir«, bestimmte Ada und nahm Elise am Arm.

37

»Wo ist die Diskette?«

Diese Frage von Elise weckte Ada am nächsten Tag. Es war schon Mittag. Sie saß auf dem Bett und blickte aus dem Fenster.

»Unter dem Präsidenten«, antwortete sie und streckte sich genüsslich.

Elise drehte sich um und sah sie verständnislos an. »Bist du jetzt vollends verrückt geworden?«

»Nein. Ich meine es ernst. Er beschützt sie. Ich zeigs dir später.«

»Okay. Ich gehe jetzt erst mal zu Diallo. Es gibt einiges zu klären. Dann müssen die Informationen auf der Diskette ausgewertet werden. Die Angst muss ein Ende haben. Bis später.«

Ada setzte sich erstaunt auf und starrte ihre energische Freundin an. Was Hexenaustreibungen doch manchmal bewirken können!

»Pass auf dich auf!«, warnte sie. Was auch immer Elise vorhatte, es war ihr ernst. Ada beschwor sie noch einmal: »Sei vorsichtig! Sie sind hinter dir her.«

Elise nickte und verschwand.

Vor dem Eingang stand wieder der Bettler mit der Krücke und sah sie an. Aber war es wirklich der Blick eines Bettlers?

Es war dieser klare, forschende Ausdruck, der sie plötzlich verunsicherte. Ein Blick, der ruhig feststellte: Ich weiß Bescheid. Um sie herum schien alles ins Wanken zu geraten.

Dann stand Jean-Claude Boya vor ihr.

»Guten Tag, Madame. Der kleine Ausflug nach Ouidah war also erfolgreich. Am Leben scheinen Sie ja nicht sonderlich zu hängen, sonst würden Sie nicht solche Risiken eingehen.«

Woher wusste er das alles?

Als antworte er auf ihre Gedanken, sprach er weiter: »Monsieur

Diallo war so freundlich, mir zu erzählen, dass Sie seinen Schützling Elise de Souza aus den Klauen des bösen Onkels befreit haben. Ich hatte Ihnen doch geraten, die Stadt nicht zu verlassen. Wir haben Sie überall gesucht. Tun Sie eigentlich nie das, was man Ihnen sagt?«

Von Diallo hat er es also erfahren! Hatte sie doch gewusst, dass die beiden zusammenhängen. Gute Entscheidung, ihm nichts von der Diskette zu erzählen. Stattdessen berichtete sie ausführlich über ihre Erlebnisse in Ouidah und von den unheimlichen Mitgliedern der De-Souza-Familie.

Boya beobachtete Ada, während sie sprach, konzentriert, als lese er zwischen den Zeilen und sei dem, was sie wohlweislich verschwieg, dicht auf der Spur.

»Haben Sie etwas über den Tod von Geigers Gärtner erfahren?«

»Es war der Wächter.«

»Warum lügt Toni Geiger?«

»Er wird wohl eingeschüchtert worden sein. Nicht alle sind so waghalsig wie Sie. Fast könnte man es lebensmüde nennen.«

»Wissen Sie etwas über Johannes Berger und Robert Duchamp?«

Boya schwieg und betrachtete seine Schuhe.

»Was ist mit ihnen?«, drängte Ada.

»Robert Duchamp ist tot. Vielleicht ist es besser, wenn Sie das Land verlassen.« Sein Tonfall war jetzt weicher geworden.

»Das ist unmöglich«, stieß sie gepresst hervor. »Ist er ermordet worden?«

»Sein Kopf wurde abgetrennt.«

Vor ihren Augen begann sich alles zu drehen.

Boya rief nach dem Kellner, der brachte ein Glas Wasser.

Sie konnte sich nicht beruhigen. Mühsam beherrscht verabschiedete sie sich von Boya. Am nächsten Tag würde er wieder vorbeischauen.

Ada schleppte sich in ihr Zimmer und fiel wie betäubt aufs Bett. Sie nahm eine Schlaftablette.

Ein schabendes Geräusch ließ sie erwachen. Sie sah gerade noch, wie ein Briefumschlag unter dem Türschlitz durchgeschoben wurde. Sie taumelte zur Tür, niemand. Aus dem Umschlag fiel ein bordeauxroter Stofffetzen heraus.

Ada legte sich aufs Bett zurück. Fühlte sich bleischwer, unfähig, auch nur eine Hand zu rühren. Beschloss zu warten, bis Elise kam. Oder Tom. Seine warmen Hände fielen ihr ein, und sein Duft, den sie an seinem Hals gerochen hatte. Würde er überhaupt irgendwann wiederkommen?

Er hat ja nie Zeit, dachte sie bitter.

Sie wartete. Wagte sich nicht mehr vor die Tür. Abends überwand sie sich dann, setzte sich unruhig auf die Terrasse des Hotels. Sie sah zu den Lichtern der Schiffe hinüber, die draußen ankerten, beneidete die Leute, die dort unter den Lampen in Sicherheit waren und vielleicht Karten spielten.

Am Vormittag schlenderte Jean-Claude Boya heran, als wäre er nur vorbeigekommen, um die frische Meeresbrise zu genießen. Er erkundigte sich nach ihrem Befinden, sah sie aufmerksam an. Ada meinte, in seinen Augen eine untergründige Melancholie zu entdecken.

»Haben Sie etwas von Johannes Berger gehört?«, fragte sie ihn.

»Tja, Johannes Berger. Ein Freund von Ihnen? Ein sympathischer, engagierte Experte, nicht wahr? So kann man sich täuschen … Wie es scheint, hat er sich ins Ausland abgesetzt. Nachdem er die Schürfrechte am Atakora-Gold erworben hat. Geschickt eingefädelte Sache.«

Ada sah ihn ungläubig an. »Aber …«

Scharfe Falten zerfurchten seine Stirn. »Ja, ich würde es mir auch anders wünschen. Aber darauf haben wir keinen Einfluss.«

»Wer hat Robert getötet?«

»Möglicherweise derselbe, der Arthur Marquardt auf dem Gewissen hat.«

»John Johnson?« Sie sah ihn forschend an.

»Es hat den Anschein. Wir sind ihm auf der Spur. Sehen Sie da drüben den Bettler?« Sie folgte seinem Blick. »Dieser Krüppel macht für John Johnson die Fußarbeit.«

Der Krüppel, der Mann für die Fußarbeit. Seltsam, dachte Ada verschwommen. Der Bettler mit der selbst geschnitzten Krücke, der an allen wichtigen Orten des Geschehens auftauchte. Dass ihr das nicht früher aufgefallen war!

»Hat John Johnson auch Patrick umgebracht?«

»Wir gehen davon aus. Aber man kann es ihm nicht nachweisen. Nur Ihr Film hat ihn offenbar nervös gemacht.«

»Gibt es denn einen Zusammenhang zwischen dem Mord und diesem Skandal im Ministerium?«

»Das wird sich zeigen. Sehr bald.«

Boya hatte die Beine übereinander geschlagen, er wippte mit dem Fuß. Sein blank geputzter Schuh glänzte in der Sonne. Sie spürte Wut in sich aufsteigen. Seine Selbstgerechtigkeit, die teuren Schuhe ... Und John Johnson mordet seelenruhig vor sich hin. Wer weiß, von wem *er* sich schmieren lässt, und der saubere Diallo auch.

»Meine Liebe, ich hoffe sehr, wenn Sie mir etwas zu sagen haben, dass Sie das auch tun werden. Sie wissen, wie wenig bei dieser Geschichte ein Menschenleben zählt. Selbst ein weißes. Wenn Sie oder Elise de Souza über Informationen oder Aufzeichnungen verfügen, die ich nicht kenne, und ich habe Grund zu dieser Annahme, dann sollten Sie es mir auf der Stelle mitteilen.

Ansonsten kann ich für Ihrer beider Leben nicht länger garantieren.«

Sie sah ihn nur wütend an.

»Adieu dann, Madame. Auf Wiedersehen zu sagen, wäre blanker Hohn.«

Er erhob sich, verneigte sich kühl und entfernte sich mit eiligen Schritten.

Sollte sie ihn zurückrufen? Sie hob unschlüssig die Hand, strich sich dann nur die Haare aus der Stirn.

Was konnte sie jetzt tun?

Elise kam gegen Mittag. Sie umarmten sich, sprachen über Roberts Tod. Ada gab wortgetreu das Gespräch mit dem Capitaine wieder. Beschrieb ihre Zweifel. Elise' Gesicht war voller Sorge.

»Jetzt muss alles schnell gehen. Wo ist die Diskette? Wir brauchen die Informationen! Mit Diallo habe ich mich ausgesprochen. Er wird uns unterstützen.«

Ausgerechnet Diallo.

»Wir treffen ihn in seinem Büro, in zwei Stunden. Bald werden wir wissen, wer hinter allem steckt.«

»Hoffentlich.« Ada hatte jetzt fast Angst vor der endgültigen Erkenntnis, wer für Patricks Tod verantwortlich war.

Als sie Elise das rote Tuch zeigte, begannen deren Augen zu funkeln.

Elise küsste sie auf die Stirn und sah ihr zum Abschied ernst in die Augen. Als wenn es ein Abschied für immer wäre, dachte Ada. Aber wir sehen uns doch nachher. Ein merkwürdiges Gefühl schnürte ihr die Kehle zu.

Sie ging in die Bar an der Ecke, zog das Päckchen mit der Diskette hinter dem Plakat des selbstgefällig herabblickenden Präsidenten hervor und lief wieder hinaus. Dass das Mädchen hinter dem Tresen und zwei Männer vor ihren Béninoiseflaschen sie entgeistert anstarrten, ließ sie unkommentiert.

Monsieur Alphonse rief sie zu sich, als sie im Hotel ankam. Wie die Karikatur eines Postillon d'Amour überreichte er ihr augenzwinkernd einen Brief. »Ist in der Sekunde für Sie abgegeben worden.«

In dem Kuvert steckte ein Zettel, geschrieben mit schwarzer Tinte. Sie erinnerte sich sofort. Doch diesmal war es keine Einladung nach Porto Novo. Eher schien es ein Befehl zu sein.

> Ich erwarte Sie am Hafen, rechts neben dem Zollgebäude. Bringen Sie die Diskette mit, sonst werden Sie den Tag nicht überleben.

Knapp, eindeutig. Und leicht verständlich.

Als sie dann im Hotelzimmer auf dem Bett saß, fühlte sie sich wie in kaltes Wasser getaucht, das ihr durch seine eisige Schärfe sämtliche Empfindungen nahm. Wenige Augenblicke trennten sie nur noch von einem Rendezvous mit dem Mörder. Sie zündete sich eine Zigarette an. Die malte eine zittrige Zickzacklinie in die Luft. Angespanntheit bemächtigte sich jetzt ihrer, blitzlichthaft unterbrochen von Phasen scharfer Angst.

Nachdem sie sich etwas beruhigt hatte, versuchte sie, einen klaren Gedanken zu fassen. Wie konnte sie Boya oder Diallo erreichen, die sie offensichtlich doch zu Unrecht verdächtigt hatte? Telefon! Guter Gedanke!

Sie sprang auf und lief zu Monsieur Alphonse.

»Ich brauche das Telefon!« Die eigene Stimme klang unangenehm schrill in ihren Ohren.

Der zuckte die Achseln. »Tut mir Leid, Madame. Seit heute morgen funktioniert es nicht.«

Nur das jetzt nicht. Sie rannte hinaus, winkte wie verrückt einem Mopedtaxi-Fahrer zu. Der knatterte vorbei. Sie blickte sich gehetzt um.

Ein junger Typ stand auf einmal vor ihr. »Tun Sie, was man Ihnen aufgetragen hat.« Und mit schneidender Stimme: »Zu Ihrer eigenen Sicherheit.«

Sie kapitulierte, nickte.

Dann würde sie eben zu ihm gehen, dem heiseren Mann aus Porto Novo.

Wer außer Elise wusste, dass sie die Diskette hatte? Jetzt wurden ihr die Knie weich.

Am Hafen steuerte sie das Zollgebäude an. Ein endloser Strom schrottreifer Peugeots, zerbeulter Renaults und dunkler Mercedeskarossen ergoss sich von den Containerschiffen. Europa entsorgte seine alten und umweltunfreundlichen Autos. Kräne schwenkten bedrohlich hin und her, Metall knirschte auf Metall. Menschengewimmel. Männer in Anzügen, Hafenarbeiter, Händlerinnen schoben sich zwischen den Autokarawanen hindurch. Ein guter Ort, jemandem ein Messer in die Brust zu stoßen und blitzschnell unterzutauchen.

Beim Zollgebäude erblickte sie den Mann mit dem markanten Kinn. Er sah ihr entgegen. Wie damals strahlte er eiskalte Brutalität aus.

»Wir kennen uns ja bereits.« Das war wohl seine Standardbegrüßung. Diesmal konnte sie ihm zustimmen.

Und mit seiner heiseren Stimme: »Mein Name tut nichts zur Sache.«

Merkwürdige Art, sich vorzustellen.

»Ich arbeite im Auftrag der Banque Internationale de la Coopération in Paris, Niederlassung Abidjan. Ivorischer Fahnder.« Er lächelte schmallippig auf eine Art, die erahnen ließ, wozu er bedarfsweise fähig sein könnte.

»Wenn ich jetzt um die Diskette bitten dürfte.«

»Wieso sollte ich Ihnen glauben?«

»Weil Ihnen nichts anderes übrig bleibt.«

Er sah sie herablassend an, zückte aber seinen Dienstausweis und wedelte damit kurz vor ihrem Gesicht herum. Sie griff ihn sich und betrachtete ihn gründlich.

»Warum müssen wir uns hier treffen?«

»Ein netter Ort, viele Menschen und so schön unübersichtlich. Meinen Sie etwa, ich lasse mir im letzten Moment noch alles vermasseln? Wenn John Johnson Sie mit der Diskette erwischt, sind alle Beweise zum Teufel. Und bei so jemandem wie Ihnen muss man mit allerlei Dummheiten rechnen.« Er sah auf ihre Sandalen vom Dantokpa, als würden die nun endgültig ihre Unfähigkeit beweisen. »Haben Sie Ihren Film endlich gefunden?« Seine Mundwinkel wollten grinsen, es kam aber nur ein Schnappen dabei heraus. »Sonst hat er mal wieder keine Spuren hinterlassen. Tadellose Arbeit.«

Bewunderung, Respekt. Ada wurde blass vor Wut. War wohl nur dem Zufall zuzuschreiben, auf welcher Seite er stand.

Der Bulldoggenmann streckte die Hand aus. Ada legte die Diskette hinein, er bedankte sich mit einer leichten Verbeugung. Sie war froh, dass er nicht auf einen Händedruck bestand.

38

In Diallos Büro saß bereits Elise. Sie sprang auf, als Ada hereinkam, und umarmte sie. Diallo trat fast feierlich auf sie zu. Seine Stimme zitterte vor Ergriffenheit, als er Ada seinen Dank aussprach, sich so für seine Freundin Elise eingesetzt zu haben. Vor Aufregung schien ihm seine Förmlichkeit abhanden gekommen zu sein. Er sprach wie ein normaler Mensch, wie einer, der wirklich Angst um einen anderen ausgestanden hat.

»Ein Glück, dass du da bist. Hast du die Diskette?« Elise sah sie gespannt an.

»Nein.«

Die Tür ging auf, Boya kam herein und begrüßte alle. Er bedachte Ada mit einem vieldeutigen Blick. »Sie haben es uns nicht gerade leicht gemacht mit Ihrem Versteckspiel.«

»Dieser Fahnder aus Abidjan hat mir die Diskette abgenommen«, sagte Ada grimmig.

»Ja, ich weiß. Er hat die ganze Zeit mit uns zusammengearbeitet, verdeckt selbstverständlich. Und zugegebenermaßen mit seinen speziellen Methoden, die nicht nach jedermanns Geschmack sind. Nach meinem übrigens auch nicht. Aber damit hat er uns trickreich ausgebootet, um die Diskette als Erster in den Fingern zu halten. Wird wohl eine Beförderung dabei rausspringen.« Boyas Mund wurde zu einem harten, schmalen Strich. »Aber nun wollen wir hoffen, dass uns die Diskette endlich dahin führt, wo die Millionen versackt sind.«

Das Telefon klingelte. Diallo hob ab.

»Gut. In Ordnung.« Während des Gesprächs hatte er Haltung angenommen. Dann drehte er sich zu ihnen um. »Mein Chef. Der Fahnder ist gerade bei ihm. Ein Bote wird die Diskette vorbeibringen. Wir sollen versuchen, das Passwort zu knacken.«

Über Boyas Gesicht huschte ein kleines schadenfrohes Grinsen.

Der Bote hielt das flache schwarze Ding in den Händen. Der Computer lief warm und das Diskettenlaufwerk schnurrte. Bitte Passwort eingeben.

Es wurde eine lange Nacht.

Ada trat ans Fenster und sah hinaus ins Dunkel. Tom war nicht gekommen. Scheint eine Eigenart von ihm zu sein, gerade dann nicht zu kommen, wenn man ihn am meisten gebraucht hätte.

Schon einige Zeit war niemandem mehr etwas eingefallen, was als Passwort herhalten konnte. Boya war kurz aus dem Zimmer gegangen. Elise schlief auf dem Besuchersessel. Diallo sah immer wieder zu ihr hinüber, der Schweiß stand ihm auf der Stirn. Ada schien es, als röche er nach Angst. Seine Haut sah schon so grau aus wie die Asche, die bedrohlich lang an seiner Zigarette wuchs. Dann stand er auf und erklärte, Elise an einen sicheren Ort bringen zu wollen. Sie solle sich erst einmal richtig ausschlafen.

Ada war jetzt in dem fast dunklen Büro allein. Nur die Schreibtischlampe warf einen Lichtkreis auf die Tischplatte. Der Computerbildschirm sandte ein bläuliches Licht in den Raum. Der rastlos blinkende Cursor schien wie eine tickende Zeitschaltuhr die Sekunden bis zum Hochgehen der Bombe zu zählen.

Sie steckte sich eine Zigarette an und lehnte sich zurück. Kaum zu glauben, erst sechs Wochen waren vergangen, seit sie auf dem Cotonouer Flughafen angekommen war. Mit ihren Fotoplänen im Kopf, ihren russischen Romanen im Koffer und ihrer Sicherheitsdistanz im seelischen Gepäck. Immer alle Optionen offen lassen, war ihre Devise gewesen. Immer auf der Flucht vor allzu engen Beziehungen und allzu festgelegten Plänen. Lieber von der Liebe des Meisters und Margaritas lesen, als sich selbst auf derartige Abenteuer einzulassen. Unversehens, aber nachdrücklich hatte sich alles verändert. Ihr ganzes Leben hatte sich verändert.

Vier Menschen waren tot. Einer hatte grandiose Summen auf

die Seite geschafft. Gab es ihn überhaupt, diesen ominösen Hintermann? Vielleicht hatte Patrick ja Recht, als er sagte, in seinem Land gehe es so zu wie in der Lagune. Alles wurde verdreckt und überwuchert. Die blaue Hyazinthe fiel ihr ein. Der Cursor blinkte auffordernd auf der Mattscheibe des Bildschirms. Sie beugte sich vor. »Hyazinthe« gab sie ein. Error. »Blaue Hyazinthe«. Error. Enttäuscht ließ sie die Arme sinken. Was hieß Hyazinthe auf Fon? Patrick stand wieder vor ihr, wie damals in Ganvié. Traurig dachte sie an seinen Aufschrei: »Alles muss verändert werden! Gbédio!« Und jetzt war es nur ihr Leben, das sich so sehr verändert hatte.

Es durchfuhr sie wie ein Blitz. »Gbédio«, gab sie ein.

Der Bildschirm wurde hell, ungläubig starrte sie ihn an. Namen tauchten auf, Zahlen, Tabellen. Sie sah gespannt die Listen durch. Nichts, was ihr irgendwie bekannt vorgekommen wäre. Vieles in Fon. Plötzlich ein Name: Diallo. Doch er!

Da klackte leise die Tür.

Diallo trat ins Zimmer. Sein Gesicht war grau und eingefallen. Er sah auf den Bildschirm, lief zum Computer, steif vor Müdigkeit, starrte wie hypnotisiert hinein. Unvermutet zuckte seine rechte Hand vor, wollte die Datei löschen. Ada schrie auf und riss seine Hand weg.

»Was soll das?«, fragte er mit einer Stimme, die ihr hohl und merkwürdig vorkam. In diesem Moment begann es in hohen Tönen zu piepsen, zu knacken und dann zu krachen. Es dröhnte, als wenn ein Flugzeug im Büro zur Landung ansetzen wollte. Schwarze Kreise tanzten vor ihren Augen. Diallo brachte ihr ein Glas Wasser. Er sah sie besorgt an.

»Ich habe nur den Drucker angestellt, er ist schon alt und ein wenig laut. Alles ist in Ordnung«, sagte er mit beruhigender Stimme. Sie lehnte sich erschöpft zurück und schloss für einen Moment die Augen.

Auf einmal herrschte emsige Betriebsamkeit im Büro. Der Drucker begann endlos Papier auszuspucken. Capitaine Jean-Claude Boya las alles und zog eilig davon. Die heisere Bulldogge betrat den Raum, verbreitete Kälte, machte eine Kopie der Diskette und verschwand in Richtung Abidjan.

Diallo fasste zusammen: Die scheinbar unterschlagenen Gelder waren auf ein Sperrkonto gelenkt worden, es ging um Erzvorkommen, von umfangreichen Waffenlieferungen war die Rede, ein gewisser Oberst Bogomey spielte eine herausragende Rolle.

»Unglaublich!«, rief Diallo, dem sichtbar die Luft wegblieb. Diese Geschichte sollte also nicht nur ihn Kopf und Kragen kosten. Hier wurde hoch gepokert. Sollte die Regierung gestürzt werden?

»Aber immerhin, das Geld ist da«, tröstete er sich selbst mit belegter Stimme. Doch dann wiederholte er besorgt: »Oberst Bogomey!«

»Kennen Sie ihn?«, fragte Ada.

»Bei einem Putsch vor rund zwanzig Jahren ist der damalige Präsidentschaftsanwärter von einem Leutnant Bogomey angeblich tot aufgefunden worden. Ein Mord, der niemals aufgeklärt wurde. Bogomey konnte Zeugen für seine Unschuld anbringen. Er wurde Präsident. Aber er blieb nur sechs Monate an der Macht. Dann kam der nächste Putsch.«

Unvermittelt traf sie der Schock.

39

»Aufgefunden worden!«

Das hatte sie erst kürzlich gehört. Und sich an der Formulierung gestoßen, war aber nicht so recht darauf gekommen, warum. Sie sah ihn vor sich: lächelnd, integer, ein Garant der Zuverlässigkeit. Und ohne jeden Skrupel.

Sie schnappte sich die Diskette vom Tisch, Diallo hatte gerade den Raum verlassen. An der Tür zögerte sie kurz. Dann ging sie noch einmal zurück, hob den Hörer und wählte die Nummer von Jean-Claude Boya.

»Kurz weggegangen«, bedauerte eine Stimme.

»Er soll kommen, so schnell er kann!« Sie nannte die Adresse.

Sie lief an der öden Reihe Weihnachtssterne entlang. Stürzte grußlos an der empört aufspringenden Sekretärin vorbei.

De Boulanger sah erfreut auf, als Ada hereinkam, erhob sich wie immer äußerst höflich.

»Nett, dass Sie einmal vorbeischauen. Nehmen Sie doch Platz!« Charmantes Lächeln.

»Schon in Ordnung, Hélène!«, beschwichtigte er seine Sekretärin. Er schloss die Tür.

Wortlos warf Ada das bordeauxrote Tuch, das unter ihrer Tür durchgeschoben worden war, auf seinen Schreibtisch. De Boulanger betrachtete es mit Interesse.

»Was haben Sie denn da Schönes?«

»Das rote Stofftaschentuch, damals, als Sie mir das Müllprojekt erläutert haben. Sie haben sich mit einem roten Tuch die Stirn abgewischt.«

»Wie aufmerksam! Ich hatte das kostbare Ding wohl verloren. Und nun, womit kann ich Ihnen dienen?«

»Wie wärs mit der Wahrheit?« Sie stützte sich mit den Händen auf den Schreibtisch und funkelte ihn an.

Er lachte. »Mein Gott! Ein ausgefallener Wunsch!«

»›Er wird aufgefunden werden.‹ Erinnern Sie sich an Ihre Formulierung damals? Woher wussten Sie, dass der Wächter tot ist? Ich hatte am Telefon nichts davon gesagt. Menschen, die aufgefunden werden, sind meistens Leichen, sonst werden sie einfach wieder gefunden!«

»Aber hören Sie, da haben Sie sicher etwas falsch verstanden. Ich wusste schon immer, dass in Ihrem hübschen Köpfchen allerhand Fantasie steckt.«

»Die Dinge, die hier passieren, sind ja wohl eher Realität! Und ich wüsste gerne, was Sie damit zu tun haben.«

Er lief aufgeräumt hin und her, öffnete einen Schrank und holte eine Flasche und Gläser heraus. Drehte sich lächelnd zu ihr um, sah ihr unverschämt tief in die Augen. »Ach, wissen Sie, wir beide, ich genauso wie Sie, wir tun etwas für die Zukunft Benins, wenn auch auf unterschiedliche Art und Weise. Darauf sollten wir anstoßen!«

De Boulanger ließ den Blick wohlgefällig über ihr enges T-Shirt schweifen. Dann begann er, die Flasche schwenkend, seine Sichtweise zu erläutern: »Sehen Sie, die Beniner können noch nicht alleine klarkommen.« Er stellte die Flasche schwungvoll auf den Tisch und schüttelte nachsichtig den Kopf. »Es sind nette, freundliche Menschen. Aber sie verstehen einfach nichts von Finanzen, nicht wirklich. Wer kann, haut hier ab, die anderen warten auf die Weißen, auf Hilfe aus dem reichen Norden.« Er schenkte ein, schob Ada ein Glas über den Tisch zu. Dann setzte er sich, zündete eine Chesterfield an und blies einen Rauchring in die Luft. Ruhig fuhr er fort. »Afrika hängt am Tropf. Von selbst passiert hier gar nichts.«

»Aber zum Glück sind Sie da und nehmen die Dinge in die Hand.« Sie lehnte sich mit verschränkten Armen an die Wand.

»Seien wir doch ehrlich: So kann es hier nicht weitergehen. Dieses Land muss mit starker Hand geführt werden. Notfalls auch mithilfe des Militärs. Besser als Chaos oder gar Rückbesinnung auf sozialistische Tendenzen der Vergangenheit. Ganz zu schweigen von den Machtbestrebungen der Islamisten.« Er sah sie überlegen lächelnd an. »Sicher gibt es wieder Idealisten in Europa, die dagegen protestieren werden. Aber denken die auch an die Flüchtlingsströme ins eigene Land? Irgendwann wird man sich nicht mehr abschotten können. Frankreich wird sich wieder mehr um die ehemaligen Kolonien kümmern müssen.«

»Ach, ja? Und Sie retten Afrika, koste es, was es wolle: die Beniner ein paar Millionen, einige Politiker ihren Ruf, eine Hand voll Menschen das Leben!«

Er reckte das Kinn vor und erwiderte kühl: »Wovon reden Sie da nur, meine Liebe?«

Sie öffnete ihre Handtasche, zog die Diskette hervor, schob sie ihm über den Tisch zu und fixierte ihn dabei mit katzenhaft zusammengekniffenen Augen.

»Dachte ich es mir!« Er schwieg einen endlos langen Augenblick. Kurz verließ er den Raum, besprach etwas mit seiner Sekretärin. »Bis morgen!«, hörte sie ihn schließlich sagen und meinte einen leicht gereizten Unterton herauszuhören.

»Meine liebe Ada, Sie können einen ganz schön auf Trab bringen. Ich habe Sie von Anfang an geschätzt und muss jetzt sagen, trotzdem immer noch unterschätzt.« Seine gepflegten Hände lagen locker auf der Tischplatte, neben der Diskette. »Dann wissen Sie jetzt Bescheid.« Sein rechter Zeigefinger erzeugte Klopfzeichen, als wolle er damit seine Gedanken ordnen. Schließlich räusperte er sich und sagte: »Vernünftig von Ihnen, dass Sie die Diskette zu mir bringen.« Er lächelte sie an, und Ada fiel dazu »entwaffnend« ein. »Aber wenn Sie sie eher vorbeigebracht hätten, wäre uns allen viel

Ärger erspart geblieben.« In dem schweren Elefantenaschenbecher aus Malachit zerquetschte er ausgiebig seine Zigarette. Er nahm die Diskette in die Hand, drehte sie hin und her und bog sie gedankenversunken in seinen schlanken, kraftvollen Fingern. Sie gab nach, zerbrach leise knackend in zwei Teile. »Und, was haben Sie jetzt weiter vor?«

»Erst einmal nichts. Außer Ihnen ein paar Fragen zu stellen.«

De Boulanger stand auf, ging um den Schreibtisch herum und sah sie versonnen an. Kurz verfing sich sein Blick im Ausschnitt ihres roten T-Shirts. Irgendwie war sie beruhigt, jetzt ein Glimmen in seinen Augen wahrzunehmen.

»Muss das wirklich jetzt gleich sein?« Er ergriff ihren Arm, zog sie eng zu sich heran und raunte: »Ich mag dich.«

»Sie haben auch etwas sehr Einnehmendes, mein lieber Maurice – vielleicht etwas zu sehr.« Sanft drängte sie ihn zurück.

Er war versucht, ihr ins Haar zu fassen, zögerte dann kurz und ergriff ihre Hände. Die überließ sie ihm. Er betrachtete sie wohlwollend und sagte: »Die ganze Zeit habe ich meine schützende Hand über dich gehalten. Du hast es gar nicht bemerkt.«

Herausfordernd gab sie zurück: »Und die andere Hand war inzwischen bei der Unterschlagungsaffäre im Spiel?«

Er lachte nur. Packte sie dann am Nacken, bog ihren Kopf zurück, drückte seine Lippen auf ihren Mund und drängte sie an den Schreibtisch. Seine Hand suchte nach ihrem Oberschenkel.

»Du Schwein!« Es knallte wie ein Peitschenhieb. De Boulanger fuhr herum. Als Racheengel stand Madame Kourouma im Raum, beide Hände in die Hüften gestemmt.

»Du verstehst das falsch, Hélène!«

»Oh nein! Ich verstehe sogar sehr gut. Die große Liebe! Gemeinsames Leben in Frankreich! Ist sie jetzt die Glückliche? Deshalb mein freier Nachmittag heute.«

»Hélène, hier geht es um etwas ganz anderes.« Er machte einen Schritt auf sie zu.

»Das sehe ich. Ich lass dich auffliegen! Dann kann die saubere Reporterin ja gleich über deine perfekt inszenierte Unterschlagungsaffäre berichten. Und über das Extra-Sümmchen, das du abgezweigt hast.« Höhnisch: »Für uns.«

»Okay!« De Boulanger hob beschwichtigend die Hand. »Lass uns in Ruhe darüber reden, ja?«

»Ja, rede, und sag deinem Flittchen, wie skrupellos du das gedeichselt hast.«

»C'est l'Afrique!« Er breitete die Arme aus, die Handflächen nach oben. »Zugegeben, ein fingierter Skandal. Laut Zeitung sind Summen in Millionenhöhe in den Taschen der afrikanischen Politiker verschwunden. Unterschlagung in großem Umfang ist schließlich ein Markenzeichen für Afrikas Führungselite, wie jeder weiß. Der Skandal war gezielte Öffentlichkeitsarbeit, wenn man so will. Die Gelder hatten wir auf einem Sonderkonto zwischengelagert, unter strengster Geheimhaltung. Selbst bei der OCM waren nur allerhöchste Kreise eingeweiht. Alles im Interesse unseres Landes.«

»Und was hat denn Ihr Land davon?«, fragte Ada.

»Rutil. Es geht um Abbaurechte für Rutil, das im Norden entdeckt wurde. Ein Kopf-an-Kopf-Rennen mit den USA. Und Geld ab einer gewissen Größenordnung ist eine ideale Verhandlungsgrundlage.«

»Und ich lass dich auffliegen!«, zischte Madame Kourouma.

De Boulanger blickte nachsichtig und wandte sich Ada zu: »Die Verträge sind längst unterzeichnet, die Gelder stehen wieder zur Verfügung. Alle sind zufrieden.«

»Staatliche Erpressung, um das Land gefügig zu machen.« Sie sprach ohne jede Emotion.

»Erpressung! So ein böses Wort. Bleiben wir doch lieber bei Verhandlungsmittel.«

Ada legte provozierend eine Hand auf de Boulangers Schulter und lächelte maliziös.

Madame Kourouma legte einen rauschenden Abgang hin.

»Wie sind Sie nur auf die Idee mit dem Oro-Kult gekommen?«, fragte Ada jetzt mit einer wohl dosierten Spur Bewunderung in der Stimme. So hoffte sie zumindest.

»Rutil ist ein blutroter Quarz. Das hat mich auf die Idee mit den roten Tüchern gebracht. Der grausame Oro-Kult. Er sollte dich so weit bringen, dass du die Aufzeichnungen John Johnson im PTT-Auto übergibst. Deshalb ist er dir gefolgt. Dir und Elise. Einer von euch musste sie ja haben. Er hatte dann ständig Ärger mit der Tarnung. Alle möglichen Leute wollten, dass er etwas für sie repariert. Das PTT-Auto war schließlich echt.«

»Und ich habe Sie immer brav angerufen und Ihnen meinen Aufenthaltsort durchgegeben! Da hatte er es nicht allzu schwer, mir zu folgen. War der Mord an Robert Duchamp auch ein Werk von John Johnson?«

»John Johnson hat seine Finger im Goldgeschäft. Ein Nebenverdienst. Deine Freunde haben da mitgemischt. Roberts Problem war der Gin und dass er den Mund nicht halten konnte. Gefährlich in diesem Metier.« De Boulanger sah Ada in die Augen, fasste sie am Arm, wollte sie wieder an sich ziehen.

Sie entwand sich und fragte unvermittelt: »Warum musste Patrick sterben?«

Jetzt schien de Boulanger durch sie hindurchzublicken.

»Patrick mit seinem Idealismus … Er war anders als die anderen. Eigentlich war er mir ganz sympathisch, ich war auch ein bisschen wie er, als ich jünger war.«

»Wer hat ihn ermorden lassen?«

Er zögerte. »Ich habe es jedenfalls nicht zu verantworten. Ich habe nur einen Hinweis gegeben. Patrick de Souza wollte an die Presse gehen. Die Organisation lässt sich nicht gerne in die Karten sehen.«

Einen Hinweis gegeben! Sie fischte aufgewühlt in ihrer Tasche nach einer Zigarette, suchte das Feuerzeug. De Boulanger bemerkte nicht, das ihre Hände zitterten. Mit seinem goldenen Feuerzeug bot er ihr zuvorkommend Feuer, beugte sich dabei ganz nah zu ihr herüber. Da machte das kleine Aufnahmegerät in ihrer Handtasche leise klick.

Laut genug, dass auch de Boulanger es hören konnte. Ihr Herz drohte auszusetzen.

De Boulangers Blick gefror. Leise sagte er: »Das hättest du nicht tun sollen!« Mit schnellen Schritten ging er zur Tür, öffnete und ließ einen dürren Mann im rosa Seidenhemd herein.

Sie erkannte ihn sofort. Den perfekten Killer, der keine Spuren hinterlässt.

Ada spürte, wie ihr der Schweiß ausbrach. Hatte der Mann am Telefon ihre Mitteilung an den Capitaine weitergegeben? Oder hatte er Feierabend gemacht und es auf morgen verschoben? Sie schielte nach dem Malachit-Aschenbecher. Als Waffe brauchbar?

John Johnson griff langsam unter sein Seidenhemd, zog eine Pistole hervor und entsicherte. Linkshänder, konstatierte Ada, als wäre das von Wichtigkeit. Seine Augen waren kalte schwarze Löcher, seine Mundwinkel hingen herab. Die Mündung zeigte auf de Boulanger. Der erbleichte. Dann wandte sich John Johnson blitzartig um und zielte auf Ada.

Wie ein Taschenmesser klappte sie zusammen und war unter dem Schreibtisch verschwunden, als der Schuss krachte. Das Projektil bohrte sich in die gekalkte Wand.

Als wäre dies das Startsignal, flog die Tür auf. John Johnson hatte noch geistesgegenwärtig de Boulanger, der wenige Schritte neben ihm stand, die Pistole zugeworfen. Der fing sie automatisch auf. Dann stürmten Militärs mit vorgehaltenen Maschinenpistolen den Raum.

Boya war mit einem Satz bei de Boulanger, schlug ihm die Waffe aus der Hand, sodass sie quer durch das Büro schlitterte, packte seinen Arm und drehte ihn auf den Rücken. Dann das metallische Klicken der Handschellen. Wie lange hatte er hierauf gewartet. Das Geräusch musste Musik in seinen Ohren sein.

John Johnson stand betont lässig mit dem Rücken zur Wand. Vier Mündungen kleinkalibriger Schnellfeuerwaffen waren auf seine Körpermitte gerichtet.

Boya nahm Ada, die gerade wieder unter dem Tisch auftauchte, zur Seite.

»Entschuldigen Sie die Verspätung!« Er räusperte sich und ergänzte: »Wir standen im Stau!«

Mit allergrößter Kraftanstrengung unterdrückte sie ein hysterisch in ihrer Kehle aufflackerndes Lachen.

Es war überstanden. Ihre Knie zitterten, sie setzte sich, griff in ihre Tasche und reichte Boya das Aufnahmegerät.

Abspann. Sie glaubte, irgendwo im Hintergrund eine triumphale Musik zu hören. Was fehlte, war nur der Geliebte der Heldin, um sie in die Arme zu nehmen.

Im Geiste machte sie eine Verbeugung zu dem Vodoupriester in Léma hin. Möglicherweise hat er ja zum Gelingen beigetragen, denn, sie rechnete nach, es stimmte. Er hatte vier Wochen vorausgesagt, und vor vier Wochen war sie bei ihm gewesen.

Sie fühlte sich plötzlich wie erschlagen, konnte nur noch eines denken: endlich schlafen!

40

Im Hotel ging Monsieur Alphonse pfeifend an ihr vorbei. Wieder dieser Ohrwurm! Vom Bäcker, le boulanger. Sie sang mit: »Le boulanger … te donne gâteau et thé …« Dazu aus ihrem Wiederholungstraum: Il va te tuer. De Boulanger wird dich töten! Eine klare Botschaft. Warum war sie eigentlich nicht eher darauf gekommen?

Dann endlich kam Tom. Sie fielen sich in die Arme. Sie atmete seinen Duft ein, diesen herrlichen Geruch am Hals, spürte seinen Rücken unter dem dünnen Hemd, zog ihn an sich.

Beim Milchkaffee am nächsten Morgen erzählte sie ihm, was vorgefallen war.

»Ich dachte du bist Fotografin und nicht Kriminalistin! Das hätte aber schief gehen können.« Sein Gesicht hatte einen so besorgten Ausdruck angenommen, dass eine zärtliche Woge sie überflutete. Sie stand auf und ging auf ihn zu.

Zwei Stunden später saßen sie erschöpft wieder bei einem Kaffee, sprachen weiter.

Dann fuhren sie zum Markt, um für ihre gemeinsame Reise nach Kamerun einzukaufen. Sie wollte dort die berühmten Weberinnen von Kribi fotografieren, die eine ganz spezielle Webtechnik benutzten, und Tom war wunderbarerweise von seiner Zeitung dorthin beordert worden. Die Wahlen standen vor der Tür, und die Politik der verschiedenen Oppositionsparteien, die Kampagnen der Regierungspartei, das alles musste vor Ort recherchiert werden.

Tom sah konzentriert auf die Straße. Der übliche Stau, und jetzt kamen noch umfangreiche Straßenbauarbeiten dazu, die ein Durchkommen fast unmöglich machten. Die schlaglochübersäte Straße vom Flughafen zum Regierungssitz wurde neu asphaltiert.

Coto-*trou,* »Coto-Loch«, nannten die Leute die Stadt nicht umsonst. Hektische Vorbereitungen der Tage der Frankofonie.

»Der Belag dürfte knapp die Feierlichkeiten überstehen«, schätzte Tom. »Er ist so dünn, dass einige Regengüsse und ein paar schwere Limousinen mit ihren gewichtigen Insassen ausreichen, um die Straße wieder in die Hindernisstrecke zu verwandeln, die sie immer war.«

Ein Bettler, seine Krücke unter den Arm geklemmt, klopfte an das Autofenster. Ah-haaaa, der Mann für die Fußarbeit, dachte Ada. Tom kurbelte das Fenster herunter.

»Ist das deine Frau?«, fragte der.

»Ja«, antwortete Tom und fuhr an. Der Bettler starrte ihnen mit offenem Mund nach, ließ seine Krücke fallen und ging davon.

Als Ada am nächsten Morgen auf der Terrasse des Hotel de la Plage mit Tom frühstückte und die Zeitung las, schlenderte Comme la Vie vorbei und lachte, dass sein Schneidezahn nur so blitzte. Ada hatte ihr Versprechen gehalten und ihm den lang ersehnten Goldzahn spendiert. Er stand ihm wirklich gut.

Plötzlich stieß sie einen Schrei aus und warf dabei die Kaffeetasse um. Eine kleine Nachricht auf Seite drei der *Le Point* war der Grund.

> Maurice de Boulanger, langjähriger Mitarbeiter der Organisation pour la Coopération Mutuelle in Cotonou, setzt nach seinem Einsatz im Kampf gegen die Armut in Benin seine Arbeit in Brüssel fort. Die Bevölkerung des Landes dankt ihm und wünscht ihm viel Erfolg im Vorstand der Zentrale!

Ada warf die Zeitung auf den Tisch und schlug mit der Faust darauf. »Nein! Das darf doch nicht wahr sein! Konnte man ihm denn nichts nachweisen?«

Monsieur Alphonse spähte zu ihr herüber, erstaunt, dass sie sich offensichtlich über irgendeine simple Zeitungsmeldung so aufregen konnte. Er grinste sie an und hob zum Trost seine Handflächen und Augenbrauen himmelwärts. »C'est l'Afrique.«

Statt sich wie sonst darüber zu amüsieren, knurrte sie nur vor sich hin: »C'est l'Europe!«

Da stand Boya vor ihnen. Er wirkte viel offener als sonst. Aber da war auch noch etwas anderes. Um seinen Mund lag ein verbitterter Zug. »Ich wollte mich von Ihnen verabschieden. Wir werden uns wohl nicht mehr wieder sehen. Ab Januar bin ich nur noch selten in Cotonou.«

»Wo wollen Sie denn hin?«

»Von Wollen kann keine Rede sein. Ich bin versetzt worden. Nach Kandi. Schreckliches Nest, oben im Norden.«

Ada sah ihn betroffen an. »Tut mir Leid!«

Sie gingen hinunter zum Strand und setzten sich in den Sand. Boya zog die Hosenbeine mit den messerscharfen Bügelfalten sorgfältig hoch.

»De Boulanger«, platzte Ada heraus. »Wieso konnten Sie ihn denn nicht hinter Gitter bringen?«

Boya schüttelte den Kopf. »Er hat zu mächtige Freunde.«

»Aber Sie kennen die Hintermänner?«

Er schüttelte den Kopf: »Wer von diesen Dingen etwas erfährt, lebt in der Regel nicht lange genug, um darüber reden zu können.«

»Und sein Geständnis auf dem Tonband?«

»Reicht leider als Beweismittel nicht aus.«

»Was ist mit seiner Sekretärin, Madame Kourouma, als Mitwisserin?«

»Hat sich davongemacht. Vermutlich via Lagos. Mit einem Teil des Geldes, muss sie schon vorher auf die Seite geschafft haben. Vorausschauende Frau.«

»Dann hats somit nur den Killer erwischt.«

Boya sah eine Weile auf die Wellen hinaus, die ebenmäßig heranrollten. »John Johnson können wir wieder einmal nichts nachweisen. Wie immer hat er keine Spuren hinterlassen. Das Einzige, was man ihm anlasten konnte, war die unbefugte Nutzung eines Dienstwagens der Postgesellschaft. Nach wenigen Wochen wird er wieder frei sein.«

»Er wollte mich kaltblütig abknallen!«

»Die Pistole hatte ja de Boulanger in der Hand. Der Schuss hatte sich angeblich versehentlich gelöst. Der Richter war übrigens zufälligerweise ein de Souza. Hätten Sie mal schnell auf Ihren Auslöser gedrückt!«

»Warum ist Haartolle ermordet worden?«

»Arthur Marquardt war de Boulangers Verbindungsmann im Ministerium von Diallo. Er hat ihn über die Aktivitäten von Patrick de Souza auf dem Laufenden gehalten. Bis sie ihn nicht mehr brauchten.«

»Was hat es mit diesem verdammten Rutil eigentlich auf sich?«

»Die Vorkommen, die hier entdeckt wurden, sind um einiges größer als die in Brasilien, Sierra Leone und ein paar weiteren Ländern zusammengenommen. Vor allem aber ist es hier besonders leicht abbaubar. Rutil als Grundlage für Titan benutzt man in der Flugzeug- und Raketentechnik. De Boulanger hat die Verhandlungen über die Abbaurechte geführt, im Auftrag. Er hatte wohl ziemlich freie Hand dabei. In solchen Fällen spielen in der Regel weder internationale Handelsabkommen noch irgendwelche Rechte eine Rolle. Wenn die Verträge unter Dach und Fach sind, interessiert sich niemand mehr für die Art und Weise des Zustandekommens.«

Boya nahm eine Hand voll Sand auf und ließ ihn durch die Finger rinnen.

»Passen Sie bloß auf sich auf! Sie kennen zu viele Details.«

»Mich hat man doch schon stillgelegt. Was ich zu sagen habe, interessiert nicht mehr. Aber eines Tages«, er straffte sich und atmete tief durch, »eines Tages wird es anders sein.«

Er stand auf, klopfte sich den Sand von der Hose, gab ihr und Tom die Hand und schritt über den Strand davon.

Der Leuchtturm am Hafen strich rhythmisch mit seinen Strahlen über sie hinweg. Ada schien es, als blinzle er ihnen zu.

41

Diallo und Elise saßen eng umschlungen in aller Öffentlichkeit herum. Beide strahlten, dass es eine Freude war. Als Ada im Gerbe d'Or zu ihnen stieß, vertraute ihr Elise an: »Er wird sich scheiden lassen. Seine Frau hat zugestimmt.« Elise drückte ihm kurz die Hand, und er himmelte sie glücklich an. Sie, die ihren zukünftigen Ehemann weiterhin nur »Diallo« nannte, erzählte begeistert von ihrem neuen Job. *Télévision du Bénin* hatte sie als Moderatorin einer politischen Sendung engagiert.

»Ich kann – und obendrein zur besten Sendezeit! – Prominenz aus der Politik und der jungen Privatwirtschaft zu Gesprächsrunden einladen. Ist das nicht fantastisch?«

»Das wirst du glänzend machen. Du hast das Zeug dazu! Und jetzt, mit Diallo an deiner Seite, kannst du dem ganzen müden

Haufen in den oberen Etagen der Verwaltung auf die bestechlichen Füße treten.« Ada umarmte beide. Sie fühlte sich glücklich und leicht.

Zurück im Hotel de la Plage, empfing sie Tom mit einem seltsamen Gesichtsausdruck. »Die Londoner Redaktion hat angerufen. Unruhen in Abidjan. Ich muss noch heute dahin.« Er nahm sie in die Arme.

»Also alleine nach Kamerun!« Fast hatte sie es geahnt.

Zum letzten Mal schaute sie bei der Post vorbei. Ein Brief für sie war da. Ihre Großmutter schrieb:

> Meine liebe Ada,
>
> hoffentlich bist du gesund, und die Malaria lässt dich endlich in Ruhe. Meine Chrysanthemen kommen wunderbar. Du weißt, die in dem großen Topf vor dem Schuppen. Ich habe, so wie du mir geraten hast, den Zahnarzt gewechselt. Die neue Ärztin ist wirklich sehr nett.
>
> Nur schade, dass das mit den versprochenen Blumenfotos nichts geworden ist! Vielleicht kommst du ja doch noch dazu? Der Film, den du mir stattdessen geschickt hast, ist aber auch ganz schön. Dieses Café oder Restaurant sieht jedenfalls sehr interessant aus. Nur der eine Herr wirkt gar nicht sympathisch. Er sieht wie ein gefährliches Krokodil aus. Ich mache mir Sorgen, vor solchen Leuten musst du dich in Acht nehmen! Aber das wird dir bestimmt gelingen, wie immer. Auch mit unfreundlichen Leuten kommst du doch zurecht! Ich schicke dir anbei das Foto, damit du weißt, wen ich meine.
>
> Alles Liebe, und schreibe bald!
>
> Deine Oma

Verwundert überbrachte ein Postbote in der Nähe von Berlin folgendes Rücktelegramm:

> Liebe Oma,
>
> Blumenfilm schicke ich in Kürze. Unsympathischer Herr kann mit dem Foto als Mörder entlarvt werden. Sorgen also überflüssig! Brief folgt.
>
> Ada

Sie freute sich bei dem Gedanken, wie ihre Großmutter lachend den Kopf schütteln würde: Diese Ada mit ihren Witzen!

John Johnson. Auch ihre Großmutter verglich ihn mit einem Krokodil. Mit undurchdringlicher Miene saß er da, bei genauem Hinsehen konnte man die Pistole in seiner Hand erkennen.

Ada sprang die Stufen vor dem Postamt hinunter. Dieses Bild musste sie Boya bringen! Sie atmete die Mischung aus Holzkohlefeuer, Tang und Abgasen ein. Das war er: der Geruch von Cotonou.

Lena Blaudez

Lena Blaudez wurde 1958 in Mecklenburg geboren. Sie studierte Volkswirtschaft in Berlin-Ost, arbeitete aber anschließend nur sehr kurzzeitig in diesem Beruf. Stattdessen verdingte sie sich als Korrektorin beim Aufbau Verlag, kassierte Wetten auf der Pferderennbahn, betreute alte Menschen und jobbte als Kellnerin. 1985 konnte sie dank der Hilfsbereitschaft eines Franzosen, der sie für eine Weile heiratete, die damalige DDR verlassen. Sie absolvierte in Berlin-West ein entwicklungspolitisches Aufbaustudium und schloss später eine Ausbildung zur Fachjournalistin an. Viele Jahre lebte und reiste sie in Afrika und durchquerte mehrfach die Sahara. Unter anderem leitete sie vier Jahre den Verein »Sahelhilfe«, der Tuaregfamilien im Nord-Niger unterstützte, und war zwei Jahre Landeskoordinatorin für Gender-Projekte in Benin. Sie arbeitete über die Arbeits- und Lebensbedingungen im damaligen Zaire, das sie dann über Nacht wegen der Unruhen verlassen musste. Für das EU-Projekt »Nahrungsmittelhilfe Russland« koordinierte sie einige Zeit lang das deutsche Team in St. Petersburg. Heute arbeitet sie als freie Journalistin und Autorin und lebt mit ihrem Mann und zwei Kindern in Berlin.

»Die Ursachen für die Verhältnisse in Afrika sind kriminell und politisch.«

Interview mit Lena Blaudez

Thomas Wörtche: Frau Blaudez, ich habe Sie neulich zufällig am Steuer Ihres Autos über den Ku'Damm brettern sehen. So lernt man in deutschen Fahrschulen nicht Auto fahren … Wo haben Sie diesen doch sehr robusten und zielgerichteten Fahrstil her?

Lena Blaudez: Richtig fahren habe ich tatsächlich erst in der Sahara gelernt. Immer schön oben auf den Sandkämmen bleiben. Oder rasant Steinhaufen ausweichen. Die gibts ja auf dem Ku'Damm nicht, aber schnelles Reagieren ist bei dem Stadtverkehr ja auch nicht verkehrt. Ich habe damals mit Freunden einen Selbsthilfeverein gegründet, der Tuareg bei ihren Vorhaben unterstützt hat. Mehrmals bin ich mit dem PKW oder einem kleinen Lastwagen die beiden Routen durch die Sahara gefahren. Wir haben damals verschiedene Hilfsgüter in den Niger gebracht, wie zum Beispiel Solarzellen für eine kleine Schule, wo am Abend Alphabetisierungskurse organisiert wurden. Danach konnte ich Auto fahren.

Von Mecklenburg, wo Sie geboren sind, bis in die Sahara ist es ein weiter Weg. Wie kams?

Mich hat schon als Kind Afrika fasziniert. Ich wollte immer dahin. Vielleicht, weil ich ein Buch mit afrikanischen Märchen so geliebt habe, »Im Schatten des Baobab«. Als ich 1985 durch die freundliche Unterstützung eines Franzosen, der so nett war, mit mir kurzzeitig verheiratet zu sein, die DDR verlassen konnte, bin ich gleich im Jahr darauf nach Afrika gefahren. In einem alten Peugeot, mit einem

Freund. Dort haben wir Menschen und ihre Probleme kennen gelernt, so entstand die Idee mit dem Hilfsverein, der direkt vor Ort aktiv wird und sich in Deutschland um Öffentlichkeit für deren Situation kümmert. Ich habe auch viel fotografiert und eine Fotoausstellung über die Sahelzone gemacht. Daraufhin habe ich an mein Wirtschaftsstudium einen entwicklungspolitischen Aufbaugang angehängt. Ich wollte aus den privaten Unternehmungen einen Beruf machen und bin dann als Koordinatorin für Gender-Projekte nach Benin gegangen.

Viele Entwicklungshelfer und Diplomaten haben das Bedürfnis, ihre Erlebnisse in fremden Ländern zu Büchern zu verarbeiten, vermutlich, weil sie so viele Eindrücke gesammelt haben, die sie unbedingt loswerden wollen. Ist das bei Ihnen auch so gewesen?

Ich habe schon immer viel auf Reisen aufgeschrieben, einfach um die unmittelbaren Eindrücke festzuhalten und mich später besser erinnern zu können. Und weil mir das Schreiben auch so einen Spaß gemacht hat. Das, was ich in Benin erlebt und erfahren habe, war unglaublich intensiv. Die Leute, die Lebenshaltung, die ganz anderen Prioritäten, die Fremdheit als Weiße und das langsame Hineinwachsen in eine andere Kultur, das bewirkt natürlich viel für einen selbst. Man entwickelt einen neuen Blick, einen größeren Blickwinkel, der auch durch das Aufschreiben wieder geschärft wird, durch den Versuch, zu formulieren. Und wenn man dann Inkompetenz und Arroganz erlebt oder blanken Zynismus und sich wahnsinnig ärgert über Heuchelei, puren Pragmatismus und politisches oder wirtschaftliches Kalkül von Institutionen, die angeblich dazu da sind, dem Land Nutzen zu bringen, da tut es einfach ganz gut, sich zu sagen, ich schreibe jetzt mal auf, was mir dazu einfällt. Das ist natürlich ganz subjektiv, hilft aber.

Wie haben Sie eigentlich in Afrika, in Benin, bei den Tuareg gelebt? Privilegiert, mit Dienstboten, Villa, im Ausländer-Ghetto oder mitten unter den Menschen?

Alles davon schon mal. Bei den Tuareg im (eigenen) Zelt, im Dorf und im Slum mittenmang in einer Hütte und als Entwicklungshelferin unter anderem auch im großen Haus in einem reichen Viertel mit Nachtwächter und Haushälterin.

Kommen Sie aus einer lesenden respektive schreibenden Familie? Und kann Ihre Familie – Sie sind verheiratet und haben zwei Kinder – mit Ihrem Schreiben etwas anfangen?

Ja, ich bin mit Büchern aufgewachsen. Und meine Familie jetzt liest auch viel. Mein älterer Sohn will am liebsten alles lesen, was es gibt, und natürlich auch das von mir, und schreibt selbst schon kleine Geschichten. Und mein Mann liest meine Sachen als Allererster und unterstützt mich dabei, wir diskutieren darüber, er macht Vorschläge, korrigiert auch mal noch in der Nacht die Grammatik.

Offensichtlich sind Sie von Afrika fasziniert, Sie gehen aber auch nicht sehr politisch korrekt mit dem Kontinent um.

Weder in Afrika noch in Europa geht es politisch korrekt zu. Ich erzähle zum Teil einfach so, wie die Dinge mir begegnen, politisch korrekt kann dann mitunter auch sachlich falsch bedeuten. Jede Form von Ideologie oder gar Propagandistisches ist mir ein Gräuel, da bin ich ja auch ein gebranntes Kind. Die Verhaltensweisen der Menschen sind ja in Afrika und Europa die gleichen, nur dass sich manches anders äußert. Ich kenne sehr viele Leute, die von dem Leben in Afrika so fasziniert sind wie ich auch, gerade zum Beispiel die, die einmal in Benin waren und die Menschen dort kennen gelernt haben, kommen von dem Land schwer wieder los. Wenn überhaupt … Ich würde gerne wieder länger und mehr in Afrika sein, als es derzeit möglich ist, wenn nur die Malaria nicht wäre …

Sie können wegen einer anhaltenden Malaria nicht zurück? Nie wieder?

Ich hatte sehr oft Malaria Tropica. Die ist ausgeheilt, aber die Erinnerung ist noch so lebhaft und einige Langzeitfolgen noch so unangenehm, dass ich mir schon überlege, wie und wann ich reisen kann, ohne gleich wieder an der Infusionsnadel zu hängen. Aber auf jeden Fall fahre ich natürlich wieder, wenn die Kinder etwas größer sind. Räumliche Distanz ist für mich wohl nicht so wichtig, die zeitliche aber schon. Ich brauche immer eine Weile, um die Dinge zu verarbeiten.

Im Gegensatz zu vielen anderen Romanen, in denen Deutsche ein fremdes Land beschreiben, fehlt bei Ihnen eine politische Botschaft im Sinn einer »message«, eine Wertung, oder wie man das immer nennen will.

Die Moral der Geschichte liegt ohnehin eher im Auge des Betrachters. Es gibt keine einfachen Aussagen, die dem »Afrika«-Komplex wirklich gerecht werden können. Die politischen Verhältnisse und Zusammenhänge durchscheinen zu lassen, lässt sich ja kaum vermeiden. Soll auch nicht. Die eigene Grundhaltung lässt sich auch nicht verleugnen, schon allein durch die Auswahl der Geschichten, die man erzählt.

Wie darf ich mir Ihre Grundhaltung vorstellen?

Grundlegend ist das Interesse für die Leute und ihre Lebensweisen, herauszufinden, was sie tun, denken, fühlen und womit das zusammenhängt. Zu begreifen, warum das so ist und nicht anders. Wenn ein Gefühl für das Land entsteht, in dem die Geschichte spielt, Interesse geweckt wird oder man sich vielleicht fragt, was in Afrika eigentlich los ist und was wir hier alles nicht wissen, wenn das gelingt, ist das sehr viel. Und wenn vielleicht der Gedanke entsteht, dass wir hier viel mehr mit Afrika zu tun haben – und zwar mit den negativen Entwicklungen dort –, als uns lieb sein kann.

All das hätten Sie natürlich auch mit Reportagen oder mit nicht-gebundenen Romanformen erreichen können. Warum aber explizit Kriminalroman respektive Polit-Thriller?

Weil es mir mehr Spaß macht. Und weil ja die Ursachen für die Verhältnisse in Afrika kriminell und politisch sind.

Eric Ambler hat auch einmal gesagt, ihn interessiere nicht so sehr der Typ, der schießt, sondern der, der die Munition bezahlt hat. Könnten Sie dem zustimmen?

Nur bedingt. Der Typ, der schießt, interessiert mich auch sehr. Beide brauchen ja einander.

Sind Sie in Afrika mit echten Typen, die schießen und mit echten Typen, die die Schützen bezahlen, konfrontiert gewesen? Gab es Momente, wo Sie dachten, hier komme ich nicht mehr lebend raus?

Mit Typen, die schießen, schon – und die waren dann auch noch sternhagelvoll, kein angenehmes Erlebnis. Mit denen, die sie bezahlen, zumindest nicht wissentlich. Obwohl – da bin ich mir nicht ganz sicher.

Obwohl – da wird es ja spannend?

Zu denen, die die Schützen bezahlen, muss man ja auch diejenigen zählen, die irgendwie beteiligt sind, mitprofitieren und die Steigbügel halten. Und das sind dann doch recht viele. Also trifft man sie zwangsweise hin und wieder, in Ministerien, auf feinen Partys, im Busch, in klimatisierten Büros und immer in tadellosen Anzügen. Ansonsten gab es schon so Momente ... Enthemmte Militärs in Lagos, die Unruhen in der Kivu-Region in Zaire, wenn die MGs an der Kreuzung in deine Richtung zeigen, ein bewaffneter Überfall in Tansania. Aber richtig lebensbedrohlich habe ich mehr die Malaria empfunden und einmal eine Schlange.

Überhaupt schreiben Sie, sorry to say, »für eine Frau« (das ist jetzt eher marketing-technisch gemeint: Frauenkrimi etc., Sie wissen schon) bemerkenswert cool, knapp, witzig – also wenig fraulich. Irgendwie habe ich das Gefühl, mit Eric Ambler gar nicht so weit danebenzuliegen bei Ihnen. Oder mit Ross Thomas ... Kennen Sie die beiden? Oder sehen Sie sich eher in einer weiblichen Tradition? Oder in welcher überhaupt? Oder in gar keiner?

Vielen Dank, zumindest für den Teil, der als Kompliment aufzufassen ist. Ich musste auch schon immer lachen, wenn man von mir sagte, dass ich »für eine Frau« doch recht groß bin. Das sind Vorstellungen, die antiquiert anmuten. Was soll denn weibliche Tradition bloß bedeuten, doch nicht etwa die Zuständigkeit für die Gefühlswelt? Ist fraulich demnach emotionstriefend, ausufernd und humorfrei? Ja, Eric Ambler lese ich sehr gern und genauso Ross Thomas. Auch Graham Greene gehört natürlich dazu. Ich bin aber noch nicht auf die Idee gekommen, mich einer Tradition zuzuordnen, das erschiene mir größenwahnsinnig.

Sie und Ihre Heldin, Ada Simon … Wer ist da wer? Wie viel Ada Simon steckt in Lena Blaudez, und wie viel Lena Blaudez steckt in Ada Simon? Es gibt Details, absurde Situationen, schräge Figuren in Ihrem Buch, die man nicht erfinden kann. Oder doch? Wie fantasiebegabt sind Sie?

Das frage ich mich auch. Hoffentlich bin ich fantasiebegabt. Aber natürlich gibt es Szenen, die ich genau so erlebt habe. Oder ähnlich. Manche Situationen sind so absurd, dass man sie gar nicht erfinden kann. Sie sind leider so. Zum Teil macht Ada Simon Erfahrungen, die ich auch gemacht habe. Ansonsten sollte es da keine Verwechslungen geben.

Ist Ada Simon als Serienheldin angelegt?

Der zweite Roman mit Ada Simon ist ja bereits geschrieben und der dritte angefangen. Wie es mit ihr weitergeht? Ich weiß es noch nicht. Die Handlung entwickelt sich beim Schreiben, und genau das ist es auch, was mir so viel Spaß macht. Es bleibt überraschend. Aber ich bin sehr gespannt auf das, was kommt.

metro – Spannungsliteratur im Unionsverlag

»Die *metro*-Bände gehören auf jeden Fall zum Besten, was derzeit an so genannter Spannungsliteratur zu haben ist.« *Michaela Grom, Südwestrundfunk*

Guillermo Arriaga *Der süße Duft des Todes*
In einem kleinen Dorf in Mexiko entsteht aus Lügen eine Wahrheit, von der niemand verschont bleibt.

Bernardo Atxaga *Ein Mann allein*
Der große Roman einer vom Scheitern ihrer Revolution enttäuschten Generation – im Rhythmus eines Thrillers geschrieben.

Mongo Beti *Sonne, Liebe, Tod*
»Ein schwelgerisches Buch, bunt mäandernd zieht es uns in seinen Bann.« *Sächsische Zeitung*

Pierre Bourgeade *Das rosa Telefon*
In den Labyrinthen des Telefonsex: »Eine frivol und mit laszivem Zungenschnalzen servierte Story.« *Neue Luzerner Zeitung*

R. Bradley, S. Sloan *Temutma*
Ein blutdürstiger Mörder macht Hongkong unsicher. »Mystery mit Biss: gruselig, philosophisch, spannend.« *Brigitte*

Jerome Charyn *Der Tod des Tango-Königs*
»Mehr als nur ein Thriller: das visionäre Porträt einer Stadt, in der sich der Wahnsinn des globalen Zeitalters konzentriert.« *taz*

Driss Chraïbi *Inspektor Ali im Trinity College*
Inspektor Ali aus Casablanca kombiniert wie Sherlock Holmes und kommt daher wie ein marokkanischer Bauer.

Liza Cody *Gimme more*
»Mit Birdie Walker gelingt Cody ein großer, ein wunderbarer Bluff.« *Die Zeit*

Pablo De Santis *Die Übersetzung; Die Fakultät; Voltaires Kalligraph*
»De Santis ist ein meisterhafter Erzähler. Kafka und Agatha Christie hätten ihr Vergnügen daran.« *NDR*

Garry Disher *Drachenmann; Hinter den Inseln*
»Garry Disher ist zur Zeit einer der besten Kriminalschriftsteller der Welt.« *WDR*

Jon Ewo *Torpedo; Rache*
»Das organisierte Verbrechen agiert, als habe nicht der Staat, sondern die Mafia das Gewaltmonopol.« *Stuttgarter Zeitung*

Giuseppe Fava *Ehrenwerte Leute*
»Eine höchst temporeiche, fesselnde und literarische Antwort auf die Frage, wie Mafia entsteht und funktioniert.« *Doppelpunkt, Nürnberg*

Rubem Fonseca *Bufo & Spallanzani; Grenzenlose Gefühle, unvollendete Gedanken; Mord im August*
Rubem Fonseca zeichnet witzig, satirisch, virtuos und opulent die Bourgeoisie Brasiliens.

Jorge Franco *Die Scherenfrau*
Rosario Tijeras will raus aus den Slums von Medellín. Sie ist schön, sie ist stark und sie ist eine Killerin im Dienst der Kartelle.

Santiago Gamboa *Verlieren ist eine Frage der Methode*
In Bogotá gerät der Journalist Silanpa in einen Strudel aus Traum und Albtraum. »Ein raffinierter Großstadt-Krimi.« *Der Spiegel*

Jef Geeraerts *Der Generalstaatsanwalt; Coltmorde*
»Geeraerts legt die Mechanismen von Korruption, Machtmissbrauch, politischer Gewissenlosigkeit und religiösem Wahn bloß.« *ZDF*

Friedrich Glauser *Schlumpf Erwin Mord; Matto regiert; Der Chinese; Die Speiche*
»An Glauser kommt kein Krimifreund vorbei.« *Peter Zeindler*

Chester Himes *Die Geldmacher von Harlem; Lauf Mann, lauf!; Der Traum vom großen Geld; Fenstersturz in Harlem; Heiße Nacht für kühle Killer; Plan B*
»Wer Chester Himes' Krimis liest, taucht ab ins tiefste Harlem.« *Annabelle*

Jean-Claude Izzo *Total Cheops; Chourmo; Solea; Marseille-Trilogie*
»Izzo war für Marseille, was Malet für Paris, Hammett für San Francisco, Jerome Charyn für New York war.« *Süddeutsche Zeitung*

Stan Jones *Weißer Himmel, schwarzes Eis; Gefrorene Sonne; Schamanenpass*
»Jones lässt uns in die Seele der Ureinwohner Alaskas schauen.« *Hessischer Rundfunk*

H. R. F. Keating *Inspector Ghote zerbricht ein Ei*
»Ghote gehört in den Pantheon der literarischen Detektive.« *100 Masters of Crime*

Yasmina Khadra *Morituri; Doppelweiß; Herbst der Chimären*
»Ein großartiges Buch. Hier sieht man mal wieder, wie wichtig Literatur ist.« *Elke Heidenreich*

William Marshall *Manila Bay*
Battling Mendez, der legendäre Kampfhahn, auf Spurensuche.

Bill Moody *Solo Hand; Moulin Rouge, Las Vegas; Auf der Suche nach Chet Baker*
»Zwischen jeder Zeile klingt wunderbarer Jazz durch.« *Badische Zeitung*

Christopher G. Moore *Haus der Geister; Nana Plaza; Stunde null in Phnom Penh*
»Konsequente Action, meisterhafte Sprache, dazu angelsächsischer Humor at its best.« *DeutschlandRadio*

Walter Mosley *Socrates in Watts; Socrates' Welt*
»Ein Buch mit dem Blick von unten: wahrhaftig, glaubhaft und ehrlich.« *Deutsche Welle*

Katy Munger *Beinarbeit; Gnadenfrist; Miststück*
»Eine tolle Heldin: Casey ist eine Mischung aus Philip Marlowe und Femme fatale.« *Brigitte Young Miss*

Meja Mwangi *Die Wilderer*
Wenn die Ranger auf ihren Fahrten durch die kenianische Savanne die Geier kreisen sehen, wissen sie: Die Wilderer haben wieder zugeschlagen.

Celil Oker *Schnee am Bosporus; Foul am Bosporus; Letzter Akt am Bosporus*
»Celil Oker ist der Grandseigneur des türkischen Krimis.« *Stuttgarter Zeitung*

Pepetela *Jaime Bunda, Geheimagent*
Was ist die Steigerung von James Bond? Jaime Bunda, Angolas effizientester Geheimpolizist!

Leonardo Padura *Ein perfektes Leben; Handel der Gefühle*
Mario Conde, der belesene und melancholische Polizist aus Havanna, erkundet den kubanischen Alltag.

Roger L. Simon *Die Baumkrieger*
»Simon bündelt explosive Konflikte zu einer spannenden Story.« *Das Magazin*

Susan Slater *Die Geister von Tewa Pueblo*
Tewa Pueblo in New Mexico liegt auf kargem Land. Die Eröffnung eines Spielkasinos verspricht Reichtum – doch um welchen Preis?

Clemens Stadlbauer *Quotenkiller*
»Manchmal glaubt man sich in einem Film der Marx Brothers.« *Wien Live*

Paco Taibo II *Vier Hände*
»Paco Ignacio Taibo II: ein Vagabund auf diesem Planeten.« *L'Humanité*

Masako Togawa *Schwestern der Nacht; Trübe Wasser in Tokio; Der Hauptschlüssel*
»Das Fremde und das Bekannte verschmelzen geheimnisvoll, die Spannung ist erschreckend.« *Ruth Rendell*

Nury Vittachi *Der Fengshui-Detektiv; Der Fengshui-Detektiv und der Geistheiler*
»Ein gelungenes Crossover mit Kultpotenzial.« *Der Standard*

M.K. Wren *Medusa Pool*
Sheriff zu sein ist nicht einfach – schon gar nicht für eine schwarze Frau.

Helen Zahavi *Donna und der Fettsack; Schmutziges Wochenende*
»Zahavi gewinnt dem Machtkampf zwischen Mann und Frau bizarre Seiten ab.« *Stern*